陕西省委宣传部重大文化精品扶持项目

零度风景

王闷闷 著

西安出版社

图书在版编目（CIP）数据

零度风景 / 王闷闷著. — 西安：西安出版社，2019.2（2021.5重印）
（“陕西青年作家走出去”丛书）
ISBN 978-7-5541-3646-1

Ⅰ. ①零… Ⅱ. ①王… Ⅲ. ①中篇小说－小说集－中国－当代②短篇小说－小说集－中国－当代 Ⅳ. ①I247.7

中国版本图书馆CIP数据核字（2019）第034079号

LINGDU FENGJING
零度风景

著　　者：王闷闷
出版发行：西安出版社
社　　址：西安市曲江新区雁南五路1868号影视演艺大厦11层
电　　话：（029）85253740
邮政编码：710061
印　　刷：永清县晔盛亚胶印有限公司
开　　本：889 mm×1194 mm　1/32
印　　张：7.5
字　　数：184千
版　　次：2019年2月第1版
印　　次：2021年5月第2次印刷
书　　号：ISBN 978-7-5541-3646-1
定　　价：39.00 元

序

贾平凹

正是天寒地冻万物凋敝时节，读到十位青年作家的书稿令人欣喜与温暖。这批作家的写作有想法也有锐度，如同一道亮丽的风景，让人感受到文学的蓬勃力量。

陕西青年文学协会成立几年来，在团结文学青年方面做了很多实实在在的事情。“陕西青年作家走出去”丛书的编辑就是一项令人感动的事情。第一辑丛书我看过，整体水平高，社会影响大，在推动陕西青年文学写作方面起到了凝心聚力的积极作用，也向外界集中展示了陕西文学的新力量。如今，第二辑丛书再次推出十位青年作家，颇有长江后浪推前浪的气势。事实上，他们中的很多人在文学创作上已经取得了不俗的成绩。这次，“陕西青年作家走出去”丛书（第二辑）被列为陕西省重大文化精品扶持项目，就说明了他们的创作得到了认可，可喜可贺。静心翻阅十本风格迥异的作品，他们的文学才情令人感叹。这些作品无论是写乡村还是写城市，无论抒情还是言物都有显著的特点。他们对于现代化冲击下的社会突变、世相百态和复杂人性把握得比较到位，看得出是有深厚文学积淀的。他们在写作技艺上的探索与尝试不拘泥于传统，精到而又大胆。既有传统的现实主义叙事，又融合了荒诞、象征等现代主义笔法。作品意象飞驰，胸怀远方，呈现出陕西青年文学富有时代活力的精神向度。整体阅读这十本书，很有冲击力。

有人说文学正在被边缘化，但通过一批批写作者不难看出，文学自有它的天地归宿。因为文学书写的是记忆生活，是一件打开灵魂通透人心的事情。文学的美是所有艺术形式里最能激荡人心的美。我想，即使在未来的智能化时代，文学的功用也不会被取代。

所以我们常说生活是文学的源泉。只有深入生活，才能创作出既有时代精神，又有思想深度和生活温度的作品，才能引起读者的共鸣从而产生社会影响。在互联网时代，信息的获取快捷丰富却又复杂多变。如何保持清醒的态度建立自己的文学写作观念值得大家思考。现在的一些文学作品的确精巧、华丽，读起来也有快感，但缺少筋骨和力量，说透了就是缺乏打动人心的感染力。我想，在这样一个众声喧嚣的思想体系里，写什么和怎么写不仅仅是青年作家面临的困惑和难题，也是我长久思考的问题。文学不仅反映生活，也要照亮生活。这大概就是文学的神圣与伟大之处。

当下，陕西的文学氛围非常好。省委、省政府高度重视文学事业，资助“百优作家”，号召文学陕军再进军。所以，耐下性子，静下心来，关注现实生活，关心国家命运，以甘于坐冷板凳的心态踏实写作，就一定能写出好的作品。我相信几十年后，再看这些作品，就会更深刻地理解“陕西青年作家走出去”的深远意义了。

（贾平凹，中国作家协会副主席、陕西省作家协会主席）

担当时代使命　勇攀艺术高峰

钱远刚

陕西是文学的沃土，青年是文学的希望。青年作家的成长成才一直是文学界重点关注的话题。陕西青年作家对文学坚持不懈的执着追求、扎实稳健的步伐、深切的生命体验与独特的审美意识展现出充满朝气、昂扬向上的蓬勃英姿。按照“出人才出精品”的要求，陕西省作家协会高度重视对青年文学人才的培养，不断完善工作机制，探索创新方法，千方百计地为青年作家的成长成才搭建平台、提供机遇，使陕西作家队伍呈现出文学发展新气象，成为文学陕军新生力量。

党的十九大描绘的“两个一百年”奋斗目标、开启中国特色社会主义建设的新征程，党和国家事业取得了历史性成就和历史性变化，为文学作品的创作提供了丰富的滋养，广大青年作家和文学工作者要与人民同在，与时代同行，与改革同向，与发展同步，自觉践行和弘扬社会主义核心价值观，坚持远大理想、提升思想境界、加强人格修养、拓宽文学视野，用心用情用功抒写我们伟大的时代，才有可能创造出展示时代风云际会、反映人民群众生活的优秀文艺作品！

气象万千的新时代属于每一个人，人人都是新时代的见证者、开创者、建设者。在习近平新时代中国特色社会主义思想指引下，陕西省委提出了大力推动“文学陕军再进军”的战略部署，我省文学事业繁荣发展，文学界精神面貌焕然一新，文学创作出现了前所未有的大好局面，这为青年作家提供了大有作为的用武之地。青年作家更要志存高远，克服“浮躁”，坚持以人民为中心的创作导向，深入生活，扎根人民，坚定文化自信，自觉向大师学习、向经典学习、向人民学习、向实践学习，守正出新，再创佳绩，努力攀登文学艺术新高峰。

去年，在省委宣传部指导下，在陕西省作家协会的支持下，陕西省青年文学协会面向全省青年作家公开征集作品，经过专家学者认真评选，共有十位陕西青年作家入选“陕西青年作家走出去”丛书第一辑，在文学界取得了良好的反响。今年，该丛书再次面向全省青年作家公开征集优秀文学作品，引起广泛关注，并被省委宣传部列入2018年度陕西省重大文化精品扶持项目。这是唱响做实新时代“文学陕军再进军”的一个重要举措，彰显出陕西新一代作家逐渐走向成熟，预示着陕西作家人才辈出，文学新人在具有厚重的历史文化、丰富的革命文化、灿烂的先进文化的三秦大地茁壮成长。

这次应征入选的“陕西青年作家走出去”丛书第二辑十本书摆放在案头，我一边翻阅着青年作家的辛勤之作，一边不禁为之欣喜。这些作品无论是描写现实题材的小说，还是抒情言志的诗歌，抑或是行文优美的散文、犀利尖锐的评论等等，无不体现出个人写作的进步与超越。他们不因为代际、职业和身份等问题，而缺少对世界的独特感受与敏锐观察。在不同的文学领域，他们表现出起点高、潜力大的特点，文学作品整体上呈现出丰富性和多样性。黄朴的小说集《新生》生动地描绘了城乡社会的众生之相，独特地展现了人性深处的幽微和光芒。武丽的小说《明镜》采用第一人称叙述，笔触精致，情节跌宕起伏，展示社会上特定群体不为人知的一面。刘紫剑的中短篇小说集《二月里来好春光》则多维立体地揭示了日常琐碎中各色人物的生存真相与悲喜故事。王闷闷的中短篇小说集《零度风景》用传统的文化底蕴和现代文本意识，表现当下社会高速发展下存在的问题，以及人与天地与万物的相抵触又相融合的矛盾复杂的心理。毕堃霖的诗集《月亮玫瑰》中一个个自然的物象，在她灵动的笔下，被赋予更生动更多义也更纷繁的诗学意义。穆蕾蕾的诗集《倾听存在的河流》折射出她精神探索的轨迹，随处可见她伫于一物一思而成的诗絮。刘国欣的散文集《次第生活》主要是对生活的内观活动，尤其对童年生活、民间陕北的文化记忆进行了观照。曹文生的散文集《故园荒芜》以故乡为载体，写乡人和事物在现代化冲击下的突变。王可田的评论集《诗观察》通过不同角度、整体性的观察、论述方式，对不同年龄段的活跃在诗坛上的陕西诗人进行了详尽、客观的解读和阐释。献乐谋的网络文学《剑无痕》以沈无眠为父报仇的桥段作为主线，体现出了天外有天、山外有山的感觉。这些作品在显露作者文学才华的同时，对于更新文学观念、传承与思索文学技艺、扩展文学疆域都做了有益的探索与尝试。

这是一个生机勃勃、千帆竞发的新时代，更是孕育文学作品、催生艺术精品的新时代。陕西的青年作家应该勇立潮头，敢于担当，肩负重任，坚持以人民为中心的创作导向，记录新时代，抒写新篇章。要抓住2019年中华人民共和国成立70周年、

2020年全面建成小康社会等重要时间节点，深入挖掘人民群众的豪迈激情和奋进历程，潜心创作出一批讴歌党、讴歌祖国、讴歌人民、讴歌英雄的文学作品，为实现中华民族伟大复兴的中国梦和陕西追赶超越提供强大的精神力量！

（钱远刚，陕西省作家协会党组书记、常务副主席）

目录

品园·知识的风景画

1.苔

离开南郊搬到哪里，这肯定是个问题。好在去年在北郊租了房子，要感谢朋友春香，没有她的撺掇我是不会租下这现在能救急的房子。那会儿已是最后几天，仅剩一栋楼没租，在庞大的人口基数面前，这栋楼是头发丝样的菜，三两口就能给吃完。忘记当时是因为什么事，春香打电话来，我说到租房子的事，她反问我为什么不租，多好啊。我说在南郊上班，哪里有时间去住。她焦急地说，常说女人头发长见识短，我看这句话给你安上保准严丝合缝。我辩解，房租是不贵，可那也是钱啊，对于刚毕业不久的我，还没有多余的钱来投资。她不再言语，静如止水，一会儿，猛不防扔出一句，明天你拿上需要的资料过去办理，租下我交钱我住。我当时没想她也可以办理，为何非要叫我过去。现在看来是冥冥中自有安排。租下她说住却一直没住，最后因为家里给找好工作就回去了。房租到期后我几次准备退掉，后来都没退成。其他朋友也劝说，就那么几个钱，租着吧，万一以后需要呢。这不，此话还不到半年，果真应验，用到了。从房子的事，我开始相信命运，一切自有安排。

学校放假不久，我就开始收拾房间东西，书最多，用带子扎成捆。同事瓦当用尽全力的。当晚约上几个平日要好的朋友到外面吃饭，回来畅聊至半夜，才睡去。第二天醒来已是上午，朋友们不舍，趁着都还在就抓紧时间洗漱，到外面吃面。下午不得不走了，叫来车，装上房间里的东西，搬移到北郊的房子。瓦当真心实意，帮着给整理摆放好，留下住了一夜，陪着我度过最难忍受的陌生。我知道接下来会有更多的孤独要抵挡，送瓦当上车离开，回到房子，呆坐在沙发上，全新的环境，包括正流动的空气。南边的空气清澈活泼，这里的污浊呆滞。起身详细地整理了会儿书架上的书，在沙发上坐着便睡着。醒来时窗外已是漆黑，走到窗前看，外面灯火阑珊人声嘈杂。公路旁边是修建的建水生态区，长线拉开的路灯光照耀着大路，跑步闲走遛狗应有尽有，忽然生出念想，从窗户如鸟儿样飞下去。真要是有翅膀，那这就不是幻想。伸展下身子，从壶里倒杯水，水在玻璃杯里愈发的晶莹剔透，白亮的灯光落在水里，映射出千万形状，这个宇宙世间就是存在着许多我们看不见的东西。喝下后，我想，灯光照在我身上，那些看不见的事物看我会不会也像我看杯里水光融合成的那样？心里多了几分欣喜。

下去跑步，累了就站在边上看宽阔的水面，出过汗身体轻松许多，似乎那些尘垢都跟着溢出去。回家洗漱完，想喝水却没了，拿着桶去小区接。外面很是温暖，楼里却阴凉无比，在纯净水机子前接水，有人从身后走来，我没在意，这个时间对净住着年轻人的小区根本不算晚，所以来往的人自然多，如果听到风吹草动就去看，脖子扭断也看不完。水流淌出来，掉进桶里，哗啦声变得越来越模糊黏稠。看接好，拧好盖子往回走，有人说，原来就是你啊。我不敢确定在和谁说话，继续走着倾听回应声，久久没有，那句话眼看就要挨着地面玻璃样摔得稀烂，说话人猛地挽回，重新捧到空中，原来就是你啊，这次增加了目标话语，就是从你窗口散发出来。我转过头看昏黑里站着个个头不高的老人，除过我再没其他人，我说，是在和我说话吗？他说，你窗户上扑闪着自然的光芒。我听得一头雾水，说，夜里开了灯谁家窗户都有光芒。他似笑非笑着说，前段时间我就观察到了，只是不确定是谁。我说，我昨天才搬过来。他说，所以说今天确定了，原来是你啊，那不是电灯所能散发出的光芒，是自然的是你身上所特有的。现在骗人的花样真多，假话说得和真话并无两样。我不愿再听，看他年纪大就不反驳不揭穿，留些面子，温和聚散。他说，你是1807住户。我不屑地说，然后呢？他说，忘记了，我说这些你肯定不会信，你叫什么名字？我说，苔。他说，应该就是，你从南边来，你身上凝聚了那里的气息，而且做了完美的消融，它们会像阳光样地不住生长。我满足他的虚荣，说，确实从南边来，在山脚下住了五年多。他自言自语地说，四年就够了，你可以叫我陶叔。我为着起码的尊重耐心听着，说，好的，那我先走了。他微笑着，像初春，像初春里绽放的花朵与鲜嫩的柳枝。

回到房间睡不着，躺在床上回想他说的话，让我叫他陶叔，是哪个 táo 字？看他的气质应该是“陶瓷”的“陶”，这里当时不是说叫盛开区吗，应该全是年轻人，怎么会有陶叔这样的人？或许陶叔属于少数，哪里都不可能纯粹到一尘不染，只要大部分是就好。现在我一片迷茫，不知道接下来做什么，原来学校的工作挺好，可是没有堤防小人使出的暗器，不偏不倚被射中。出来也就出来，我告诉自己也许命运就是这样安排的。留恋想念在所难免，让时间慢慢冲淡消退，白开水样地摇曳，纵然漂浮些什么，也不会碍着水花的飞溅。陶叔说窗口有光芒，我走到窗前仔细看，无法看见。整理床铺准备睡吧，明天早起看书。

刚躺下就听见有人敲门，看眼时间已过十一点，刚来这里不久也没有熟人，就算有同事住这边，知晓我搬过来，也不至于这会儿来，来也会提前说。我犹豫要不要去开门，心想先不开，如果是走错敲会儿就不敲了。敲门声没有停止，反倒传来悠扬的旋律，我心生恐惧，万一是鬼怪呢？尽管现在科技如此发达，多数人不相信鬼怪，可我除外啊。硬着头皮按下门把手，貌美如花的女人出现，带有浓浓的歉意说，不好意思，请问你这里来过八九岁的男孩吗？我说，没有。她嘟囔着，明明见往这边来了，起初还不信，真是有深不可测的吸引力。女人探头往进看，我说，不相信可以进来看？女人的脚跃跃欲试却没有，说，打搅了，我再去其他地方找找。看着女人的背影，真是好看，平常朴素的衣裳，脚上穿着红色浅口布鞋，身材比例通身看如仙女样。我关上门，心情好了许多，看来这里还是没错的。刚上床就听见厨房有谁翻动塑料袋，老鼠不可能，这么高除非从下水道上来，那几乎也是不可能的。十几层楼高的管道，弯弯曲曲，主要还有不少垂直处，不时有大小水流滚落，如何爬上来，它又不是壁虎。去厨房一看究竟，开灯的瞬间，蹲在地上的他倏地跑到阳台角落，我吓着，厉声喊，是谁，什么时候进来的？出来！我着实有些心慌，站在原地动弹不得，试着用语言逼迫他出来，说，再不出来我可报警了！不大的身躯唯唯诺诺地露出来，是个八九岁样子的男孩，想起美貌女人寻找的男孩，可那会儿我真不知道他在这里啊！

来到客厅，他低着头站在我面前，我说，你什么时候进来的？小小年纪不学好。他抠着沾满泥泞的手，沉默着。我说，你家在哪里，自己回去找得见不？为缓解尴尬凝冻的气氛，我给他倒杯果汁，他接住小心翼翼地喝起来。我说，不着急，坐下慢慢喝。他满足地喝几口说，你的果汁真好喝，我喝完就回去。我说，我送你吧。他说，你和陶爷爷一样，都有那么多有意思的东西。我环视房间，皆是些零碎东西，最好的就要数书架上的书。我说，陶爷爷是谁？他喝得津津有味，像是在咀嚼食物的滋味，嘴里饮料咽干净才说，陶爷爷就是陶爷爷，哪天一块儿去他那里玩，特别有意思。他喝完用手揩擦嘴巴，我问还喝不喝，他摇摇头。送他回家前，我问他叫什么名字，他此时活泼开，话语自然跟着增多，说，叫我细土，妈妈对我好不假，但是我太喜欢陶爷爷家，为多待会儿就溜进你家，早就感觉你家不错。我笑说，你确实和陶爷爷有些相似。细土这名字听着说不出的怪异，谈不上好不好，只是觉得别致多韵味。刚送他出去，开门就遭遇了她，我顿时不自主地羞愧难当，想解释清楚可一时又不知从哪里说起，就哑巴样地用手来来去去环绕，到头来自己都觉得无意义。她没有生气，而是笑嘻嘻地说，我就知道他在这里，你们俩合起伙骗我，还是被我识破了吧。真是想不到她会这样说，只好跟着附和欢喜。她牵起细土的手，对我客气地说，谢谢你和他玩，给你添麻烦了。我摆摆手不好意思地说，举手之劳、举手之劳。细土说，你叫什么名字？我说，叫我苔就好。淳朴的她说，我叫意，以后有什么需要帮助的你说话。看着他们走开，楼道里的灯熄灭了，满世界的空虚汹涌袭来，我赶紧蹴下脚，明亮到来，似乎充实了漆黑，有了所谓的空间。

这天过得真是虚幻，遇到这么多奇怪的人说着摸不着头脑的话，用任何逻辑都无法理解，只能胡乱丢进混沌里，不再去想。夜里醒来很多次，总是觉得周边空空，很是危险，稍有不慎就会掉下去，最可怕的是深渊没有底，掉下去只能在未知的虚无里挣扎扑腾。总会败下阵来，屈从于那里，成为其中轻飘肤浅的一分子。心里无数次地想，明天一定要买些栅栏给围起来。

2.品园的深处

本想早起去河边跑步，谁想睡得太沉，醒来已是九点多。在床上躺许久，坐起发呆，脑袋空空，忽然忧愁上来，满目茫然，看哪里都不对。强行站起去洗漱，好去外面买些吃食充饥。厨房是有做饭的家当，可有着专业性之称的巧妇都难为无米之炊，更何况我这般粗糙的汉子。最近先买着吃，心里乱七八糟，也没心思做。出门看周边住户的门都锁着，楼道空荡荡阴森森，尤为在电梯到达开门的那刻，总觉得里面会出来面目可憎的怪物。几天来没有注意小区名，这回走得慢做了细致的观察，大门柱子上显眼地写着“品园”，怪不得人家说这里住的人高手如云，“品园”这样的名字就很是雅致。买了吃食就回去。

路上遇见肩上扛着袋子的陶叔，步履艰难地走着，我过去帮忙，陶叔不要，气喘吁吁地走着但看得出他心情很好。问他背的是啥？他神秘地说，对你我就不隐瞒了，全是好土。我惊诧不已，说，弄土做什么？陶叔笑眯眯地说，日后你就知道了。陶叔上了缓坡到楼门前，放下袋子招手让我过来，我过去后他说，千万不要被表象所迷惑，你将面临数不清的危险。这些突如其来的话语吓到了我，我想问个究竟，陶叔已经消失在电梯口。这里不是品园么，按理说住的都是刚毕业不久的年轻人，能有什么危险？重新回到大路上，饥饿得厉害，就拿起吃食边走边吃。走到有椅子处，看见与陶叔一般年纪的人在狠命地踢路上立着的石墩子，我不敢多看，用眼睛的余光扫视，认真专心地吃喝手中的食物。就要过去，他喊道，站住，看见就看见了，你也想去告密？敢做就要敢当。我看他穿得素朴，是个乡里人，言语为何这样伤人？我说，你在说什么？他说，别装傻充愣，原先没有见过你，新来的吧。我说，是刚搬来的。他说，你已经看到了，石墩子就是我踢的，去报告去领你的赏钱。我不再吃手中的食物，平白无故遭人训斥，算哪门子事情，我说，你说的这些我都不知道，看你年纪大我不跟你争辩。他仍旧不依不饶地说三说四，我胸中怒火中烧，遇到的都是些什么，倚老卖老。正生闷气，想着要不要走开，细土不知从哪里冒出来，对老人说，这是陶叔尊敬的人，不得无礼。老人迅速乖巧下来，和气地过来道歉。细土说，这是灵山叔，他是好人。我越想越觉得陶叔神通广大，在这里陶叔大概是具有领导性的人物。

我们坐在旁边的石凳上说话，细土不知从哪里端来两杯水放下，说需要什么招呼我，然后就离开了。灵山叔说，细土总是这么忙，将来必成大器。我斗胆问道，灵山叔，您为什么要踢那些石墩子？灵山叔喝口水连连叹气，说，我来这里几年，原有的东西在不住流失，幸好遇见陶叔、细土、花婶他们，踢石墩子是花婶给我开的药方。我说，花婶是医生？您得了什么病？他说，花婶厉害着呢，得的病说不清。我说，你为什么说我会去告密，给谁告密？他说，有很多人千方百计阻止我的治疗，他们年轻力壮我难以抵挡。我详细琢磨灵山叔说的话，心想，品园里住的人不会这样阴险狡诈吧，再者都是受过高等教育培养的，怎么会有如此低级的品质？灵山叔起身去不远处稀疏的几棵树下，我跟过去，他指着树上的花让我专心致志地看。我看会儿说，就是桃花，怎么了？灵山叔说，你能看到，聚精会神全神贯注地看，我也会帮助你。我顺着他的意思，全身心地投入到绽放的花瓣里。灵山叔在边上发功样的双手推动着空气。不多时我眼前出现不同的景象。灵山叔也变了穿着打扮，抽着旱烟赶着驴车招呼我上来，我跑过去坐在驴车上。河滩有牛羊吃草，渴了就去河里畅饮，人们趁着早晨的凉爽在地里干活，来往的人与灵山叔有说有笑。到院子里停住，灵山叔把驴车从驴身上卸下，牵着驴去驴棚，往槽里倒上足够的草料。带我回到窑里，从锅里拿出吃食，让我吃。我拿起闻着有麦香味的馍吃，越嚼越有味道，从口腔进入身体的各个地方，沉睡的因子即刻被唤醒，搓揉着蒙眬的睡眼，活泼欢快起来。我刚要说什么，所有东西都不见了。灵山叔难受地说，我尽力了，目前只能有这么多。我似乎能明白他的意思。

离开那里，灵山叔又来到石墩子处踢，我担心地说，这里有监控，去个没监控的地方。灵山叔说，今天中午在这里就踢完了，接下来会去其他地方，把身体其他部位也打通。花婶确实厉害，治病不吃药只是这里踢踢那里捶捶，有机会一定要去见见。灵山叔说，这里虽然已经凝固，但还是有许多地方可以看到本有的东西，我现在正在恢复，明年就能完全如原先一样。我说，比如花朵？灵山叔点点头。来这里几天，路上没见多少年轻人，多是像灵山叔或细土这样年纪，中年人也多，还有就是根本不像接受过高等教育的人，难道是我出来的时间不对？想到了，人家哪里有我这么闲，这些时间应该都在工作。灵山叔踢着石墩子，说，舒服啊。我看到远处有工作人员来，就劝说灵山叔赶紧离开，灵山叔不走。已经来不及了，工作人员命令灵山叔停止这样破坏公共财产的行为。灵山叔照样踢，他们说，再不停止就动手了。我赶忙给解围，说，这就是个石墩子，踢就踢吧，又踢不坏。他们就呵斥我，没有公德心，这是公共场所，家长破坏着公共财产也不说制止，受教育受到哪去了？我难以说话，在道德面前我的话语虚弱不堪一无是处。灵山叔还在踢，他们就要动手，我着急得不行，不知细土去了哪里，如果他在可以去通知陶叔，陶叔出面事情就简单了。实在不行我就过去阻拦，怎么也不能让他们伤害到灵山叔。他们还没触碰到灵山叔，灵山叔猛地转身，先是吓他们一跳，然后灵山叔就喊叫开，你们这些无知无觉的人，整天就晓得维护所谓的秩序，人情去哪里了？就不能好好说话吗？我是长辈，起码的尊重都没有，几次过来就是不管不顾地训斥，好好说话就那么难吗？他们听后相视下无动于衷，继续斥责说，这里本就是年轻人住的，你们这些老人来了就扰乱了，根本就不适合你们住，年轻人懂得城市的所有。灵山叔还在踢，并且越来越使劲，石墩子有些轻微的摇晃。我还是劝解，石头又踢不坏，一会儿就结束了。他们恶狠狠地瞪我，坚硬地说，你尽快带着老人离开，不然连你也带走。我真是愤怒，说，我们都有爹妈，怎么这么冷酷无情，都说过了，石墩子怎么能踢坏。灵山叔说，我真替这里的所有年轻人悲哀，包括我的子女，你们失去了所有本质的东西，问你们个问题，你们多久没有疼痛过了？就是偶尔磕碰到，除了尖叫、除了怨恨思考过自己为什么会疼痛吗？他们中有人说，为什么？灵山叔撕心裂肺地叫道，还有脸问为什么，因为你们是人啊人啊人啊，还记得吗？他们冷笑，说，谁不知道自己是人，这不是多此一举吗？神经病，最后说一遍，现在离开还来得及。我只好强行拉灵山叔走开。

灵山叔家里不大，没有卧室客厅可讲，就是一间房，一面墙自己搭建了架子，摆放着许多石头，有瓦片、石碑、石狮子、石虎、石猫……石碑上有图案，那些动物看着粗糙愚钝，实则栩栩如生，应该有些年代了。灵山叔去柜子里取出块石碑，上面的图案像是在举办喜庆的活动，有人吹乐、有人做饭、有人舞蹈、有人说唱，人们围聚桌子坐着，吃着说笑着，好繁华好欢喜。灵山叔说，这些都是我们老祖宗留下的，多少年过去了它们依然在，包括我们现在的生活中还存在不少，但自打我来到这里后，满是悲痛疮痍，年轻人里没有几个人记得，也不愿意去多看。唉，千百年后再看现在，有什么历史可讲，全是一样的坚硬残酷无情。我待一会儿，有个小石狮子很中意，粗大的眉眼，抽象的嘴脸，我感觉它在和我说话对着我笑，我们之间有无法看见的交流。灵山叔见我如此痴迷它，就给我，说，既然你们有缘分，它就跟着你吧。我说了许多感谢的话，等下次见面我会给您带好酒好菜。灵山叔摇头说，不，带两本好书即可。我爽快地答应下来。

本就是单纯出来买个吃的，谁想遇到这么多事情，回去的路上我看来往的人，他们像温吞吞的水，不冷不热地生活在这里。木木呆呆地出去上班吃饭，晚上带着疲惫的身体挤着公交车回来，品园远不是现今看到的这么简单，内里暗含的玄机深不可测。上楼时我故意走了楼梯，一层一层真是高啊，住在最顶层的人时间久了会不会变得轻薄无感。到我所在的楼层，绕转着走一圈，四面八方全是住户，但从没有见过，当初为什么要叫品园，有什么特殊含义，难道是当初起名人对此刻意的嘲讽？无法说清楚，品园的深处是什么，目前来看，多是孤独、绝望、凄凉，繁盛鲜艳在其中显得是那样荒诞滑稽。

3.花婶的秘密基地

周末闲着无事，在家里坐着写会儿东西，累了就起身到窗户前喝喝茶看看河。想起下笔时的艰难，原先是没有过的，脑袋也逐渐在变空，觉得没什么可思想，一切似乎本来就这样。难道灵山叔说的危险就是这个？我会变成这里许多人中的一个吗？我刻意地去思想去捕捉些什么，比如说眼前的大河，随风起伏的滚滚波纹，我能想到什么，那些表面的就不要说，要往深处挖掘。我对自己下了狠手，想不起就使劲地深入，哪怕是血淋淋也没什么，起码这样还能知道灵山叔说的疼痛。看来这里确实危险重重，我们很容易堕入这种浑浊、黏腻、虚无的生活里，忘却所有，过起逆来顺受如动物样吃喝拉撒跑跳的生活。以后每天要留出部分时间来操练，相信习惯成自然，包括敏锐的思维。细土在门外喊我，这孩子怎么不敲门啊，不过这样喊叫着也热闹，给寂然无力的空气增加些活力。

我让他进来，他神秘兮兮地在房间里走一圈，似乎在找什么。我说，就我一个，没别人。他说，不一定，陶叔说，看不见的东西多了。我说，陶叔真是厉害，把你培养得不错，以后要多向你学习。他没有谦让，一本正经地回答，现在带你学习还可以，不过你学段时间就得和陶叔花婶他们学了。我说，好的。他从怀里掏出张折叠整齐的纸团递给我，我接过来往开解，看着简单，实则极难。他说，这是花婶设计的，只有解开这个才能参加活动。我说，什么活动？他说，读书分享会，陶叔极力推荐了你，哦，还有我妈。我说，什么时候去？在哪里？他说，解开你就知道了。在这里能举行读书活动确实不容易，每天见到的人除了去吃喝，很少看见有人拿书看，要看也是在看视频。我想问问意的情况，他已经不见了。我坐下仔细了解观察其中的结构规律，我相信不管如何复杂，总会有起始终结，过程里也会有一定规律可循，难度大的就是无数小规律的叠加与重复，且每个小的规律都不同。花婶又不是设计师，肯定没有那么难。我信心满满地寻找拆解的方法。到后晌还没解开，到底是哪里不对，致使走入了死胡同。花婶举办的是读书分享会，说明她肯定对书有很深的了解及自己独特的观点，既然这样的结构是她设计的，那就得依着她的思路来，这样顺延下来就是读书的思路。读书有什么思路，我不再盲目地胡乱拆解，如果再这样漫无目的地拆解下去反而会破坏本有的拆解方法。我在房间里来回走动，嘴里念叨着，读书的思路是什么？到阳台上站会儿，阳光照射在波纹滚滚的河面，灰蒙蒙的天空，阳光就是个发着光的圆，放眼看去，整体就是种感觉，那种似曾相识又新鲜不已的感觉。要想理解懂得花婶的感觉，肯定有她个人独到高深的体会，其中肯定也不乏普遍有之的感觉，所以就从普遍处入手，闭上眼睛，用手去抚摸，去随着心意感觉拆解。

打开后长舒口气，平息了心中不住涌出的焦虑，忘记时间忘记饥渴地思想拆解，上面写着的时间是凌晨一点半，路线按着拆解过程走，就会看到花婶所创建的秘密基地。到时也会有人引导接待。我看眼手表，离一点半还有些时间，我要想想拿哪本书合适，既然是读书分享会，以新人的身份加入进去，就得说出个一二三来。十二点多我就出发，边走边思想拆解纸张的过程，哪里转哪里直走哪里再转，左转还是右转都得分清楚，若是稍有错误就会迷失在其中，不能准时赶到。走到河边，我思想前面的路线，没有错。继续往下走，来到河边柴草掩盖的地方，路线走得肯定没错，试着揭开柴草，黑洞出现。不知道有多深，伸手不见五指，我正准备打开手机上的手电，一簇亮光摇摇曳曳地出现，我紧张地攥着手机，都可以攥出水来。近些了才看到是有过一面之缘的意，她说，我也是刚进来，听见这边有动静就过来。我心里踏实了许多，有意的引导接下来的路就简单了。洞里比较窄，意走在前面，我走在后面。意说，花婶真是厉害，能寻觅得这么隐蔽幽静的地方。我说，花婶知识渊博，没什么能难倒她。意说，你见过花婶？我如实说，那天听细土还是灵山叔说起过，没见过。意说，不过你说得很对，花婶没上过大学但比那些一流的专家都厉害，胸中有江河、有天地、有人道关怀。我点点头，她肯定没看见。道路真是复杂，就算有人发现洞口也进不来，胡乱走只会在里面胡乱绕转，到时一慌乱，只要看到亮光就会跟着走，直至走出来，一无所获。

过了最狭窄处，接着的便是一片宽阔，四周开着黄色的灯光，很是温馨。意马上投入到分享会的准备工作中，我无事可做，就游客样地参观。开阔处过去进入窄道，里面才是正儿八经的读书分享会场所，陶叔、灵山叔已经到了，看到我过来，赶忙把我介绍给正忙碌指挥的女人。从她背影看平平常常，等她转过身来我惊呆了，虽然从身材看已经和花婶称谓的年龄不符合了，但没想到的是竟然会这么年轻。我惊诧的表情停留在脸上，花婶伸来白皙的手停在空中，陶叔推我我才反应过来，与花婶握了手。我连说不好意思，花婶说，你的反应正常，谁能想到花婶怎么会是二十出头，就像也没人想到夜深人静时，在河底会有一群人在举行读书分享会。我不敢相信自己的耳朵，说，河底？花婶说，就是我们平时见的那条河。陶叔和灵山叔不知在笑什么，手捂着嘴捂着肚子笑。

花婶看座位坐满，就宣布读书分享会正式开始，说，我们在座的有人从很远赶来，有新人有旧人，读书是件很舒心的事情，举行这样的读书分享会是我们情感的体现，老规矩，大家畅聊，之所以选择这么隐蔽的地方，是因为如今明面上已经没有品读分享的感觉，这里会把感觉聚集起，大家能尽情尽心地畅游感受。我听来的人言说，自己准备好的那些纯粹是陈词滥调，没有任何新鲜有趣。正坐着思索若是轮到自己该说些什么好，花婶就端端地叫到我，我手足无措地站起身，磕磕巴巴地说，我是新来的，一时慌乱不知说什么好，以后请各位多多指正。意接上我的话说，苔太谦虚，只要是明眼人都能看出，他身上无时无刻不散发着浓浓的书香气息。花婶灵山叔陶叔都说，还是再说几句的好。我经不住他们这样轮番的劝说，尤为意，没想到在这里她变了个人似的，那样活泼可人。花婶说，这里无拘束，任逍遥。我说，那就说说生活中的，灵魂出窍，奶奶一辈子病着，哼哼是最廉价的止痛药，纵然这样还手脚不停地做着家务，照顾爷爷的生活及牵挂着儿女，没事时就坐在门道和邻居们晒太阳闲聊，冬日的阳光是珍贵温柔的，扑洒在身体上通过衣裳暖热渗入骨头缝缝。奶奶一到冬天双手双脚就肿得厉害，黑红黑红的皮肤看着就难受，邻居老婆婆这段时间也生着病，说，自己许是熬不过这个冬了。奶奶说，熬不过去的是她，她最近总能梦见已故多年的母亲。另一老婆婆说，要走也是我先走。奶奶正月开始病情加重，医院去了，医生束手无策，因为身体太瘦弱根本无法用好药，更否说做手术，身体无法承担这些。回到家吃着无关紧要的药，就那样一天一天挨日子。五月时奶奶的灵魂无法再安然于体内，忽悠悠地飘升出去，奶奶从那时起就陷入了神志不清的泥沼，她没有力气挣扎，随着泥沼的力量艰难地吞吐完最后一口气。细土帮着端茶倒水，我不知自己说得怎么样，见大家迷迷瞪瞪坐着，花婶用简短精确的话语概括了我说的核心意思。

结束后花婶叫住我，说，苔，你先不急着走。我留下，陶叔对我挤眉弄眼地笑，仿佛被留下这个举动里有无限说不透的意思在。花婶看着助手收拾完场地，归置好桌椅茶具。我站在那里，等待着花婶的指令。助手们离开就剩下我们两个。花婶招呼我跟她走，穿过几个窄道，来到后院，进到房间坐下喝茶。房间修建得雅致有趣，虽然是现在的工匠建造，但一点也不失古韵古香。花婶烧水泡茶，我眼睛里满是房间里的物件，尤为房间后面，紧挨着的石崖没有包裹起来，真实裸露着，地上铺了石子，石子上摆放几个模样模糊的石头动物，黄色的灯光照耀着。靠窗的炕台上有木头桌椅、茶具、茶叶、花瓶及正绽放的梅花，我说，有汉唐时的感觉。花婶拿起只杯子，烧好的水倒在里面，杯子顿时变得潮润细腻，光泽尽显，几片茶叶浮在水面。花婶说，不错，这里创造的就是丰富多彩，你可以经常来这里，这样可以帮助你守住现有的感觉。我喝茶时才发现那几片茶叶是从杯子上渗透映照出来的，花婶说，这是陶叔的杰作，宋代才有的工艺，陶叔经过十几年的尝试研究去年年底终于完成了。我说，陶叔是大师。花婶说，这样的杯子，陶叔说一生只能做几只，能用自我的生命创造几只瓷杯的生命真是莫大的恩赐。回去时天已麻麻亮，我们踩踏着青石台阶，我边走边想，何时生出这么多台阶？走了许久才到平地，花婶说，为躲避早起的人们，我们走了另一条路。回到家依然没有睡意，就坐在床上翻开书看。

4.意与丈夫的使命

这天我刚做好早饭，细土就来了，我让他一块儿吃，他闷闷不乐地说吃过了。我说，你妈起得真早，多么疼爱你，这么早就吃过。细土不正常地笑着说，爱？你知道我每天过得有多惆怅多痛苦吗？我想轻视地说小孩子说大人话可不好，思想下没有说出口，觉得那样不好。细土说，你心里怎么想的我知道。我喝着稀饭说，我没有其他意思，就是觉得你本是快乐的年纪哪里来的惆怅痛苦，到我这年纪才会真正开始面对这些。细土去厨房拿了碗筷，坐在我对面，舀稀饭喝，就着咸菜，冷不防说句，这里不容许有年纪。我放下碗筷，看着眼前这个孩子如何说出这样的话。细土说，我是不该来到这个世界的，是他们不严肃。

意坐在沙发上说，既然来了就留下吧，想个名字。男人忙着端饭倒水，浑身散发着甜蜜，脸上堆满笑容，说，这个好说，亲爱的，先吃饭，凉了就不好了。意坚持着说，你会后悔的。男人只管张罗着吃饭，意说，言，你真想好了？男人说，语，不用再犹豫，这样在一起没什么不好。意端起饭吃，坚持的绳索在松弛，直至软塌堆积在地上。我说，细土，你的惆怅在哪里？细土说，是不是很复杂？我点点头。细土说，我是言和语的表达，他们以为能淋漓尽致，实则呢，如今的我连本身的十分之一都不及。言在拥有细土后不久就和语产生无数矛盾，语肠子都悔青了，没有坚持当初的意思，弄成现在这样。当初的结合，婚与姻是见证人，当时也说明了其中的利害关系，如果迈出这一步再要想退回去可是万分艰难。言哪里顾得上那些，搂抱着语说，死心塌地永不变心。爱与情在边上看着这一切，瑟瑟发抖。语也就同意了。意呼喊细土回来，等会儿还要去上学，学习知识充实精神认知，以后就不会犯这样不可饶恕的错误。细土不回去，对着意哭喊不止，说，我见过言语的局限狭隘，别想再骗我。意说，现在我们是意念了，比言语深奥，地下天上的世界你肯定没有见过，你爸这次回来有很大变化，他现在是念，不再是言那时的肤浅表面。我成了多余的人，既然这样我就没有必要做老实的观众，我可以边收拾碗筷边倾听观看。

细土不走，执拗着说，那我现在算什么？是你们本能欲望的果实还是什么都不是？念跟来，抚摸着细土的头说，乖，快上学去，我们承认是我们当时冲动，以为爱情可以凝固为永久的稳定。那天我疯狂地用斧头劈碎婚姻，是不是被吓着了呢？意说，我现在能理解些许婚姻的含义，有个清晰的感觉是，理解越深离婚姻这种无必要的结合就越远。念说，是这样，在纯粹意识精神层面是没有道德人伦这些东西的，婚姻里有太多杂质，无法清澈见底地包容爱情，所以我们才会分开去深造。我好像明白了这其中的关系及深意。细土离开，回家背上书包走了。

意不好意思地说，让你见笑了。我给他们倒水，说，受益匪浅。念说，一切皆抱怨不得，这是必要的经历，从言语到意念，这个过程中婚姻由分到合再由合到分，过程中蕴藏着不为人知的秘密，这是我们的使命，只有不断深入，在天上看见深渊，在地下看到白云蓝天。我赞同他们的说法，爱情的美好似乎就在于瞬间的心动，天长日久会把所有敏锐钝化，婚姻从开始就是错误，我认识的好多人没有勇气去面对，当然也有不少勇气可嘉的人，但到头来还是像你们样分开。我无法表述自己的所思所想，需要那些专业术语的帮助，仅把感觉做出冗长臃肿的表达会让人厌烦。我感觉自己越说越远，赶紧截住话语。

意说，你说的意思全在。爱情就在瞬间，清澈见底，无忧无虑；婚姻提前就做了限定，且有法律的保护，不过几天就搅浑了，在日常琐事里变得越来越浑浊粘黏。有太多重负压在上面，所以大部分人只能去接受，完成此项任务就会被延伸为孝顺有成就，但是本真不是这样。念要走了，继续去探索深入，说，希望下次见面时能超越现有的认识，意念不再是你我的名字。意说，只要有了新的认识，我们就能会意，能心照不宣。房间里的热闹登时消去，剩下寂静与我，刚才的所有像是场梦。

中午想做饭吃，就下楼去超市买菜，路过公告栏见许多人围聚着，好些男女捂嘴笑，七嘴八舌说着什么。买好菜回来，看围聚的人不多，我过去看个究竟，公告栏里贴着纸，上面的内容是最近发现小区里逐渐流行起夜访的风气，给许多家庭及情侣造成不便，就此事小区管理委员会专门开会商议，为有良好安定的环境，将实施多种举措制止。最主要的是探寻到真正的诱因，也就是凶手，再没有比从根源上治理消除见效快了。我想起意和念，想推荐给管理委员会，但转念想，意和念肯定不会接受这样规矩性强的任务，这样的治理是无用的。我离开时又有些男女凑过来，他们看后那种诡异的笑，手自然地牵在一起又放开，他们在岔路口分开，男的低声亲昵地说，到时候使用暗号。女的会意地笑着，点点头进楼里去了。

5.灵魂与肉体的分队操练

面对生活的安排，我无法做出直接的反抗，只能迂回百转徐徐缓缓地消除掉生活的迷药，来这边已经二十多天，每天睁眼下床拉开窗帘，面对灰蒙蒙的天气，自己如傻子样无所思无所想，如果是因为住在高层，整夜漂浮有随时掉落的危险，可那已经得到了安妥的解决，在床边围起结实的栅栏，夜里围上白天收起。若不是这些那会是什么，我痴呆呆地站在窗前，焦急得欲哭无泪，嘴里嘟囔着怎么会这样、怎么会这样？到书架上翻找看过的书，没有印象，看新闻报道，心如止水，没有丝毫涟漪，脑袋成了榆木疙瘩，瓷实又死板，整架的书扔进去也不会有所破裂。双腿跪在地上，用手狠命捶打地面，不禁想起原先在南郊的美妙，怨恨起那些实施阴谋诡计的坏家伙，就是他们害得我离开了能唤起我思索灵感的山水蓝天白云。这所有的一切都将归罪于他们，为自己的蝇头小利陷害告密，再往上推就是头领的昏聩，轻信奸臣，治罪忠臣，如此无能之辈，何以兴业兴教育？

瓦当发来信息问最近过得如何，我回过去不好。瓦当打电话来问具体缘由，我就把自身目前的焦灼说与他听。他说，先调整好心态，世俗的生活会占据侵蚀内心深处及精神，但只要我们把握住核心，回到属于自己的那方小天地，就都会唤醒并且生机勃勃。我知晓瓦当话语的意思，难为的是我就在所在的小天地里，摆放这么多书，整个小区或者说整个北郊哪里还能比这里更有气氛。想起陶叔，起初他就说过，我窗户上散发着光芒，如今想来是严肃书籍的光芒，在往外流溢，难道在这短短二十几天里严肃书籍的所有光芒就消散殆尽不算，还开始偷空我自身里的？当局者迷，旁观者清，去找陶叔问问。

出门才想起不知陶叔家在哪栋楼，给细土打电话没人接，径直来到灵山叔家，他肯定知道陶叔家的具体位置。灵山叔正忙碌着拓印汉石上的画像，掂着沾有墨迹的双手开门，让我坐下等会儿，这块拓完就带着我去。汉画像真是生动，许多上面有的生活习惯风俗情景，现在村里还遗留保存沿用着。灵山叔拓完最后一张，铺展在桌子上等待风干，问我有没有和上次拿回去的石狮交流，它最懂艺术。我羞愧难当，含糊其辞地应付过去，实则拿回去放在书架上就再没动，像是忘掉了，没有用正眼看过，真是不该，等会儿回去赔礼道歉，尽最大努力去弥补。灵山叔关门下楼，在电梯里说，逐渐调整心态，相信上天安排，同时多拼搏，到某个时间自然会有成效收获，只是时间迟早问题。这么长时间第一次去陶叔家，敲开门陶叔妻子说陶叔在地下室。灵山叔带着我下楼到地下室，逼仄的过道里弥漫着阴冷潮湿，一扇锈迹斑斑的铁门前贴着陶艺馆。灵山叔敲门，好半天陶叔才来开，嘴里噙着烟，双手沾满泥土，笑嘻嘻地迎我们进去。不大的房间里温度湿度调控得刚好，陶叔去洗手烧水泡茶。我寻找合适的时机来说明来意，陶叔说话的内容却与此十万八千里远，难以捕捉到机会。

喝一阵茶，灵山叔说，苔，你找陶叔什么事就说。我刚要说，陶叔倒杯茶递过来，说，先喝茶。我忍着慌乱徐徐品咂，陶叔看我压抑着内心的焦苦，笑着说，窗户依然散发着光芒，但要认真培养，跟种草养花一样，该施肥施肥、该锄草锄草、该浇水浇水，要注意维护温故。记得我们几次的说话，提到过在这里的危险，尤为对于你来说。花婶的读书分享会魔力很大，吸引了不少人，你要常去。我说，陶叔啊，我现在已经出现了觉得所有都是理所当然的存在的屈从，想反抗却找不到反抗的缝隙，这里的生活越过越浑然一体，完全把我们包裹在其中。陶叔就着昏黄的灯光，摆放好罐子的泥坯，说，所以你要进行刻意的操练，肉体与灵魂要分开，时刻记住多问个为什么，你朋友瓦当在这方面做得很好，他已经达到超越忽略时空的地步，到哪里都能保持敏锐冷静的思想。比如你闲暇时，眼前的任何物都可作为思索的对象，时空为大前提，光分解开是什么，人性中的恶到底有多恶，婚姻爱情为何，生死为何，不断地解构打破，不管何种艺术做的都是这个，摄影绘画写作皆是为此，只是手法不一。我首先的疑问就是，陶叔和瓦当是什么时候认识的？陶叔说，精神到了一定层次，相遇如光如电磁波样的快速简单。我们无法逃脱生活，不能单纯地去追求所谓的艺术，生活是艺术肥沃的土壤，人的潜能是巨大的，再艰辛不易的生活都要去用心度过，精神层面也就是灵魂层面要时刻去把握捕捉生活中的复杂，先单独拿出刻意地操练，久而久之就会成为习惯，对生活艺术的敏感自然而成。我还想再多听些，陶叔却不说了，摇摇手说，再多说些你能理解记忆的就更少。灵山叔和陶叔要商量其他事情，我先出来。

我没有忙着回家，来到河边闲走，正是晌午时分，没想到会有这么多人。我琢磨陶叔及以往和瓦当聊天时的话语，灵魂与肉体暂且分成两队操练，告诉自己不要着急，一点点往前推进。首先为什么要操练，亦是操练的目的为何，就按目前的理解，操练是为了具有敏锐的思维，不管是对生活还是艺术都要有好的理解与把握，做真正的人，而不是行尸走肉。好，就这样接续着往细致走，灵魂如何操练，肉体如何操练，其实难度在灵魂的操练，肉体为具体实在的存在，操练自然有形可寻，灵魂是抽象形而上的存在，操练起来要有高度的掌控力，不然会陷入漫无边际的虚无中。作为经常阅读的人，这里有数不清的高超的认识，但能不能从中吸取到精髓，得看对文字的敏感度，单个的字词，或一句话一段话，萨特厚厚的著作《存在与虚无》，最终倾向的解构的到底是什么，虚无还是存在，还有加缪对相同主题的理解是什么，都是可以借助的，促成自己更有深度、广度、宽度的理解。如此想来，中国文化似乎还真是缺少西方的这种解析能力，这也恰恰反映出两种文化的差异。我们经常照镜子，要想在自身文化已有的高度上再创新高，何不妨拿西方文化的这面镜子照看自身的模样，这样定能看出许多原先看不到的东西。

如此想过心情就舒畅许多，要想在品园里生活得有滋味，要具有人应有的思考，单纯的吃喝生活，只会成为其中填充空无的死物。虽然自己经常与文字打交道，但这并不妨碍绘出知识的风景画。即使尽头别无二致，但过程中的抗争很是需要，因为只有这样才能在这个黏腻浮夸的世界里清亮地生长。

6.绘制品园内外知识的风景画

瓦当也在这边租了房子，几次过来办手续留宿我这里，一起喝酒吃饭，聊艺术的方方面面。酒喝得差不多我们就喝茶水，瓦当酒量好，酒精不能迷乱神经，保持着清醒，说，苔，我们看这么多书，从中得到的不仅要用在艺术上，更多的要渗透润泽在平日琐碎的生活里。面对生活面对艺术，保持住灵敏洁净，心神合一，能做到这样就很不错。我知晓瓦当的意思，认同地点头，让他喝点热水。他摆摆手说，这点酒，不打紧，具有农村背景的我们，在面对飞速发展的现代社会现代生活时，物质会生出巨大的排力与压迫，我们要想强大起来，就得在精神上下功夫，我看你已经在做精神肉体的操练了，这就是强大的表现之一。瓦当面对生活时沉默寡言，可在艺术的世界里他有自己独特的见解，为人真诚淳朴，我欣赏他这样的品质。那夜聊完已是黎明，楼下河边传来杂乱的声响，他很快睡了过去，我却无眠。

晌午我们去小区旁边的棚户区吃饭。在家时，我经常站在阳台上看这里，两排用钢铁焊接搭成的棚子，面对面放着，中间留出人们活动的区域，各家挂上各家所营业的招牌，门前摆放上餐桌，来人可以在里面吃也可以在外面吃。另一排多是卖蔬菜水果及日用品的，我们走在其中，转悠几圈决定吃面，在外面的餐桌前坐下，老板扯面煮面，妻子里里外外地忙活，收拾吃过的碗筷。我看着脚下肮脏的地面，再看来往的人们虽是风华正茂，但浑身散发出的气息却是萎靡颓废，许多工人师傅围聚在卖米饭菜的棚子前，各样菜早就炒好，倒在铁盘子里，来人挑选好菜，实诚的老板狠劲挖两铲米饭，工人们欢喜地从老板手中接过饭菜，迫不及待地端到餐桌前，就那个瞬间，我看到了人深邃的欲望，不禁担心起来，一会儿吃饭我也会像他们那样不顾一切贪婪地吞咽吗？面端上来，饥饿占据了所有，忘却了刚才的思想与顾忌，宽宽的面沾染上喷香的油泼辣子，恨不得一口吞下整碗。中间停住用纸揩擦嘴角，环顾四周才发现有人用自己刚才同样的眼神看着这边，瓦当就着蒜，微笑着说，吃吧，我们何尝不是？本不想喝飘着油花的面汤，可实在干渴，就端起猛地喝几口。

阳光说不上好坏，沾染着灰蒙的雾霾，回家也没事，就穿过马路沿着河边走。我们没有到靠近河边的路，就沿着上面的路边走边聊，马路上来往的车辆飞驰而过。其间，我们不时出现长短不一的静寂，话语仿佛说得太猛太多，没有规划好，均匀地铺洒在时间的路面上。最近夜里总是有哭泣声，不知具体从哪里发出，迎面过来几个人，前后跟着八九只狗，顾着警惕这群活蹦乱跳却又似乎有着苦衷怨气的家伙，没看脚下，差点踩到热腾腾的狗屎，好在其中有一只狗的提醒，对着我的脚步狂吠，我明白此种意思后再看，它已经走远，混杂在狗群里，不过它也转过头看，眉眼间蕴藏的深意是在哪里见过，没见过的话就是感应到过。没走出多远，就听见有人“哎呀”的叫声，紧接着就是痛骂，既然养狗，出来怎么不记得讲卫生呢？我脑海中浮现出那张狗脸，眉眼嘴巴鼻子显露出复仇的畅快。

好多人围聚在下边路上的护栏边，等我们走近才知道，原来大家关注的是一只狗不知怎么把头伸进了与其不相匹配的空间的护栏里，出不来，主人正急切地想办法往出挪移，无奈护栏间距真是太小，出不来。狗的身子露在外面，屁股对着所有人。人们的议论纷纷中多是嬉笑，不少人拿手机拍照拍视频，只听见咔嚓咔嚓的声响，围聚的众人逐渐捂着鼻子散开，被钳制住的狗头不住地摇晃抖索，身子躁动起来。瓦当看眼就走开，言语句，不知到底是谁在戏耍谁？河边有很多人在钓鱼，年纪不等，年轻的男女真是欢快，河里的鱼成了他们的笑谈，钓上来手指长的小鱼，失望解下轻蔑地扔在地上，鲜活的生命在干巴的地上挣扎跳动，阳光落在还不太成熟的鱼鳞上，闪烁出迷迷蒙蒙的光芒，女的那种上气不接下气的笑声和撒娇声搅和在里面，真想有谁能惩罚他们。瓦当三步并作两步跑下去，捡起地上的小鱼，放在河里，不知能不能活过来。男女停住嬉闹，盯着瓦当看几眼后，恢复刚才的欢悦。我们又往前走了会儿，瓦当说去家具市场逛逛，他在这边租的房子里还空空如也，现在开始逐一置办，过段时间就能住进去。

家具市场开在小区外面巨大的门面房，里面外面都摆放着各式各样用劣质木材制作的家具，瓦当挑选床、衣柜、橱柜、沙发，我试着去几个沙发上坐坐，感受其质量及舒适度。问老板多少钱，老板说，最好的那个七百五，中间那个五百三，最边上的四百八。我说可不可以少点，老板便现出最大的真诚，说，少不了，现在去厂里都拿不到货，这些还是过年提前储备下的。瓦当看好所有，与老板交过钱，老板问清小区楼号房号，说这会儿有些忙，等会儿送过去。瓦当说，我们就坐在这里等待。我坐在外面摆放的沙发上，瓦当坐在床上，人们穿梭其间挑选着中意的家具。不远处那个柜子上的镜子真是好看，通过它能看到左边停放着的许多车辆，雾霾逐渐散去，阳光慢慢露出真容，愈发的温暖，冬天早就过去，春天却迟迟不到来。我忽然看见对面河边与瓦当走路闲聊的自己，瓦当躺在床上，享受着人生的每个瞬间。

送家具的师傅到门口卸下家具，我们帮着抬到电梯口，床垫子太大电梯进不去，只好走楼梯。小区里到处是搬家的景象，还有忙碌争抢着办手续入住的人们，手里拿着文件袋，三三两两心满意足地走着，陶叔的声音出现，说，物质丰盛与匮乏都应该对精神产生极大的迷恋。再看其他人，没有人听见此话，皆往房间里搬运着可见可用的东西。瓦当说，会把自己所有钱投入，在这里开个书店。灵山叔说，可是不敢，风险太大，不如开饭馆。已是后晌，小区里涌进很多人，手里提着吃食，没有涌进小区的，下车后直奔旁边卖吃食的棚户区和路边的小吃摊。瓦当开怀大笑，说，书店得开，不然这里真的就荒废了。家具搬到家里，我们做了简单的规划，再买些零碎的日用品就完全了。

夜里，路上车流不息，我坐在桌子前，拿着纸笔思想着这段时间以来的见闻，面对如此虚浮浅薄的素材，怎样在其中找到深奥有趣的知识，这是关键。诚实讲，能在品园遇见陶叔、灵山叔、细土、意、念、花婶，且能和他们相处生活，真是幸福。要时刻充实警醒自己，争取画出这幅知识的风景画。

花 魔

1

苦闷的日子不会因为个人的迷茫悲痛终止，蛮蛮錾敲石头样地领教了加缪的厉害，那句话，重要的不是治愈，而是带着病痛活下去。蛮蛮坐在沙发上，不住回想去外面找吃食顺便接水时的所见所闻，看着前天买回已挂在墙上的碑帖和瓦当拓片，心里那个美，有得救的感觉。多日深处沟谷悬崖，行走的谨小慎微，可走着走着就脾气躁，大跨步走，生怕掉下去。奔波一天，身体疲倦不已，一进门身体就失去了伪装，软塌下来。坐会儿觉得肚子空荡，拿着水桶下楼出了小区，微风吹拂着众人的身体，真是难得如此好天气。没出小区时，脑海里已经浮现出路边摊的热闹，多个车子停靠路边，大小颜色各异的灯泡在昏黄的路灯下亮着，车辆与下车的归人，走马观花地选择着自己的美味佳肴，选定后停站在心仪的位置，给老板说要求。走出小区那刻，蛮蛮满眼凌乱，目不暇接现实的晃动，警灯从远处闪烁，粗壮的喇叭声音赫赫有力，摊位慌乱移动，食物在逃跑，于是蛮蛮拿着水桶追赶，到路对面通往荒地的豁口处站住，这里是温馨的港湾。蛮蛮平缓呼吸，开始悠闲地选择喜欢的食物。

往回走，看路上所有，倏然发现黏稠样生活的清澈和稀疏，原来细碎残破才是生活的真相，乐趣在裂缝中，有心人才能发现，进到小区接上水，双手无法再做其他，凑合走着，忽地听到有小孩唱："我好孤独……"后面内容大概是被父母发出的笑声淹没，没听清楚。直至现在蛮蛮依然在思索，他觉得这是他们首次的神秘相遇，从此结下剪不断的缘分，说明小区住着与他相同的人，或许小孩和他只是表现出来的万分之一、亿分之一。

小孩那句"我好孤独"，他非但不会忘记，而且会把声音幻化成形状，描画出想要不想要的模样。

对于生活，蛮蛮有了新的领悟，从此要在繁琐苦闷里寻找独有的乐趣。

这般心态思想能持续多久，蛮蛮无法知晓，只好走一步看一步。

兴奋持续到深夜，稀释掉早就涌来的睡眠，坐着翻书，看房间四处，小是小，四处摆放的物件也无多大变化。蛮蛮记得有次和朋友聊天，说到重复乏味枯燥的生活，朋友境界高，住在对面同样性质的小区，茫茫大地上不知有多少个这样的小区，实则，终究是一个。朋友说，要在相同里看出不同，一旦拥有了那个东西，处处皆境界、皆通透。他明白朋友的意思，顺耳听过，没留意，此时想起觉得甚是有意思。

蛮蛮不再散漫地胡思想，强迫思想回到心情好的表面，然后深究根底源头，把那里看个明白，这样也好防备以后不快时拿出来，恢复到现今这般。简单吃过饭食，陷入沉思，眼睛看不进去，用手深挖，手不行就使用工具，铁锨镢头斧子齐上阵，不信攻不破。折腾几个小时，倒不是一无所获，多少抓住些，但似乎并不能起到作用。有神助样地咏唱诗句，不识庐山真面目，只缘身在此山中。不如把此时此地拍在照片里，然后做整体性的观赏剖析。果然有用，照片里的拓片画框和地上的绿色花草相得益彰，它们营造出看不见的深意。难道是这些？转念想，艰难寻找的往往就是看不见摸不着只能感受到的。转换思路，沿着不同路径行走，攀登漫步站立远望，下山，快意下山。能有所领悟，全依仗于前面的孤苦难言。

往后的日子可能会过得容易些。

2

毕业两年的蛮蛮，终于踏入了真正的社会，原先的生活暂且说是美好，他现在不敢轻易对任何真实存在下结论，因为改变何时出现无法预测，结论与改变自相矛盾，会让别人觉得自己神经紊乱，一会儿东一会儿西，一会儿捉鸡一会儿打狗，这样下去会被孤立。他不能屈服缓和的是，这就是最真实的自己，为什么要迎合别人喜好活着？尝试几天，被攻击得头破血流，投降于别人画出的形状。

真正的社会生活什么样，蛮蛮无法得知，起先总觉得自己经历得够多，等正儿八经出来才知晓，原来那还是隔着厚厚的玻璃，看着相似，却从没有亲手真实地触摸过。有坚硬残酷的概念，有时把概念具体化也很有必要。蛮蛮起初没有茫然，乐观常在，觉得凭自己本事，随便找份工作就能代替原来的工作，并且强于百倍。跟随着放寒假，搬移了所有东西来到新住处，离开那刻，他心里难受至极，因为有朋友在，没有表现出，强颜欢笑言说着下次再见。

摆放好东西，开始新生活，不多时便是春节，喜庆日子过后满地孤寂，提早来到远离家乡的城市，不知做什么好，拖拖拉拉到原单位上班，想起已有的变化，彻底清醒过来，自己失业了。那些时间他真不知自己是怎么度过的，不知谁给他说参加省上考试，尽管心有一万个不愿意，还是咬着牙下定决心买了资料复习，家里觉得憋闷就跑老远去市图书馆，几天下来愈发没意思。重新思量，不能这样下去，边动弹边静止才是正道，只动弹只静止皆不是佳益。开始想方设法地找工作。

每天坐车跑动面试，跟着落日甚至夜色，站在拥挤的人群的车上，每个人的状态真是吓着他，他先是觉得自己肯定与众不同，几天下来，他动摇了，一阵比一阵虚弱。他好想问身边的人，我们是否完全一样？这天忍不住问了，男人直接用不客气的言语，谁和你那死样子一模样。女人能温和些，说，自己去照镜子。他不放弃，仗着胆子说，你们就是镜子。男人满脸愤怒，说，这明显是调戏，龌龊。女人身边的男人看不下去，被众言逼迫，对着他不分青红皂白就是一通咆哮，看他木头样，男人心满意足地狂笑，但他看得出男人心有余悸，害怕他突如其来的袭击。他嘴角涟漪样地泛起笑意，耷拉的手逐渐有了力量，东方的旭日，冉冉升起，男人的笑却成了夕阳，紧张成彤红颜色。周围的人屏气凝息，关注着事态发展。他抬起的手越发接近众人想象的姿势，关键时刻，他一个回转，摸摸鼻子，给众人个猝不及防。男人庆幸，长舒口气，女人见此状况，痛骂男人没出息没本事，软弱无能。男人无法再虚张声势，车到站，男人拉着女人下去。

车里恢复如常，他回想刚才的事情，无论输赢，此时只剩下他，羞愧难当。思想得出神，看窗外熟悉的景象，这不就是自己下车的地方，赶紧冲向就要关上的车门，身子出来，背的包挂在栏杆上伸手去解脱，车门关上，胳膊被夹住，边上站的人慌忙呼喊司机，有人的胳膊被夹住了。司机猛地停下已启动的车，重新开了车门，嘴里骂骂咧咧，下车时不下，不晓得想什么，真要是出了什么事，谁能担待得起，害人精。他收回胳膊，察看夹痕，司机说得对，怪他出神没跟着众人下车。望着离去的车，疼痛慢慢拉回远去的视线，夹痕周边泛溢出青紫，呆愣会儿拖着疲惫的步伐进了小区，本想在路边摊买些吃的，忽然心上涌起无尽莫名的伤悲，径直回去。

进到家里把包扔在地上，身体摔在沙发上，沙发内里传出碎裂声，他惊诧几秒后悲痛得不能自抑，这里没有别人，便抱头痛哭起来。不知过了多久，在静寂中艰难地看到深浓的黑色，脸上覆盖了紧绷的干皮，张嘴睁眼，前后上下左右地活动，打破撕碎前面的不快痕迹，起身到窗前，认清楚当前的时空，振作起来，继续在浑浊里游动。

天快亮时空落的肠胃有了知觉，迅疾思想能吃的食物，现成的没有，前几天收拾房间，把没用的不新鲜的全部扔掉了，冰箱里倒是剩些蔬菜，好像记得柜子里有几个鸡蛋，不知还在不在。

带着神圣紧张的心情打开柜门，鸡蛋出现，四个，足够吃了。不管不顾地忙活开，鸡蛋打在碗里搅拌好，蔬菜洗净切好，锅里倒上油，火加大，欻啦一声，鸡蛋与油见了面，两个一个见不得一个，互相推攘又推攘不开，他拿铲子翻搅，鸡蛋炒好炒蔬菜，最后倒一块儿翻炒，没来得及倒在盘子里，连锅端到客厅的桌子上吃起来。狼吞虎咽吃几口，嘴里满足地嚼动，肠胃张开大口，有多少收多少。再吃几口时，他嚼动得慢下来，眼睛盯着锅里色泽丰富的美味看，仿佛其中有多少不可告人的秘密。双手冻结住，嘴里的饭菜变得无比恶心，他问自己吃的是什么，答案当即显现，炒菜和炒鸡蛋，他对着锅里剩余的饭菜冷笑，筷子摔在地上，喊叫道，全是狗屁，我们的生活还有什么未来有什么前途，生活的常态及本质原来是这样，原来是这样，无尽的苟且与虚无肮脏，太可笑太可怜。他多少次带着夜色回来，不管是坐公交车还是出租车，被吵闹黏腻的空气包围，看向外面，这时的他是最孤独、最凄凉、最悲恸、最绝望的。现在他终于明白了前面混沌圆润无法理清的那些东西。

捡起筷子夹起锅里的饭菜，放入口中认真咀嚼，如今的东西真是经不起细致的检验，大而化之的美好是虚无缥缈的，多少人自我欺骗地生活着，明知如此这般却还装着不知，或者更可怕的是，反其道而行地表现得无比幸福美满。他不能这样稀里糊涂，要去分辨要去追究，哪怕结果同样。锅里饭菜一样一样往过吃，西红柿怎么样，青椒怎么样，鸡蛋怎么样，油麦菜怎么样，他猛然领会到前几天去郊外看到那只羊对他的趾高气扬，当时他还训斥它，连你也这样傲慢，你有什么，还不是吃草生长然后成为人们口中美味。现在想来，真是不如人家，起码人家吃到的是真香甜。

3

醒来时阳光洒满房间，昨夜睡得慌乱，窗子没关，窗帘没拉，这时没有想象的人声嘈杂，马路上传来稀稀拉拉的车辆经过声。他看眼时间，正值晌午烈日炎炎时，怪不得静悄悄。无精打采地起来，去洗手间洗漱，经过客厅看到桌子上的锅，走近看锅里的饭菜，黯淡失色，夜里那段愤怒复杂忧愁的心情清澈再现。洗漱完，稍能清醒些，但效果不大，自从离开南郊，来到北郊居住，他想念着南郊的一切，比如每日必须用到的水及需要的阳光，站在窗前看外面，下面是有宽阔的河，可没有青山，勉强的绿水也就一无是处，远处灰蒙一片，不知是哪里，慨叹，慵懒的日子啊，何时才是头，前些日子不知是中了什么邪，没有找工作反而做起自己最不喜欢最不情愿的事情——考公务员和事业单位，那时的理由是为稳定的生活，将来没有后顾之忧，为更好写作。此时想来全是借口，难道聘用的、临时的就不好吗？与自己作对的痛苦一直持续着，矛盾的人啊，盼望解脱又不住跳进去，到底要怎么样？这些日子也在找工作，工作有，想找个合适的却难啊，一个接一个地面试，本以为是优势的写作条件，却成了阻碍面试的巨石。所有人看后不是说不合适，就是说这样屈才了，他每次失笑。每回带着失败出来，走在路上，自言自语，写作真是在这个社会里容不下啊！他在接下来的面试里，再也不会提起自己写作，就是个一无是处的人，勤劳踏实任劳任怨。最近面试了个保安的工作，他反倒快乐，这和写作和文学没有丁点关系。

谁家在做饭，他听得闻得真切，味道和声音都是那样的轻飘，前些日子和朋友聊天，说起天然气做饭与电磁炉做饭的区别，朋友说天然气做的饭香，他当时不明白，辩解着都一样，自从昨夜梦里见奶奶，奶奶摇晃着病痛纠缠瘦弱的身子，让我坐在门道等等，他发现自己变小了，七岁还是八岁，跟在一起的是四爸家的孩子，比他小一两岁，跑回家里拿着山上摘来的青杏吃，给他两颗，他咬一口，酸得龇牙咧嘴，跟着便是浑身哆嗦，他俩被这样简单的游戏迷住，一人一阵。奶奶拿着有些年代的铁勺子，一次打两个家里喂的鸡下的鸡蛋，铁勺子伸进灶火里，邻居奶奶过来串，老远就说，又给你那宝贝孙子炒鸡蛋吃啊，奶奶笑着说，趁灶火的火还在，拿铁勺勺炒几个，解解他们的馋虫。奶奶端着铁勺子出来，他跟弟弟一人一口吃着，那个香啊，是天地间自然的醇香。再要吃两口品酌，梦醒了。

在房间若有所思地转悠几圈，看白雪样的墙壁，看空旷单调的地板，看坚硬冷漠的空间，走到厨房，走到阳台，看到小区外面的荒地，他恍然大悟。穿上鞋，关门下楼。出了小区来到荒地边上，地里放着开发商的铁器，用不了多久这里也不再荒芜，起高楼成小区，有许多人住进来。那样的话这里就彻底没了意思，他的生活将陷入泥沼，无力爬上岸。走时匆忙，忘记拿塑料袋或水桶，到就近的商店买瓶水，顺便要了个塑料袋，到还完整的荒地上连土挖几棵好看的花草回去。还有就是小区里面的花园，有些花草长得也不错，等到夜里避开摄像头，挖几棵回来。提着带泥土的花草，回到家发现没有花盆，暂且到楼下棚户区那里买几个，随后到网上多买一些。他的梦想，换句话说，内在生命需要外在的生命来培育。

栽种上荒地里挖回来的花草，看着蔫头耷脑，他相信明日一早定会看到新的活力与生机，两三盆花放在客厅与卧室的过道就是不同，看着就舒服有意思，心情里能少些焦虑。天色渐暗，他简单吃过饭，趁着平静坐着看会儿书，等待夜深了到小区花园里挖花草，计划必须周密，不然被发现或逮到，那就丢人丢大发了。从此会在小区里传开。半夜一点多，所有声响剩下几片，他出了门，带上铲子塑料袋，下楼。电梯到十楼停住，门开了半天没人上来，到七楼停住，还是没人上来，这时他慌了神，半夜里难免有不干净的东西出入，再者谁知这里以前是什么地方，乱坟岗子也说不准。好在到一楼没再出现停站，他快步来到花园，天上没有月亮，几颗星星点缀，总算能看得见。他转悠一圈，选择欢喜的花草和避开摄像头的地方，找准两者后，蹿进去，刚挖了几下，就听见似曾相识的声音：“我好孤独。”他停住手细听，声音不再；接着挖，没几下又听到：“我好孤独。”声音与上次听到的表面看没什么区别，可总觉哪里不对又说不出。他壮着胆子说，谁，你是谁？那声音说，我好孤独，你是谁？他说，你是“我好孤独”？那声音忍不住发笑说，你不会也是“我好孤独”吧。他说，也没什么不可。那声音说，你们是组织吗？他说，什么？那声音严肃起来，不要装蒜，最恨敢做不敢当的，虽然不是你做的但不排除你们是一起的，合谋者。他说，莫名其妙，你到底在说什么？那声音说，我好孤独，你们肯定是协会组织，比如，粗糙说是挖花草协会，雅致些……他说，偷绿色协会。那声音说，还是不雅，不过已经暴露了你们合谋的尾巴。他长叹气，无比认真地说，我真不知道你在说什么啊。他听到脚步声到这边，赶紧把身子伏在地上，等脚步声走远无声息才起来，挖选中的花草回去，再没听到那声音。

看着摆放在地上已有规模的花草，他心情大好，接水挨个儿给喂饮，有个叫不起名字的草长得特别好，估计不久就会抽芽，绿色上生长出的绿色，纯净鲜嫩至极。浇水中，他心上生出个大胆的想法，既然无法阻止高楼，那就做自我的改变。他不明白自己为什么非要找工作，好歹每月还有几千元的生活费，为正儿八经生活的意义，还是觉得别人都在工作而要工作，专心写作不是多少时间里梦寐以求的吗？现在可以了，反倒不安，要胡乱去折腾。转过来想，要是每天都接触文学写作，没有其他生活方式，枯燥乏味会升级，有份工作也不错，算是调节剂，说不准能写出更好的作品。先不想这个，抓住好容易才找到的突破口，要做就做到极致，一个两个存在还是无法影响改变大环境的，要蔓延到整体。

4

不知谁把他偷挖小区花园里花草的视频发到网上，迅疾流传到小区物业，物业当然要找出当晚监控出来，他自以为完美地避开了所有监控，却忽略了身边那个，真是最安全的地方就是最危险的地方，他当时愣是没看见。小区里顿时疯传，有个半夜偷花草的贼，很快精准定位到他房间的楼层房号，他慌了神，不知如何应对，如果解释的话会不会越解释越乱，但不解释也不行，满世界都知道他半夜偷花草。众人开始猜测他行径背后隐藏的天大的秘密。他想大不了不去外面，想要什么叫外卖，这段时间待在家里，挺过这段时间，人们就会忘却关注到另外的事件。做饭时，水管没水，也没有提前储存，不光他渴得厉害，花草也要水的滋润。坐了半天，渴得难受至极，拿着水桶出了门。

电梯里就有人交头接耳地窃窃私语，他忍受着，到接水处接水，过来过去的人皆投来复杂的目光，看得他浑身不自在，像爬了无数只苍蝇，奇痒难耐。看他的人越来越多，他干脆一不做二不休，完全亮牌，猛地转身对正投入看他的人说，想看就尽情看吧，我是在半夜偷着挖了几棵花草，怎么了？你们羡慕你们也可以去挖啊，何必在这里指指点点，多大的事啊。有人胆子大，嬉笑着说，怕是没这么简单吧？半夜偷挖花草，怎么也能占到采花贼的称号，或者再完备些，就是拈花惹草。他失了笑，心想，正式写文字不行，往这上面说却出口成章妙语不断。他说，那你觉得是什么？那人说，当然是人啊，跟相好的……他知晓辨别不清，不如顺水推舟，接着说，那你说我跟哪个相好的？你家的还是别人家的？话语惹怒了拿他玩笑开涮的人，想动手被旁人拦住，他故意表现得喜悦扬扬。有女人说，不要跟这样龌龊偷鸡摸狗的人计较，还羡慕，你有什么可羡慕的？想要花草，拿钱去买啊，那么多可买的地方，何必半夜出来偷挖公共的。小区里的清洁工过来，穿着朴素的女人，大概是从农村来的，站着看这些发表着崇高话语的人，七嘴八舌后，女人说，不就是几棵花草么，花园里正好长得密集，迟早得拔掉一部分，不然影响得都长不好。穿着靓丽的女人低声厌恶地说，你倒厉害，谁给你说话的权利，还不就是几棵花草，你挣的是谁的钱，还不是我们交的钱。女人想说什么没有说，摇摇头端着铲子拿着扫帚去清理其他地方。他对着言说不言说站在周围观看的人狂笑，疾呼，悲哀啊悲哀，一帮冷血动物，别以为你们有多高尚，看不起人家清洁工，你们真的有钱吗？装什么有文化，装什么高雅，有钱就不会住在这里。有人还真不知羞耻地说，我有钱我就爱住这里怎么了？管得着吗？他指着那个痛骂，有钱还住在这里，要不要脸，贪得无厌，恨的就是你们这些恬不知耻的商人，恨不得全世界都是你们的，连这样的廉租房都不放过，不过自古以来就是这样，还有你们这群奴性十足的卑微者，被压迫着还说享受，低级啊低级，只知道简单机械的动作，再就是肮脏的心机。他不想再说，提着水桶在众人的指责中离开。

走出几步，听见稚嫩的声音，我好孤独，你们知道吗？众人惊异，小的孩子如何说出这样成熟的话语。小孩说，我信他，他就是单纯喜欢花草，不可以吗？众人说，你是小孩子，容易上当受骗，心智不成熟。小孩说，庸才蠢货，难道你们的不相信就没有上当受骗？你们心智成熟，真不知成熟在哪里？越来越低级。他转身看眼小孩，两人皆面无表情，看眼对方走开。他进了楼，坐上电梯，想着小孩刚才的话语及声音，他说不清楚其中的奥妙，夜里是那样斥责他，说他们这是组织协会，还有敢做不敢当的话语，现在又这样帮他，他想回去找，然后问个清楚，无奈碍于外面敌对势力太多，就算他说到嗓子嘶哑也无济于事，还是等下次吧。

房间里栽种的花草越来越多，绿意浓郁葱茏，他好似生活在植物园里，成天呼吸着新鲜空气，清凉自在。为吃食健康，他明目张胆地去荒地里揪花草叶子，众人看在眼里，背地里不知组织圆满了多少个故事，他真想挨着听，然后就他吃花草叶子为主题，汇集出上百种模样形质各异的故事。花园他也去，象征性地揪几片叶子，看有人在偷看，他就肆无忌惮地跳起舞。最近看视频学习了恰恰、芭蕾、伦巴等舞蹈，尽管不熟练但几样交杂着跳就丰满熟练许多，无人看得懂也无人看得出舞蹈的路数，看的人越多他跳得越带劲。有人就调侃着喊，舞男啊，舞男舞男。看的人跟着叫喊然后大笑。他不在乎别人叫他什么，放飞自我，做自己喜欢的。

花草长得快，他就不去外面揪花草叶子，直接揪房间里的，或生吃，或煮着蒸着，或泡水吃，多样吃法终究为其中纯正的香味。房间里能摆放的地方基本摆放满，接下来要怎么布置，不能就这样停止，他想过培育周围人和他一样的兴致，花草枝叶甚至种子都可以给他们，只是他们会以种种理由拒绝，当然也有可能回家种下栽植起来。思来想去这样做法的概率效率皆不高，要用其他的办法，做到润物细无声样的渗透。等所有人发现时，事情已经成为事实，无法改变，爱美之心人皆有之，也不忍心去破坏拒绝。他下定决心，首先要培育出一种生命力顽强到开石破铁的种子，因为只有这样，才能开辟出新的种植生长区域，让绿意让灵敏自然的感觉蔓延整个小区。他每天都往外跑，一会儿小区一会儿外面一会儿楼道一会儿垃圾桶，众人说他疯魔了，估计是失业在家，压力太大导致的。小孩开始帮他澄清，告知人们真相。众人一笑置之，把小孩晾在一边。他去给小孩送水，看清小孩的模样，比想象的更娇小。他说，没有人相信的。小孩喝几口水，人最大的失败就是丧失掉相信这样的纯真。他认同小孩的说法，几次想问小孩为什么帮他和那晚为什么说那些话，话到嘴边却咽了回去。小孩子唱着“我好孤独，我好孤独……”离开。

他拿电钻在墙上钻出两个间距不远的小孔，把培育出的种子放进去，再拿水泥抹平，看被他命名为“铁托”的种子是否如他期望的那样，成效作用需要时间的佐证。每天他都忍不住多看抹水泥处几眼，如果有天能看到丁点绿色，他会开心到疯。从这天起，他每天趁着没人时，到关键重要的几层楼道选择打孔的地方，几次下来发现不妥，现在小区里没人不认识他，他这样钻孔，弄出的响动会引起无数人攻击，只能想办法，叫朋友来挂上几块钱买来的工作证，装作是为小区安装信号源，这样即使人们听到看到也不会有所怀疑，因为这是为他们提供便利，楼上信号特别不好。朋友冒着被抓的危险，紧张快速地按他说的点钻完。他不能让钻好的空长时间搁置，直接把培育好的种子放进去，拿水泥抹平，大不了失败后重新来过。

5

这天夜里他看完书，站在花草前仔细凝视，有风在他四周流动，他感知到其中的异样，用手出其不意快如闪电地捕捉，风幻化成声音，就是在花园听到的那个，说，你们的组织到底有多庞大，我好孤独，你们也好孤独，可你们太卑鄙，让我更孤独，知道吗？他如实说，不知道，把话说清楚吧，还有为什么三番五次地帮我？声音说，我没有帮你，我是在帮我自己，你们觉得自己活得是人还是鬼，还是僵硬呆板的石头、钢铁、木桩？他给声音竖大拇指，诚挚地说，说得太棒了，我们不光孤独，而且活得四不像，有着人的皮囊，包裹的却是坚硬的石头，无感无觉行尸走肉般活着。声音说，用不着你附和，我已无家可归，都是你们害的，数次地破坏打搅，我已经无路可退，只能四处流浪，跟你们一样永生不得安宁。他看得出对方不像说谎，可重要的是他真不知道是什么事，让具体说又不说，总是云里雾里的，捉摸不透。声音这样抱怨絮叨一阵，自行离开，他再要找回已经不再了。

两个多月后，他在抹水泥处看到了可人且青嫩的枝芽。细致地在墙上寻找观察，整面墙散布着大小远近不一的绿色，形状也各样，不要看各个细微，但他敢保证肯定没有相同重复的。在吃花草叶子这些时日里，他身体愈发感到轻盈，花园里跳舞更加自如有力量，轻而不失力道。一段时间后，房间墙壁上的枝芽长成形状，看得真真切切，不再有虚幻的可能，白色的墙壁点缀上零星可爱的绿枝芽，这已经超出了山水画的范畴。与齐白石晚年的泼墨画，及李可染、徐悲鸿画的那些皆不同，纯白底色，浑然天成地长满形状各异的绿色，这是活着的画。随着时间流逝，它会表现营造出不同的意境，至于最终会有什么样的意蕴境界，他无法说出。估摸着楼道里安放的种子也有了动静，装作过路，看墙上有没有嫩芽，楼道几处的灯坏了，光线太暗，他打开手机上的手电筒，对着抹水泥处及周围挨着往过看，有的有的！他欣喜得差点叫出来，成功了，真的成功了！接下来的时间他会找朋友来把没有打过的墙全部打孔，然后落种子。说来巧合，真的来了给每个楼的每个楼道安装信号源的工作人员，他就理所当然地跟着，趁他们不注意，放种子进去，用不了多久，小区就会出现翻天覆地的变化，惊动所有人。

他发现种子露出墙面后生长得特别快，人们多反应不过来，这样也好，有助于事实百分之百的落成。一天，有人终于发现遍布墙体的绿色枝叶，小区物业看后不知所以，多人觉得这是神谕，不敢胡乱动弹，任其生长。消息传得满城风雨，多家媒体争相报道，吸引了许多人来观赏。专家一致认为这是好事情，钢筋水泥里有了田园绿色，一举两得，住着也享受。他的房间被枝叶网织，花朵竞相开放，墙体里的根系顺着钢筋编织的网攀爬延伸，整个小区的楼房墙体皆由内而外地生长着花草。他在找工作回来的路上，在车辆停靠站的楼房外的墙上写着大字——请勿在此挖土，下面有坟墓。四处闪烁着霓虹灯，车辆既拥堵又健步如飞，他似乎明白了两个相似声音间的奥妙，我好孤独——

他回到家，看到楼道站着扛着摄像机拿着话筒的媒体人，看他过来就要采访，他厉声训斥，采访我做什么，多去报道报道那些不寒而栗的真实，我这里不值得报道，不久便会成为常态，没什么可报道的。关门时顺便锁上，坐在窗户边，今天跑得不错，工作基本差不多了，以后边上班边写作边看书，今夜月亮好圆好亮，悬挂在河的上空，不像在天上。他推开窗子，清风徐来，他的身体上生长着花草，此时的他好想饮酒作乐，好想跳舞助兴。他这样的身体舞动，应该有什么样的背景，不要白色墙壁，不要黑色的夜，更不要远处的灯光璀璨，只要明月相伴，在明月里饮酒作乐跳舞助兴，人生得意，就得须尽欢。如此奇妙的画作该给什么名字好，嫦娥奔月是经典，但在他这里是千万不合适，就在与明月相望相融，舞动带有花草身体的那刻，名字妙得——花魔。

凌 霄

1

吃过饭，和五岁的儿子一同看电视，他问儿子，想看什么？儿子想了会儿，说，那个。他说，哪个？好歹说个字眼。儿子忽然做捂口笑之状，虽说莫名其妙，但看着可爱，他跟着笑。他说，说个字眼。儿子苦思冥想，几分钟后终于试探着说，取经那个。他明白了，说，《西游记》？有孙悟空那个？儿子的头像捣蒜杵子般直点。他在电脑上搜到，选一集点了播放。妻子过来，看他心情不错，温和地说，晚上的药吃没？他点点头。儿子的小眼睛滴溜溜地转动，紧追着电视上的画面，他真是羡慕，能这般无忧无虑。

他吃的药和普通糖果别无二致，只是与药的模样有几分像。妻子以为他不知，他不想戳穿这个谎言，妻子的良苦用心他得领受。他自知没病，说来奇怪，从吃上此无事药之后烦躁的心便安了几分。按理说，他正值好活的年纪，多少人爱之不能。他一直勤奋，如今生活无忧，却得了不知名的病。工作照旧，不过言语极少。家里有几个地方他不能去，一去准犯病。尤为窗户处。他待着难受，每次经过窗户，刻意不去看，总是那么怪，又怨恨自己。上下班路上，他不看周边如何，只顾走，匆匆到单位匆匆回家。妻子自己瞎琢磨，怀疑他害了抑郁，往细说，是自闭症。

儿子刚说什么？他努力回想，猛地想不到就一点一点往回倒。那个，就是那个，取经，对，就是取经。妻子收拾毕，过来问他要不要去公园走走，他说不去了。妻子怕胖，身材走了形状，每晚要去锻炼。公园里已经响起了节奏感十足的音乐，能想象得出，定有不少人已经扭摆起身体。妻子出了门。他接续上刚才好容易想到的，取经，妙，妙不可言。他之所以今天兴致好，因为他把目前已有的可换休的假全兑换了。整整有二十天。对于成天忙碌的人们，这样的假期真可谓是百年不遇。他却拥有，何其幸运何其幸福，得利用好。实际上，这是他四五年忍气吞声的结果，可以毫不客气地说，“蓄谋已久”了。不带任何人，独自去行走。

最当紧的问题是去哪里，他想过许多山清水秀的地方，依然觉得不称心，差点什么。一下又说不上来，想不透。就跟着儿子看电视，一只蚂蚁爬到唐僧身上，唐僧轻轻捉住，放在手心，触到地面，让它离开。儿子看到此处，又笑，他好想问儿子，笑的内容是什么。遗憾儿子难以表达清楚。他抚摸着儿子的头，登时也面露微笑，得以瞬间的清澈凉爽。起身去了卧室。

第二天天不亮他就出门了。临走时，把昨晚写好的纸条放在餐桌上。实则就十几个字，我去走走，期间勿念，二十天后便回。妻子看到肯定生气，先骂他一番，然后担心不已。他深知肩上的责任，坐上车，给妻子电话，让她照看好孩子，他就是去散散心。妻子看已无法挽回，只好说，在外照顾好自己，药带没？他说，带了，放心。他要去的地方，笼统说，在大山深处，能涤荡人的心灵。

倒了几次车，终于不再有辅助工具，只剩两条腿。一路边走边问。

2

当晚在一农户家借宿，家里就两老人。老婆婆甚是热情，从柜子里拿出用夹子夹着的茶叶，捻簇放进杯子，倒上水。端出瓜子和花生。老汉拿出纸烟给他递来，自己抽旱烟。他和两老人东拉西扯地闲聊。既然泡了茶，就喝了，不能辜负老人的心意。一口润喉，顿觉心旷神怡，再一口下去，忍不住感叹，甜啊。老汉微笑，说，你听。他竖起耳朵，仔细倾听。老汉说，什么声音？他不敢确定，试探着说，流水声？大概在房后，有水从高处流下。老汉说，是的，你喝的水就是从那里取的。老婆婆过来，说，那是股好水，村里人都说喝了舒畅。老汉说，那是几年前我给羊拔草，草拔起，水就汩汩往出冒。老婆婆说，村里人都来提，有人就提议她收钱，她不爱听，这是什么话，水又不是你个人的。现今村里也不住几个人了。他敬佩老人家的气度。

他得知，老人有两个儿子，都在县城，一个开卖衣裳店，一个开饭馆，顺便供娃娃念书。老人说起这些，面露喜色，很是满足。老婆婆说，过几天村上要唱戏，她每年都给庙上的神布施，保佑家里人平平安安。老汉说，没几个钱，就是我们的一点心意。浓郁的旱烟萦绕在房间里，他不抽烟，通常闻着烟味就呛得咳嗽，早早躲开。今晚不同，老汉的旱烟他觉得香喷喷，闻不够。老汉烟瘾大，一锅接一锅地吃。正和他意。徜徉在其中，尽情享受着。睡下后，他听到嗡嗡的响声，像是从哪个罐子里发出。想着想着就睡着了。早上醒来，老婆婆在做饭，说，看他昨晚睡下呼噜声震天响，疲倦的，肯定走了不少路。肚子要填饱，才有力气走得更远。专门早早起来，和了面，醒好。做了羊肉臊子，倒上吃，香得厉害。他也就不客气了，吃了两大碗。肚子滚圆滚圆，从没吃过这么好吃的羊肉。走时，他强给了两位老人一百块钱，让他们买点吃的，这是他的心意。

去哪里，怎么走，他一概不知。就胡乱走吧。有个总方向，进山是不会错的。到晌午，来到山脚下，有几户人家，房顶上的烟囱冒着炊烟，像是在做饭。他饿倒是不饿，有些干渴，进去要碗水喝。不进去不知晓，这不是普通农户人家，属于旅店，吃饭住宿皆可。老板是几十里外镇上的生意人，这里交由妻子打理。女人看他进来，招待着坐下，问吃饭还是住宿？他说，有没有稀饭？女人说，有的，还有包子。他说，那就要碗稀饭，再来一笼包子。女人喊，一碗稀饭，一笼包子。厨房里回应，就来。他吃着，稀饭包子都香，打算走时带两笼，进了山这样的旅店就少。他说，来这里的人多吗？女人说，还行，最近是淡季。他说，大家来这里，进山做什么？女人说，去山上的庄子里感受大自然，也有烧香拜佛的。他惊讶，当时百度及找其他资料，没有说山里有寺庙啊。他说了自己的迷惑。女人说，寺庙不大，好些人不知道。烧香拜佛的少，大部分是冲着山庄来的。白天游玩，晚上边吃喝边篝火晚会。他说，路程远近？女人说，半天能到。他看女人眼睛红肿，显然是哭过。女人自言自语，有钱就会胡七八糟地乱想。他没有接话。女人又说，你为什么来这里？他说，城里待久了，想换个景色。女人笑着说，真是奇怪，城里的往乡里跑，乡里的往城里跑，怎么不干脆利落地调换，拖泥带水的。他说，世间哪里有那么干脆的事情。

女人突然向着门外大喊，二毛，到别处玩去，别在水窖跟前胡蛮缠。他顺着女人的视线看去，一个三十岁左右的男人，中等个子，寸头，手里提着什么，在外面的水窖边坐着，傻笑不止，衣裳上沾满泥土污垢，瘦削的身体使得衣裳异常宽大。女人的喊叫没起作用，锁上门，趴在窗口看，嘴里念叨着，了不得，了不得。二嫂，你快去叫他哥，来管管。他站起身，也去看，什么事情了不得了。外面的人坐在水窖边上，手里提着的原来是不知从哪里捡来的机油桶子，在水窖棱子上使劲磕。随即流淌出黑乎乎的稠机油。女人把窗子推开条缝，痛恨地喊，二毛，快到别处去，机油流进水窖，都吃不成水了。外面的人才不管，对着她嘿嘿笑，像是在示威，才不走呢，凭什么。女人只是喊，他看不过去，说，我出去看看。被女人拦住，说，别，他动手打人呢。前段时间抢小孩手里的方便面，把小孩推到沟里，现在还在医院。他哥给赔了钱。对于这种人你没办法说，还能和他较量？你较量，别人还说，他有神经病，你也有？好在当哥哥的来了，才给拉走，女人赶紧去拾掇。

就要走了，女人把包子给装好，拿过来。他道了谢，出门。女人想说什么，又没说。他想，肯定有什么难言。女人跟着来到大门口，才吞吞吐吐说，我可不可以问你个事？他说，可以啊，只要我知道的。女人说，城里的女人真的那么迷人？这问题他还真不知怎么回答。女人看他作难，说，我意思是，我是不是不如城里女人漂亮？他好像懂得女人的意思了，说，人都一样，没有城乡之别。之所以有变化是因为人的欲望。女人快速地眨动眼睛，难以相信自己听到的，反问道，人的欲望？他说，是的，就是人的欲望。女人似懂非懂地看着他离去。

七点多，他来到庙上，大门已关，他硬是敲开。就着咸菜，喝了碗热粥。僧人给他安排住下，他也疲累不堪，有什么事情等明天再说。

3

妻子带儿子出去转了会儿，回来看门开着，以为家里遭了小偷，掏出手机准备报警。里面却传来噼里啪啦的声响，是从厨房传出的。像是在做饭，小偷来家里不偷东西，做饭？无论如何都讲不通，没有这样奇怪到不可思议的逻辑。她小心翼翼地进来，把儿子放在边上，操起地上的扫帚，走到厨房门口，偷偷往里看。虚惊一场，原来是他回来了。放下手里的扫帚，去看儿子。

在他不在家这段时间，妻子忙坏了。上班不算，每天还得接送孩子去幼儿园。娘们俩，吃饭就是凑合，不是出去吃，就是家里简单做点。重点是儿子吃好，她随便什么只要填饱肚子即可。看多时不下厨的他，认真地做着每一道菜，不知该是欢喜还是忧愁。她呆愣在客厅，儿子在沙发上玩闹。他端菜出来，看妻子这般状态，便说，菜马上就齐了，坐下等。她说，你不是说去二十天吗，怎么六天就回来了？他边做菜边说，六天就够了，其余的我在家里度过，给你做饭和接送孩子。她还是不放心，他怎么猛然间跟变了个人似的。

吃饭中，妻子仔细观察，他的身上并无什么变化，和走时没两样。她照顾儿子吃，就目前而言，一切正常，没有可疑的地方或哪里不对劲。妻子说，这几天你去了哪里？他说，村庄里，然后到山上的寺庙。妻子说，哪个寺庙？他说，不出名，小寺庙。妻子说，就在那小寺庙里逗留了几天？他说，庙里满打满算其实只待了三天。庙里住着个老和尚，两个小和尚。老和尚请他吃了几次茶。每次吃茶都讲好多，仿佛早就知晓他要来，已经等待多时了。老和尚真的好老，但身体健硕。倒茶时手稳如磻盘，没有丁点哆嗦的迹象。在小区里，他看到过这个年纪的老人，不是瘫痪坐了轮椅，就像根枯草，走路颤巍巍，生怕风来，吹倒吹走。老和尚带他在寺庙里转，去了后山，健步如飞，他都有些赶不上。第四天头上，老和尚问他如何，他说，还有个问题，我何时可以下山？老和尚会心一笑，说，就今天吧。于是他就回来了。妻子看他有说有笑，比以前精神头都好，着实欣慰。家里没有男人不行，说是半边天，实则是全部。

他送完儿子，先不急回家，在所居住的这座城市四处转悠，前面不曾看过的，现在要统统补回来。到做饭时间，买到菜转回去。中午饭吃过，再出来，转悠到下午，接上儿子，买了菜，回去做饭。晚上闲着没事，就在电脑上查找资料。几天以来，妻子看他每天忙忙碌碌地跑动，问他，忙什么呢？他说，找块绿地，有花有草，必须是天然的。人工培植的成分可以有点，不能过多。妻子思想半天，说，那这个难了，市里这样的绿地只有公园，但里面植物很多半死不活，需要工人精心照料。他坚定地说，再难也要找。妻子看他，猜测说，单位有新项目？他“啊”一声，接着说，是的，需要找块好地。他在建筑公司上班，这段时间找绿地，妻子自然会想到他单位有新项目，起高楼。明天他去郊外看看，那里绿地怎么都多于市里。第二天送完儿子，开车到附近郊区，绿地倒是有，但没有一块合适的。不是要价太高，就是他出多少钱人家都不卖。有几块在沟里的地合适，可沟里夏天经常泄洪，修多少都会被冲走。该怎么办？市里的公园里更是不行，他担负不起这样的罪责，也没有这样的权利。

晚上房子里闷热，他想出去透透气，带瓶冰镇的饮料，去楼顶上坐会儿。以前没事经常去，后来工作忙，家里繁杂事多，就很少再去了，直至不再踏足。到抽屉里翻找好半天钥匙，没找见。问妻子有没有见过，他清楚记得当时用罢就放在抽屉了。妻子过来帮他一起找。看他的记性，在柜子缝里夹着。钥匙依然新亮。他上到顶楼，锁子锈迹斑斑，脱落得面目全非。钥匙插进去怎么也开不了，左右拧不动。他着急，一使劲，糟了，折在里面了。顶楼住的李婶是老住户，下楼遛弯，看见他开锁，说，多长时间不用了，没人上去，你不行换把新锁。李婶这主意不错，否则他也上不去。快速下楼，到家里取了撬锁工具，找把锁子先换上，明天送儿子上学时买把新的。

掀开顶盖的那一刻，他惊呆了，清凉的月光下，一片繁茂野生的杂草映在眼里。踏破铁鞋无觅处，得来全不费工夫啊！他害怕是产生的幻觉，拿出手机，打开手电筒，蹲下细细看，用手去摸，把一根放在鼻子上闻，青草香，是小时在村里闻到的味道。

就选在这里，各方面条件都合适，真是开心。

他不用再去市里、郊区转悠了，地址选定，接下来要做的就是修建。怎么往上运送材料是个问题。他得好好计算下，得多少砖、多少水泥、多少瓦片。不用雇人。他都能做，人多眼杂，不好。他能应付得过来。好歹在建筑公司摸爬滚打了十几年，什么活没有干过。想想就兴奋。老和尚真是神奇，告诉他真义就在眼前，他还是悟性低，早早悟到就不用耽搁那么久。现在发现也不晚，抓紧去做。

4

一番计算，砖有三四千块就差不多，水泥得七八袋，沙子瓦片等，其实他不用计算的，买着看，用着看，用着不够了就去买，买来用着再看。灵活便捷，反正这里是他的天地，没有他的允许，谁也上不来。所在的楼是周边最高的，能看到其他楼的楼顶，其他楼的楼顶处看不到这里。最棘手的问题是怎么把材料运上来，明目张胆指定不行，会受阻，只能悄悄做。最隐蔽的办法就是用皮箱，容量大且不说，隐蔽性绝对的高。拉皮箱拉一两天可以，见天拉，人们问起他怎么回答。要想个天衣无缝的理由，让大家不猜忌。

四天的苦思冥想，想出个勉强的理由。皮箱可以拉小点的，不要太大。众人问起，就说他肩膀疼，背不得东西，只有拉个不大的皮箱代替。一天拉两趟，愚公移山，蚂蚁搬饭粒，一点一点往上运送。给妻子也得编造一个，不然妻子问起没法交代。不说或说不清，妻子会认为他是精神出了问题。给妻子说什么好呢？肯定不能如实说。这个容易，骗一个人。骗众人是最难的。在骗妻子的同时，其实从某种意义上讲，妻子也是在帮自己隐瞒。给妻子就说，他想在楼顶上盖个杂货间，平时没事也能到上面坐坐，看会儿书，还能放些家里没用的乱七八糟的东西。但要替他保密，不然会遭到众人干涉。等盖起来，众人就没得说了。这样一说，妻子肯定会相信。说干就干，从明天起，就去买，逐步开始往楼顶运送。

小区里的人问过几次。楼上的住户碰见几回，不过没几个人问。这里住的，好多都是租赁户，户主不经常来，偶尔来收下房租啥的。只要你不把楼拆了，其他的都不会过问。总的来说，素质还不错，因为能在这里租房的，经济水平处于中上。年轻男女成双成对地出入，半夜半夜不睡觉，看电视、聊天、吵架、喝酒、唱歌、做爱。对门住的老张，和他年龄相仿，早上七点半起床，咣当的关门声，就意味着老张出门了。晚上七八点才回家，早早下班不回家，在小区和老头们下棋，有时参与不上，看也要看个把钟头，甚至更长时间。楼下的女人，听说离婚了，成天往回带男人，打情骂俏犹如十七八岁的黄花大姑娘。与她对门的女人就生气，说为老不尊，楼里住着好多小学生呢。如此激烈的反驳，与其职业有关，其为小学老师，教授思想品德。一碰见楼里的孩子，就要给安嘱一通，相同的内容不知重复多少遍。渐渐练习，语气都能分毫不差，好似一台机器。李婶也爱闹腾，去遛弯，在公园里问问张家的长李家的短，见人就转达。所以，他觉得最危险的就是李婶。每次他都等李婶出去遛弯，然后才拉着皮箱出门，坐电梯到顶层，上顶楼的门在李婶家边上。他一进去，赶紧把门锁上，到楼顶，才长舒口气，倒下箱子里的砖、水泥、沙子。坐下吃会儿烟，看会儿天空，大部分时间灰蒙蒙。即使如此也要看，能看到什么是什么。

最危险的一次是他忘记拿钥匙就上来了，赶紧回家去取。皮箱就放置在门口拐角。等再上来，着实吓了一大跳，李婶笑眯眯地站在皮箱跟前，见他过来，热情地说，你总算来了，去了哪里，也不怕把皮箱丢了。好在我遛弯上来看见，站在这照看着。他额头上渗出绵密的汗，好在有头发遮盖，不然非得露馅。李婶说，我想搬回家，等你来了再搬出来。谁想怪沉的，没搬动。言外之意是什么？在巧妙婉转地问他箱子里装着什么。他说，这是家里的书，有些受潮，拿到顶楼上晒晒。李婶紧接着问，什么书，这么多？他含糊其辞地应付过去，急匆匆开门上了楼顶。自此以后，去顶楼他都分外小心，再不能有任何失误。

两个月头上，他看着运上来的砖、沙子、水泥等材料，好像可以开工了。先修着看，不够再搬运。回去后，拿起许久不用的铅笔，开始画图。修什么样式的，不说那么大气金贵，怎么也要看得过眼。妻子过来，看他画好的图纸，说，这是杂货间吗？比你我的卧室都好。你啥时给咱卧室也设计下。他说，好吗？妻子说，怎么不好。杂货间么，还要怎么好？他说，我本来准备重新画，你这样说，那我做简单的修改。妻子又看了会儿，说，感觉有些怪，具体哪里我说不上来。他说，怪？什么意思？妻子说，你确定这是杂货间，不是仿古建筑？他说，这你都能看得出？这怪？妻子说，不全是，没办法言说，你自己看着弄吧。他拿起独自看了半天，并没有觉得哪里异常。

修建就费力了，还要做到神不知鬼不觉，无声之间起高楼，这是何等的难？楼下住着听觉灵敏，不，准确地形容应该是整天闲着没事做、专门搜寻小区里奇闻异事的李婶。要瞒得住她，需花费好大力气。任何一步都是艰难的。他要克服，就算再难也要去做，这是他的责任，也是治愈他心理创伤的灵药。人毕竟不是神，一万个小心一亿个小心，终究还是有漏洞。墙在变高，他支的架子太简便，不料上去没多久，轰隆的巨响，连人带架子、带手里的砖、地上的砖、垒水泥盆子全部倒塌，不光李婶听到了，顶层的人都会感同身受。他保持着颠倒的姿态，趴在地上，忍受着擦破割裂的撕扯之痛，等待楼下人的反应。李婶是最先察觉的，有开门声，大喊，怎么回事？地震了？听说地震，顶楼的人都恐慌不安，跑出来，想往楼下跑，却又没觉得摇晃。大家把目光聚集在李婶身上，看这个年长者是什么观点。李婶肯定有自己老道的见解，走到上到楼顶的铁门前，使劲摇。咔啦咔啦地响，他的心在滚油锅边上打颤，稍有不慎就会掉进去，被瞬间融化掉。他唯一能做的就是忍住，屏气凝息地趴着，不管楼下怎么闹腾，他都要装作不在楼顶上。恨不得有孙悟空的变化，如果有，此刻变化在楼下，出现在他们眼前，他们就会把所有的怀疑转移到其他地方。比如，是不是哪个工厂里传来的。李婶坚信他在楼顶，依然叫喊不停，像是在声讨，往日的温和烟消云散。他要硬着头皮撑下去，只要他们不攻破铁门，就有胜算。安静了，楼下安静下来。忽然，他听到了妻子的声音，妻子知道他在上面出了事，就极力为他辩解，说他去上班了。李婶找妻子来，是要证明自己怀疑的准确性，谁想妻子精明，再怎么说，也是要维护自己的丈夫。李婶正是忽略了他是她男人这一点。

闹腾了两个多小时，大家看没多大问题，一切和以前没区别，就慢慢散去。李婶虽然不服气，但经不住众人不捧场，只好回去。他又趴了半个多小时，确保大家散去了，才站起来。轻轻地推开压在身上的木板。他这才发现，原来不是他搭的架子简陋，而是楼顶上扔弃的木板时间长了，被风吹日晒消磨了精神，腐烂了。这才倒塌。他重新找了块压在下面的木板，比较上面的而言会牢固些，经得住踩踏。好在垒砌起的墙完好无事，再有两三天就要竣工了。刚才发生的意外，给后面的点睛之笔造成了难以估量的困难。房顶上的瓦片本就是细致活，心情舒畅会做得最好，现在的心情别说舒畅，能平和就算烧高香了。

一直干到三点多，众人睡熟，他悄悄开了门，带着东西回到家。近几天看来得给单位请假，去快速完成剩下的修建，只有这样，心方能安，睡得踏实。

5

妻子打来电话，上气不接下气，说，不好了，李婶打开了上到楼顶的门，带着好多人。他给妻子说，你先上去把大伙稳住，千万不敢毁坏房子，我马上回来。从单位出来，一脚油门踩下去，往家里奔。到小区门口，有个摆摊卖古物件的老汉，他路过，扫眼看到尊手掌大小的佛像。他问老汉，多少钱卖？老汉说，胡说，你得说请，四十块钱。他顾不得解释，扔下五十，抱佛像进了大门。

到楼顶上，人们把盖起的房子围得严严实实，妻子在中间，为他争取着时间。他从人群中拨出条缝隙，进来。妻子大喜过望，找到了依靠。他抱下妻子，低语，没事了。看来李婶准备充足啊，应该早就盯上他了。最后几天，他就觉得好像有人看他，他回过头在四周寻找，哪里有人。以为是自己太紧张，出现了幻觉。李婶高明，用的是欲擒故纵之计，姜还是老的辣。李婶是众人的头，看他如没事人，站在人群中，怒声道，这是干什么？盖房子经过谁的同意了？他不语，静静地听着众人的呼吸。李婶继续说，修建的这是什么，古里古怪的，你想供神呀？他说，说对了，我就是想供神。生活在城市里的我们，空虚冷寂的心里需要神。李婶说，神是能随便供的吗？他说，肯定不能随便供，这是我几个月前去古刹寺，寺庙里的老和尚给我说的，回去在大自然间修建小庙，供起佛祖。这样不光对你有益，众人空浮的心也能落地，方可平实地生活。李婶也大概觉得他说得有几分道理，碍于面子，不想就这么屈就，说，那佛像呢？按他的计划，后天去哪个寺庙里请一尊或专门请人塑一尊，谁想事情闹到这个地步，已经等不到那天了。他想起刚才楼下花五十块钱买的，不，是请的手掌大的佛像。从怀里掏出来，庄重严肃地放在硕大的底座上。等过几天大的合身的来了再换上。李婶嘟囔着说，这也有些太小了吧。他说，不在大小，佛法无边。山不在高，有仙则灵；水不在深，有龙则灵。佛在心间，心诚则灵。李婶不再言语，站在原地，看着佛像，流下了热滚滚的眼泪。

他回头环视四周，所有人双手合并，闭上眼睛，心如止水地站着。有人拿出手机，播放大悲咒。音乐如山间之泉，潺潺流淌，流进每个人心里，荡漾在天地间。当天，楼顶上盖小庙供佛像的消息不胫而走。不到半月时间，周边楼顶上，起了大小不等的房子，里面供着佛像，上着香，楼里住的人时不时就会上去，烧香纸，静坐。

坐在窗前的他，看着楼下，公路上行驶的车辆，路边行走的人们，是那样的匆忙。他仿佛看见了大和尚，大和尚在对他笑，他也笑。大和尚让他看远处，他顺着大和尚所指的方向，云雾弥漫间的楼顶上有数十座新起的房子，里面供着佛像，人们有秩序地跪拜，搭建着各自心中的那间寺庙。

美　人

1

东方小区谁最风流快活？你不在这里住也可以猜猜么。不猜，这怎么能猜得见？你是不是以为是英俊潇洒的小伙？知晓内情的人嬉笑着。不然呢？还能是老头？怎么不行，老头也有很强健的哩，就你这样的，三五个不在话下。哦，你去过。胡说。两人打闹起来，向着菜市场走去。

他们口中的老头有名有姓，大名许平原，小名，其实也不算小名，是来到这座城市后，大家给起的外号，叫许老。这个不是凭空捏造，原先人家就是教师，在县城教了一辈子书。教学能手，得过省教学比赛一等奖及数十项荣誉。专攻数学，听说讲几何需要画图，伸手就来，从不需要什么圆规尺子之类的辅助工具。圆、直线、半圆、三角形等这些图案随便，画得比拿辅助工具画的都好。听说是有人专门量过的。刚来这里那会儿，海明家孩子数学差劲，得知许老有这样的能力，就请到家里辅导。一个多月下来，孩子有了明显的进步，成绩嗖嗖地往上长。海明媳妇那个高兴啊，给许老塞钱，许老怎么都不要。说是举手之劳，不值得提念。就凭这一点，众人就佩服敬仰许老，不愧修行几十年，可为人师啊，人品高洁。

想不到的是半年之后，出现了大逆转，小区里到处在传，许老和海明媳妇有事。大家恍然大悟，明白了许老提出不要钱只要常去陪孩子玩的要求的道理了。众人掩着嘴说笑，真是和孩子玩了？不好说啊。别看老头六十多，老当益壮啊。海明作为男人，听到如此坏恶的流言蜚语，哪里还能坐得住。和许老动手？无论如何不能。万一气急之下，没了轻重，弄出乱子怎么办？一架身子托在他身上，以后的日子还能过得下去？可，这老不死的。当晚在家里便摔了锅碗瓢盆，响得楼下人直捂耳朵。妻子鼻青脸肿是在所难免，隔天就回了娘家，撂下话，缺少信任的婚姻过个屁。

许老自此名气大增。子女们惊闻此事，马不停蹄地赶来，聚满屋子。许老坐在沙发上等待审判，先是稀疏的言语，你一句他一句，毕竟是养育自己的父亲。逐渐便密集起来，一句比一句严厉。许老静默地坐着。儿女们又恨又气，就一个意思，过来过去的在许老身上缠裹，要那啥也不能这样，唉。儿女们知晓父亲有过这毛病，没想到竟然会这么容易，不，应该是这么轻浮地表现出来。他们小时，不知看过多少因此而起的吵架，甚至动手。羞臊得说不下去，哪里有儿女和父亲说这些的。许老坦然地接受了所有，等所有人言毕，起身向厨房走去，要给大家做吃的。没等切菜，屋里就空空如也。快速下了楼，都觉得丢人。

风流到这个份上，谁能匹敌。

儿女们自然来得更少了，要来也是等天黑透才来。要不就是风雨雷电交加的夜晚。不过，这也是许老欢喜的日子，儿女们最愿意挑这些时间来。因为小区里不会有人傻乎乎地淋雨，都躲在家里避雨避雷电。

2

半个多月的无声无息，大家皆以为许老无地自容，离开了小区。好些心善的人开始担心，会不会想不开，人有时候就是这样，平时很容易转的弯，这个时候就难以转过，别那啥了，犹豫要不要上去看看。许老住的房子，原先儿子住，物业那里肯定有联系方式，保险起见，毕竟人命关天，给他儿子打个电话，让过来看看。人们正猜疑担心。一个浓妆艳抹、穿着暴露的女人出现在小区，不问都能知晓是做什么营生的。如何会来这里，真是晦气，倒胃口。女人倒是不见外，拦住一个人就问，这是东方小区吗？是，你来这里干什么？女人娇笑，你觉得呢？你快走，不然我报警了。女人不屑一顾，说，报吧，我是来看我叔叔，这也犯法？你叔叔住这里？女人说，是啊，许老师。问话的人恍然大悟，真是臭味相投。不得不慨叹，物以类聚，人以群分。可悲的人儿啊，不知悔改。无奈地摇着头走开。

女人踩着细长的高跟鞋，咯噔咯噔走在路上，吸引了正在锻炼的所有人的目光。

女人不在乎，得意扬扬地走着，头仰得老高。众人鄙夷不已。

看来他们的担心是多余的。许老非但没得反省，认识到错误，反而变本加厉。把女人引到家里，这要在农村，会被众人的唾沫星子淹死。伤风败俗加有伤风化。你还人民教师，教书育人，好在退休了，否则谁敢把孩子送给你教授。

巧的是，这是在城里，上面说的那些很难实现。左邻右舍的没几个认识。就对门住的对此特别关心。对门住的老张，有事没事就找许老下棋。那事发生后，妻子就不让再与许老交往，说免得被人说笑。那是一堆臭狗屎，没人愿意招惹。老张心里还是想找许老玩，又不敢冲破妻子定下的条条框框，害怕众人的言语，给子女们带来不好的影响。

咯噔咯噔的声音停住，老张看妻子脸色不对，握紧手里的擀面杖从厨房里走出来，走到门背后，趴在猫眼上看。几十秒后折回来，怒气冲天，咒骂，老不正经的，把女人叫到家里来，真是能把孩子们气死，怪不得一年也不见孩子们上门。回到厨房咚咚咚咚更用力地擀面，再次给看电视的老张强调，不许和许老玩，要是让她看见，只要和许老走一起，他就永远不要再进这个家门。老张神经绷直，认真地聆听妻子的教诲。为许老惋惜，好好的人，精精明明，怎么会做出这般不堪的事情，引得众人耻笑唾骂？妻子看他没回话，说，是不是不听，偏要去玩？老张赶紧做出回应，表了态，坚决不去，一切听从妻子指挥。锅里的水滚得咕嘟嘟咕嘟嘟响，切好的面条啪嗒啪嗒下进去，登时消停了好多，咿咿呜呜，做新一轮的反抗。

对面的门咣当关上，女人出来，笑着说，老许，下次需要记得叫我啊，千万不要换别人。里面传出低沉的声音，不会，放你的一百二十个心。老张正好要出门，妻子不在家，女人看眼愣怔在门口的人，媚笑着说，大爷，你要不要？老张像是被人敲了一蒙棍，慌忙地说，不不不不。退回去，把门重重地关上，靠在门上大喘气。为什么会是这样？他想不通。难不成他认同许老的做法，不，怎么会这么想？实在是不该啊，不能做助纣为虐的事情，要做就做一股拨污排浊的清风。

世界静止了，外面好一阵子的敲门声，老张硬是没有听见。直到外面人自己拿钥匙开，一推，他被顶出去好远，才反应过来。妻子奇怪地问，在家啊？老张吞吞吐吐地说，哦，在在。妻子放下手里的塑料袋，说，在家不给我开门，是不是？不说还好，一说，话赶话，想到了可怕的地方。满脸惊恐地说，老张，你不会也？开始满屋子跑动，翻箱倒柜，不放过任何有空隙的地方。老张半天才明白妻子想说却没说出的事情，嗔怒道，你想什么呢？把我想成了什么人？太看不起我了。妻子找一圈，没见哪里有异样，才坐在沙发上，喘着气，说，别把话说得太满，你们男人，还真不是我看不起你们。忽然想到了根本性的问题，说，那你说，为什么半天不给我开门？老张说，没有，那会儿出神发呆，想问题。妻子追着问，想什么能想得发呆？对，还靠在门上。老张难以解释清楚，就说，反正不是你想的那样。妻子看老张不想再争辩，反倒难过悲伤起来。她想要老张争辩，最好是面红耳赤，脸红脖子粗那种。因为那样能说明确实不是她想的那样，是她想错了。现在老张戛然而止，不再言说，有一种破罐破摔的架势，爱信不信就那样。她能怎么办？她应该怎么想才好。

妻子好容易消了气，准备去躺会儿。楼下传来熟悉的咯噔咯噔声，老张瞬间紧张起来。真是怕什么来什么。老张转念想，怕什么？他又没做什么。话虽这么说，终究还是有些不自在。妻子的眼睛钉在老张身上，楼道的咯噔声到了门上。女人很是有礼数地敲对面的门，如果不知底细的，肯定会认为外面站着的是个窈窕淑女，怎么都该是高素质的人。学识饱满，文雅有气质。许老开了门，惊讶地问，你咋又回来了？女人说，人家忘东西在你这了。许老把女人让进去。妻子在门上的猫眼看不停，手握着门把手，随时有可能要冲出去。老张额头上蒙着一层厚厚的汗，轻声说，别看了，有什么好看的。不多时，女人出来，不忘记安顿前面说过的话。妻子开门，就是要和许老、女人撞个正着，制造尴尬。

老张知道，女人一开口就会坏事。果然，女人说，哎呀，这是谁，那大爷呢？

许老笑盈盈地说，这是大爷的妻子。

女人说，还挺般配。

许老说，走吧。

妻子站在门上，看女人自如地下楼，屁股蛋子被黑皮裤子裹得甚紧，走起路那个骚劲，多看一眼就气愤一分。心中有火没地发，有气出不去，看许老要闭门，厉声制止，说，许老，你还有没有脸皮，竟然明目张胆地放肆，你个人好坏事小，影响邻居及整个小区事大。要言语锋利力量充足，必须得找个参照物对比，补充道，你也是教书育人的人，楼下的老黄也是，教一辈子书，就和你一样不正经吗？人家在做什么，你在做什么？许老不屑一顾，说，他是他，我是我。门咣当一声关上。妻子吃了闭门羹。老张不敢再坐着表现得事不关己，想站起来安慰妻子，却又担心节外生枝。

什么人么，真倒霉，怎么就住在了咱对面？妻子骂骂咧咧地进来，也狠狠地闭了门。老张打劝一句，不要和对面人计较。妻子把话锋转到他这里，说，以后多和楼下老黄玩，看看人家老黄，没事下下棋练练书法，每天精精神神。老张说，好的。老张烦恼，不是他不和老黄玩，因为两个人兴趣不同，再者老黄人缘好，是整个小区的宝贝。众人捧着。就连四十多岁的女人都夸老黄大气学识渊博。他能凑上去？再者他也不愿往上贴，没必要。他哪里比老黄差？也可以和别人玩。说是别人，实则就是许老，遗憾的是许老被妻子划入了他交际范围之外，上了黑名单。

3

敲许老门的女人是越来越漂亮。老张暗暗佩服，先不管事情性质如何，能让这么漂亮的女人来，单凭这一点，他就办不到。许老有钱不假，工资每月能领六千多，生活花销绰绰有余。最近来的最多的是一个看起来很是本分质朴却又不失雅气的女人。老张在楼道遇见过，有次就故意问女人是做什么职业的。当女人说是小学老师时，老张差点颠倒，好在手抓着楼梯栏杆。女人看老张产生的巨大惊诧，微笑着，不解地说，大爷，有什么不对吗？老张说，没有没有，你刚去找1305的许老了？女人毫不犹豫地说，是的。走开后，老张先没急着上楼，坐在台阶上思索。刚才经历的难道是幻觉？老张扭自己一把，疼。说明是真的。

唉，许老就是许老，通吃。正要站起上楼回家，边上的门开了，听见老黄说，可以走了。老张愤怒，走不走管你屁事，不走又怎么样？于是重重地跺了几下脚，说，可不可以走，我说了算。等待老黄的还击。老张不怕，大不了来一场斗争，想当年自己也是当过兵的，尽管多年不锻炼了，根基还是有。对付你个死胖子老黄，还不是手到擒来。好半天没动静，等到的不过是一场空寂。老黄不知什么时候已经闭了门。老张迷惑不解，这是为甚？是他气势太盛，把对手吓回去了？似乎不太可能。那到底是什么原因，能不战而屈人之兵，让骄傲不已的老黄悄然退却？老张蜗牛般地走到家门口了，都没想通。

看电视没有心思，妻子不知去了哪里。他就搬了椅子，追随着从窗户照进来的一抹余晖玩，它不断退出，他不断地追，坐在其中享受像是虚假的温暖。嘭，椅子撞到了阳台的墙壁上。不能再追了，再追就要拆阳台了。老张站起来，对着隐伏在远处高楼后面的夕阳发呆。远处延伸出几片红光，分外凄凉。黑夜终究会上演更多的迷乱。

妻子回来，看到老张站在椅子上，手托着玻璃窗，惊呼一声，跑过来。命令老张立刻下来，太危险了。窗子时间久了，不牢固。一托塌陷了怎么办？别说，老张往下看，还真出了身冷汗，赶紧下来。妻子去做饭了，他坐在沙发上看电视，屏幕不住地闪烁着，他也不去换台。妻子喊他，让帮着来拆面口袋。半天没回应，妻子就探出头张望，人傻呆呆地在坐着。妻子过来猛推一把，老张才回过神，说，怎么了？妻子说，今儿你是怎么了？中邪了？总是发呆发愣。老张没作答，直接说，做什么？妻子说，拆面口袋，快点，等着和面呢！

夜里，老张听见楼下传来熟悉的咯噔声，老张郁闷，这么晚了，白天刚见过那女的，怎么晚上又叫一个来，许老这是要做甚，不禁说出来。没想到妻子也醒来，说，这些见不得人的事，也只有晚上行的，道貌岸然的家伙，起初还以为是搬来好邻居了，狗屁，臭狗屎都不如。老张没说话。妻子翻过身子，推老张，老张装作睡着。等妻子睡沉，老张睁开眼睛，盯着黑夜看，出现好多说耀眼又不耀眼的明点点。白天楼道见的女人出现在他脑海里。怎么看都不像是那种人，穿着打扮，言行举止，没有一个地方能表现出轻浮的。难不成就像妻子刚说的，道貌岸然？在装？从她回答的那几句话，不像是装的。而且敢坦然地说出是小学教师。哦，想到了，那就只有一个解释，是在迷惑他，而且达到了理想的效果。

他忽然可怜起许老来，自打传出和海明媳妇有那事后，儿女们好像再没来过。不知晚上或其他什么时候来过没，总之，在他可见的时间里是没有看到过。儿女们也是，谁不犯错误，怕丢人，自己的父亲，累弯腰才把你们养活大，现在因为这个就对老人不闻不问，在他看来，这就是不孝。挣钱，工作忙？要他说，就是推辞。没有周末？没有空闲时间？忙得连上厕所的时间都没有？随便挑个时间就能来，即使打个电话来也好啊。白眼狼。先人留下的话不错，娶了媳妇忘了娘。不仅忘了娘，老两口全忘记了。就是有时间，人家也不会把时间花在两个将死之人身上，有什么意义。不如去看看大海吃吃美味，甚至去看场电影，都比看他们强百倍千倍。养儿养女有个屁意思，到头来还是得靠夫妻。许老可怜，不如他，早就没了妻子。所以，找个女人怎么了？怎么了？这一番思想好痛快，酣畅淋漓地发泄了一顿。睡去吧。

4

清早起来，老张拉开窗帘，难得的好天气，天蓝得透明，远处的公路早早被环卫工打扫得一尘不染，路面洒了水，湿润润的，很是勾人。妻子出去锻炼，问他去不，他兴致勃勃地答应下来。两人一起出了门。小区广场早就洒落满了人，器械没有空缺。老张就独自找个空地扭扭腰伸展伸展胳膊腿，眼睛在四处随意扫视，许老和他那天楼下见的女人闯了进来。许老站着，手扶在亭柱上，女人坐在椅子上。两个人有说有笑，甚是欢快。老张的心悬挂起来，不由得为他们担心，许老也是，这样明目张胆，就不怕人看见。小区里的人本就对你印象不好，现在还这样，唉，真希望时间过得快点，不管哪一方，只要有一方离开，就不会发生任何意外难堪的事件。

光顾看这边，忽略了妻子那边。妻子那边更热闹。老张心想，眼不见心不烦，就趁早离开了。妻子回来，进门就说，你看见了吧，海明就是个软蛋，唉，不过怎么说呢，日子还要过么。老张说，什么，怎么了？妻子说，你没看见？老张说，我有点不舒服就提前走了。妻子忙走过来，问怎么了，有没有事。老张摆摆手，说，没事。妻子松口气，说，你要多锻炼，多出去走走，总憋闷在家里不成。老张含糊地说，好。刚才你说海明怎么了？妻子说，海明把媳妇从娘家接回来了。媳妇硬说和许老没事，不知是哪个不开眼的嚼舌头，胡说八道。海明不相信，说，无风不起浪，人家谁都不说，为什么偏偏说你？他媳妇为证明自己清白，用了浑办法。老张心一紧，想起许老和那个女人就在不远处的亭子里说话，不会是那啥，试探着说，什么？妻子说，他们于是就没回家，直奔小区广场过来，海明媳妇站在众人中间，说，行得端走得正，不怕任何流言蜚语，侮辱的不仅是我，还有人家许老师，事情有一天自会水落石出。你说，前面的话还好，后面什么还侮辱了人家许老师？就许老，明眼人都能看见，见天和数不过来的女人纠缠不清。你也见了，来的女人有多么的骚情，能是正经人？老张说，然后呢？妻子说，然后他们就回家去了。老张不在意别的，只要大家没看见没难为许老就好。

按妻子说的，海明媳妇这样说，那是不是真的有可能是被谁陷害？但许老一直保持沉默，别人说什么，好像与他无关紧要，不做任何辩解。不说就是沉默，沉默就是默认。

老张头晕，吃了饭早早就睡了。

妻子看他迷糊，心里焦急，给翻找吃了几粒药。十一点多不见药有作用，给小区边上的诊所打电话，没人接，就穿好衣裳，跑一趟，请医生过来。不多会儿，医生来了，给他打了针，放下些药，说，没什么大碍，感冒了。妻子送医生走后，直喊叫吓死人了，以为遇见鬼了。老张清醒了很多，看妻子额头上汗涔涔的，关心地说，坐下歇会儿，喝点热水。妻子坐下，没倒水，说不想喝。给老张念叨，下楼她走得急，出楼梯口时啪一头扑进进来的人的怀里。抬头那一刻，她真的魂飞魄散了，以为遇见了鬼。老张惊得瞪大眼睛说，怎么回事？妻子说，原来是化妆化得和鬼一样的女人，边玩手机边进楼，一楼的顶灯坏了，我扑进她怀里，抬头看，手机光照在她脸上，脸被粉抹得那个白，嘴唇红得似血，眼圈黑乎乎，现在想来都害怕。她就责问，大晚上的走路不看路，来这里做什么？因为她敢肯定这女人不是这栋楼住的。你猜人家说什么。老张说，说什么？妻子说，人家说，你撞了人还倒打一耙，想讹钱啊！我住不住这楼上怎么了？我来找人不可以吗？你说气人不气人？她说找人，她被气晕了，应该早就能想到，这是许老招来的妖怪。不然还能有谁。她就问，去1305吧。女人说，是又怎么样？人家花钱我就去呗，1305、1306有区别吗？如果不是你在家病着，我非把保安叫来，再者就是报警，把这妖孽清理走。老张叹气，说，许老怎么能这样，白天晚上地找，也不歇息，到底有多少钱值得这样挥霍。妻子说，人活脸树活皮，不要脸了，谁都没办法。

他们刚睡着，就听见咯噔咯噔的下楼声。

5

不知是谁报的警，一个雨夜，刚过九点，楼道里传来人密集的脚步声。妻子趴猫眼上看，给老张招手，神秘地说，老张，快过来，你快看。老张不耐烦，说，屁大点事，你都要大呼小叫，不看。妻子说，外面有好多警察，围在许老的门口。老张一听是这样，慌了神，要出去，被妻子拉住了。

一个警察上去敲门，老张默念着，别开门啊别开门。假如不开门的话，他们也不可能硬闯。没有凭证，估计是谁举报的，他们想抓个现行。许老偏偏来开门了，并且回应着，谁呀？楼道一片寂静。门一开，外面的人像一股水涌了进去，通常接下来会喊着别动别动，没有听到。老张挣脱妻子，开门出去，进到许老家里。不大的房间里饭香扑鼻，许老做什么好吃的了，保证不单是一样，他至少能说得出四五种。比如，红烧肉、清蒸鱼、炖土豆、炒青椒。老张跟着饭香走，眼前出现的一幕，他惊呆了。涌进来的水停滞住，手足无措，呆愣地站着。

老张见过那个打扮得妖艳的女人，坐在饭桌前，碗里有吃剩的半碗米饭，手里捏着筷子。许老手里拿着油腻腻的勺子，站着。桌子上大概有十五六个菜，八九副碗筷整齐地一溜摆开。雨越下越大，敲打冲刷着这个城市。许老笑着说，你们衣裳都淋湿了，快脱下烤烤，那里有电暖风，插上电就能用。厨房里响起一阵剧烈的突突声，许老急忙跑进去，说，哎呀，熬过头了。随后说，还不错，你们快坐，菜齐了。端着汤小心翼翼地走出来，满脸堆着笑容，说，本来是等儿女们的，他们这会儿都不来就肯定不会来了，你们来了一样，坐，吃饭就要人多，热闹才吃得香。看见了边上的老张，说，哎呀，老朋友，你也来了，把你妻子叫来，咱一起吃。老张浑身哆嗦，眼泪不自禁地往外淌。许老过来给他擦，强忍着说，老张，你这是干啥，好好地吃顿饭，快来，你来了啊，快进来，客气啥，平时请都请不来。老张看见妻子不知什么时候也过来了，站在自己身边悄悄地抹眼泪。

涌进来的水，温和地流动起来。领头的对坐着的女人说，你是老人的什么人？女人说，我们才认识不久。我就明说了，有人举报，这里有人卖淫。女人激动地站起来，放下手里的筷子，估计是手麻，手心也出了不少汗，放了几下才放脱筷子，说，没有的事，警察同志，我虽然做这个，但和他没有。那你来做什么？吃饭？女人站端直，低着头，说，对，就是吃饭。许老走到女人跟前，拍拍肩膀让坐下，说，她说得对，就是吃饭。女人点点头，眼泪掉在僵直的手背上、桌子上、碗里，抽泣着说，我第一次来和你们一样，以为是要那事。年纪大的我也见过，照样要那样，楼下的那个老黄就是，我有次从这里出来下楼，他就把我拦挡住，引到家里，然后那样。后面又叫我来过很多次。我以为许老也要这般，没想到，满屋子的香味，让我坐下，陪他吃饭、聊天。吃了饭，聊了天，许老说，走吧。我不敢相信自己的眼睛和耳朵，说，完了？许老说，完了，下次再叫你。还付了我钱。你想想，天下哪里有这样的好事，花钱雇吃饭，再就说说话。领导也没这待遇，领导吃了饭还得给办事。

领头的问许老，为什么叫她这样的？说完后又补充道，我没有别的意思，只是一个表达。女人点点头，说，没事。许老看着满桌子的菜发呆，老半天才说，你们倒是吃啊，要凉了，快坐么，站着干啥。隔了会儿，说，叫别的人能来吗？这女娃也不容易，有多少人关心过，就说不好不好。就我们好，我们洁白无瑕？

饭最终没吃成，大家纷纷散去。女孩也准备走，许老给拦下，说，吃完再走，等等，我拿去热热。窗外黑沉沉的，秋后雨就多，一下能下四五天。对面高架桥上不时有车辆经过，车灯一照，哗啦闪过，打在玻璃上。玻璃上趴着的雨滴，慌了神，一道一道滑落下去。

觅　境

1

晓航今年十九岁，明年二十岁。老黄坐在椅子上，嘴里嘟囔着。妻子身体打一寒颤，放下手里的活，转头看他，多时才说，你没把握？老黄扶下眼镜，站起身，挺直腰板，去了外面，在院子转个圈，回来，到水管前接水，咕噜咕噜咽下几口，说，十成的把握。妻子看他额头上渗出的细汗，说，那就好。接续上撂下的活。做了会儿，似乎还是哪里不放心，说，你那会儿是多少岁？老黄抬起头，对着房顶思想，说，二十一岁。妻子过来，坚定地说，具体的时间？老黄略加思索，说，四月十五日的后晌，大概五点二十。妻子顿了顿，说，差不多，我想起了。老黄掏出烟，抽出根点燃，猛劲嘬吸。吸着吸着眼泪顺着鼻梁谷流下，掉在衣裳上。

睡下，月光洒落在地上，妻子感叹时间快，长了飞毛腿。老黄说，难为晓航了。妻子说，说不准不是。老黄翻了身子，趴在枕头上，摸出烟盒打火机，噙上烟，说，我也盼望不是，可，唉，全是命，当初就不该。妻子说，我傻，当初你们说什么就什么，现在的人精灵，难了。老黄说，再难也要做。十几年前就开始练习了。妻子想起十几年前那个夜，和如今别无二致，流逝的时间像薄如蝉翼的透明薄膜，看上去仿佛不存在。那时她已没了脾气，屈从了生活，屈从了命运。日子过得不易，村里人都劝她再生一个，男娃有，已经八九岁，结婚早，不影响再生个女娃。要是这样就完美了，一儿一女活神仙。有回他们行事匆忙，他没忍住。赶紧去医院买药，无论如何不能让其生长，不巧的是，它的生命力远超出药物的破坏力，茁壮成长起来。等到发现，已然两个多月了，他摇摆不定，说，要不就生下。她不。心里有再多苦楚再多难过，一咬牙，全当不见。去了医院，一夜的剧痛，终于了结。她有无坚不摧的信念，来了一个受罪煎熬，绝不能有第二个，心必须硬。

老黄还是不放心，睡前说，明天你细致看，有没有问题。她说，好的。这些年，他着实不易，如今的这个解决方案是比那个好。可万事都是利弊同在，那个是残忍，是得承受常人难以承受的痛，甚至有生命危险。这个能避免这些，难点在常年的锻炼，何时才能完满，中间若是意志稍不坚定，就会中断破碎，多年如一日的坚持是最困难的。他即使生病，也不会停止，一如既往地做下去。有次去厕所，崴了脚，纵然如此，依然不差毫厘地做着。想这么多，已然没有用处，只能面对接下来的现实。她借着月光，眼睛粘黏在不远处泛黄的照片上。照片里的人好是诡异，眼睛上裹缠着白纱布，有渗出血的痕迹，嘴角上扬，定是因为什么事而欣喜不已。她不敢再去看，脊背涌上阵阵寒意，他已睡着，打着响亮的呼噜，也好，可以为她壮胆，不至于因为胡思乱想而身体僵硬，不能动弹。她一个轱辘，钻进被窝，温暖快速萦绕在身体周围，寒意消退。睡不着也要睡，数羊不行就装睡，果然，一会儿便睡着了。

天没亮老黄就醒来，穿衣下床，在地上来回走动，睡梦中的她以为是老鼠，呵斥几句，见不奏效，心想爬起来呵斥。一睁眼就看到他，盯着她看，吓得她噌地坐起来，舒缓下来后指教他不能这么看。她还以为是相框里的人跑出来了，想出揭开带血迹纱布的样子。他说，抓重点，你看好，我系统地来一遍。她搓揉眼睛，双手搓抹几把脸，说，来。他照着平时的模样，不放过每个细节，把想到的全部做一遍。看后，她总觉得哪里怪怪的，却又说不出是哪里。听她这么说，他焦急如焚，陀螺一样转圈圈，自言自语，到底还有哪里不对？她说，整体都不错，就是差那么丁点，不知在哪里。他说，说不出具体的就打比方。好主意，这样她就可以表述清楚。她说，好比两棵草，地上的是活的，你的尽管外表上别无二致，但缺少生机与活力，没有灵魂。他抓住问题所在，简洁地说，不自然？生硬？她连说对。他犯愁，想不到十几年只练了表，没拿捏住精髓。如今时间紧张，每天要勤加练习。她站在边上陌生人般地看着，无能为力。

老黄自此每天晚睡早起，不停练习，家里到外面，不放过任何地方，她帮衬着摆东西，尽量不移动。

2

村里人都知晓老黄有病，要具体到什么病，没人知道。老黄基本不出门，成天待在家里院子里，有人来串门，老黄又是端茶又是递水递烟，热情接待。看不出哪里不对，闲聊后只有离去。十几个人来去，没得结果，后来人们也就不再去猜疑追问，习惯下来。突然一天有人说，老黄是文化人，指定会写字。其他人不以为然，说大惊小怪，再说，哪里看出老黄是文化人？那人说，戴眼镜。众人恍悟，确实这样，老黄一直带着暗色眼镜，没人见过他的眼睛，更没人见过他写字。那人看众人若有所思，说，怎么样？众人点头称是。那人就代表大家去揭露这硕大的疑点。

老黄正在扫地，那人进来，手里拿着纸笔，笑盈盈地说，在呢。老黄转身迎了来人，握着扫帚，面露微笑，说，嗯，有事？那人也不绕弯子，直接说，有个条子要写，我不识字，看你能不能帮我写写。老黄快速思考，写不写，不写不行，写吧……又……唉，还是写吧。正难为，去外面的妻子回来，帮他解了围。妻子给那人倒水，让坐下念说写的内容。老黄坐下，妻子擦桌子时，摆正纸张，老黄握好笔，笔尖落在合适的地方，写好。那人看写好的条子，哑然，悻悻走开。没有揭穿别人，反倒坑了自己。

妻子看着那人不见了才回来，闭上门，说，太险了，我要是晚一步回来就完了。老黄长舒口气，手僵直地搁在桌子上，手指不自觉地敲打出声音。虽说顺利过去了，毕竟惊险，此刻还心有余悸。这时出了问题，前面所做的努力就功亏一篑了。

这些年老黄都没出门，日子却过得有声有色，孩子少是原因，就一个儿子。可那也经不住坐吃山空啊，平时妻子在地里种点常吃的。就算吃不成问题，可日子不单是吃喝啊。几年前，山地被植树造林，即使不植树造林也没人种。他家就种点川地。日子过得应该紧巴，谁想人家的日子不动声色的好，好像社会时代的变化，对他们没有丝毫影响。天气再变，风再大，也不过是摇晃几棵别家的树别家的草，和他老黄家没半点关系，总能顺风而行，且快慢合适。去问上年纪的人，也就是老黄父亲那一代或年龄小几岁的人，都说老黄人好。村里人也看到，老黄遇上时节，都会让妻子买上东西，两个人挨着到村里几个老人家里走动，东西不多，不过几包挂面几斤鸡蛋，到现在是油、面和鸡蛋。别人问老黄为何这么做？老黄说，多行善事，给后人积德。这个谁也管不着，人家做的是好事，政府给评奖过全县好人。

至今都没人说清老黄的经济来源。

后天是端午节，老黄嘱咐妻子给每家买两箱八宝粥。妻子答应。妻子出门前，翻看柜子里的本子，拿纸笔在上面写画。老黄说，还有几个？妻子写画完，说，八个，两个八十九岁，三个七十八岁，两个七十岁，一个六十岁。老黄掰手指计算，说，最少还得等十几年，才能利索。妻子把本子放进柜子，从包里取出三百多，说，不管这个，我们没选择。老黄点点头，说，去吧，记着要说的话。妻子出门朝村里的商店走去。

老黄走到柜子前，拿起陈旧的木头相框，用手摸着照片，透过玻璃窗，看远处的山，说，何时才是个头啊，唉，光这个就是无比巨大的灾难。放下相框，提起水壶，倒水，有漏下的水，拿抹布揩擦，还要做什么，没了头绪，坐在床边发愣怔。

天麻黑，妻子气喘吁吁地回来，他给倒水，等待气息平缓下来。妻子喝几口水，说，黄三怕是不行了。他惊诧不已，说，不是才六十岁？妻子说，病无年岁，搁三岁的头上也一个模样。他先是惆怅，带有悲伤，弯下腰双手搓抹着头发，忽然发出鬼魅的笑，抬头森森地看着妻子，说，好事，这下利索也许就不用那么长时间了。妻子叹息，做饭去了。

3

趁十一假期，他们让晓航回来，晓航不愿意，说已经跟同学约好，去别市玩。老黄看妻子在电话上言说许久，没沟通畅达，起身抢过电话，不容辩解地说，必须回来。晓航生气，大喊，不回。妻子在跟前戳拉老黄，示意别硬攻，对孩子温和点。老黄不管，连妻子也训斥，就你惯孩子，这个没得商量。晓航不退让，态度坚决。老黄说，不回来我们就来学校找你，试试看。晓航的铜墙铁壁登时崩塌，无奈地说，我就去玩玩，你们要干什么，为什么非要这样逼迫我？老黄说，回来就知道了。妻子接过电话，不知低声说了些什么，大概是安慰的话。

晓航今年读大二，学习不上不下，考入一所很是普通的二本院校。在村里，这是了不起的事情，多数孩子要么初中读完就打住，要么就是高中，高中居多。晓航能坚持到大学，好赖是二本，作为家长，应该怀抱欣喜，蹦跳起来。他们没有，得知成绩那天，晓航兴奋，老黄和妻子忧心忡忡，对儿子表面欢喜。隔年，老黄和妻子商量，在周边给儿子物色对象，况且他也练习得差不多火候了。妻子难做，还是去了。找其他村子里的媒人，把儿子情况说过，所有媒人都有相同的疑问，大学生了，自己去谈么，何必在村里找，且这么着急忙慌。她说近来自己常做噩梦，生怕哪天发生不测，离开人世，那就晚了。不管怎么，先得见见孙子。媒人们说她得了疑心病，梦哪里会是真的。她央求，一定要帮她完成这个愿望。媒人们答应下来。

前几天有两三个媒人上门，带着自个儿寻到的女子的照片，让他们看。老黄说都见见。妻子觉得也是，怎么样需要儿子看，他们说了不算。媒人说能行。晓航哪里知道这些，实在没办法，在假期的第二天，拖着行李不情不愿地回来。进到家，沉默不语，心中的怒气没处发泄。老黄让妻子先去做饭，晓航说，不饿。妻子说，多少吃点，坐一夜火车，挺累，要不睡会儿。晓航说，不累。老黄说，心里有气？晓航说，没。老黄接住话，那就吃饭，吃过饭去睡觉。他身体绷直，坐在椅子上，双脚在地上使劲磨，说，叫我回来什么事？老黄说，吃过饭再说。妻子没想到儿子这会儿回来，不在饭点，就给煮挂面倒鸡蛋汤，也是香。端到跟前，说，快吃了。他接过，不快不慢地吃着，到中间，说，可以说了吧。老黄坐在床边，看他吃饭，说，一会儿。他不耐烦，说，不说我就走了。老黄转动下脖子，说，我和你妈商量，给你先把媳妇娶了。正嚼动饭的他，瞬间固化了，他没听错吧，难以置信地看着对面人，希望能有预想的回应，没有。老黄表现出就是这样。再看站在边上的妈妈，装作没听到。他艰难地咽下口里的饭，说，妈，我爸说的是真的？没有回应。老黄说，当然是真的。他放下碗筷，不知为何，反倒很是平静，说，为什么？老黄说，为你好。他冷笑，不住地摇头，说，我读大学，你们要我结婚，这是为我好？说实话，我不知好在哪里。妻子看老黄脸色不对，赶紧说，晓航，你爸真是为你好，以后你就知道了。他管不了以后，只管眼下，起身准备去外面。老黄厉声说，哪里去？他说，别管。老黄上去拉扯，他不着意手一甩，扫掉了老黄的眼镜。老黄慌了神，双手在地上摸索，找寻眼镜，妻子看不对，赶紧上前捡起眼镜递给老黄，老黄接住，双手哆嗦着戴上。晓航意识到自己刚才的举动有些过激，重新回到椅子处坐下。

后面三四天，每天都与女孩见面，他没心思看，只是敷衍几句。手机总是响，他设置了静音。晚上躺下或以去厕所为由，走出一段路给女朋友打电话。他问女朋友，假如现在结婚，愿意吗？女朋友支支吾吾，愿意也不愿意。他转念想，问的问题就残缺，女朋友这样的回答应该是最完美的。女朋友便问，家里催你结婚了？他一惊，镇定地说，怎么这么说？女朋友说，农村不是都结婚结得早吗？他说，我已经读大学了啊。女朋友说，稍有改变，大样子还在。他们这次的通话谈不上愉快不愉快，就此挂断。他近来时刻都在思虑，为什么要让他现在结婚，他们真的愚昧？不想要我走出这里？他想不是，可又没有办法解释他们现在的行为举措。

在家的最后一晚，他们问他，看得怎样？他笼统地说，就那样。他们不依饶，非要问个究竟，要细化。老黄说，得选一个？他说，这是做什么？逼婚？老黄说，别说这些没用的，你选一个。他看他妈，他妈说，听你爸的，选一个，我们好去下亲，做后面的事情。他说，没有看上的也要选？老黄说，那就接着看。他苦闷不堪，自古就有婚宴大事岂能儿戏的说法，现在这是什么？他随便想了下，说，第二个吧。老黄说，关村那个？他哪里知道什么村，人家说话时，他压根就没听。老黄说，好，我们就去下亲，订婚时再叫你回来。他脑海中闪过个以前只在电视上看过的念头，说了声，嗯。

离开时，他妈来送他，在车快来时，他妈说，别怪怨你爸，他都是为你好。不过，唉，其实到现在，我也不知这是好还是不好。他听得出妈妈话外的意思，便说，妈，有什么你就直说了，我也好死心。他妈脸上涌出笑意，说，没什么，妈就是胡言乱语，在外面照顾好自己。他想再问什么，车来了，挥手告别。

4

不多时，老黄和妻子就和关村的女孩家说了自家的意思，女孩家欣然同意，一个劲地说这是好事情、好事情。女孩家里四个孩子，她是老大，剩下三个，两个弟弟一个妹妹。家里日子过得不景气，所以小学上完就在家帮衬。模样确实好看，眉清目秀，皮肤白皙，给人感觉特别清爽，如外面的青山、山涧里的小河水。女孩不言语，忙着给倒水，然后做家务，像是在证明什么。老黄说女孩声音好听，像是鸟儿叫，隔时一声隔时一声，回荡萦绕在山谷，余音袅袅。妻子说女孩模样俊，像下凡的仙女。女孩红了脸，差点把手中的茶杯抖落。女孩家人要做饭给他们吃，他们婉言谢绝。

两个多月后的订婚，晓航没回来，他们给学校打电话询问，学校说请假了。老黄问，有没有说去哪里？学校说，没说。老黄出言不逊，说学校不负责任，怎么能让学生平白无故地请假离开。学校立马回击，说，学校请两天以上的假必须要家长打电话说，你们是说过的。老黄愈发憋屈，自己哪里说过，就是再糊涂也不会在这节骨眼上允许儿子外出，弄得现在人不知去向。学校说，谁也防不住你儿子捣鬼。老黄听这话，气不打一处来。妻子毕竟是女人，心细，夺过老黄的电话，说，不好意思啊，我们也是着急，如果孩子回来，请及时通知我们。对面说，好的。老黄准备把气撒在妻子身上，大肆吵闹。妻子说，冷静想想，孩子为何偷跑？若是没有婚事会跑吗？老黄说，这不也是没办法吗？我也愿意他能在学校谈个，将来顺其自然地成家结婚。妻子说，唉，怎么就这样啊，早知现在，当初就不该要孩子。老黄逐渐平静，说，怎么也得有个，这大概是我们生来的使命。老黄让自己振作，站起身，对妻子说，再看一遍，我从头开始。妻子无趣地说，嗯。

老黄先调好呼吸，稳住身体，从收拾床开始，然后扫地、擦柜子、洗碗筷、倒水泡茶、递烟倒酒、去院子各个地方等，这次做得顺畅，心里没有算计时间，往常都会在自己心里安个表，自己掐时间，每次都很准确，误差不超四十秒。这次他忘了，忘记了时间、忘记了地点、忘记了做事的顺序、忘记了妻子，甚至忘记了自己，安然地坐回椅子。好一阵，外面响起鞭炮唢呐锣鼓声，是黄兵家儿子娶媳妇。妻子从刚才如流水、如云彩、如蓝天的浑然天成里醒来，看着睡着的老黄，又是苦痛又是愉悦，难以说清。

这次做得好，比她都做得好，她看不出任何破绽或生硬的地方。再看老黄，不禁叹息，老黄也是可怜人，生来就被世界抛弃，带有命中不可逃离的劫难。老黄身后的照片，她看过多次，后来尽量不去看，即使看到也装作没看到。她恨照片上的人，但在岁月的流逝里，她剩下的只是无尽的无奈与悲叹。眼睛上蒙裹的纱布上带有隐约的血迹，她是过门两三年后才明白其中的缘由。照片上的人是老黄的父亲，本该和她有不少交集的，起码她会尽儿媳妇的孝顺之道。不成想，她和老黄婚后半年多，老人便怆然离去了。结婚当天，老人的喜乐是没人可比，没办法用言语形容，纵然是千古大家也不能。老人眼睛上蒙着纱布，坐在门道边的椅子上，靠听，对身边走过的人说，吃好喝好，再来。那是春上，万物复苏的时节。转眼的落叶时节，老人眼睛上蒙裹的纱布换过几次，每回从镇上医院回来，老黄的脸色都很难看，苍白无血。老人却乐呵，满脸堆着笑容，让她给做饭吃。她问老黄是不是恢复得不好？老黄摇摇头，做出微笑，说，好着，就是不忍看每次换药时的痛苦。她当时没多想，安慰老黄慢慢会好，好了就不用忍受痛苦了。老人的眼睛上为什么缠裹纱布？她问老黄，老黄说，去山上收割庄稼，被空中的鹰啄伤了。她小时在山上见过鹰，在空中盘旋，这时大人们便让他们俯下身子，避免被它袭击。纵使这样，也从没有听说鹰真的啄伤过人。这是首次，问老黄，鹰怎么会去啄人眼睛？老黄说，这你得问天上的鹰。她不好再说话。秋雨下得紧密，微凉在加深，尤为一早一晚，冷得直打颤。深夜里更是凄寒，一声撕心裂肺的叫唤，使她不能安睡。老人晚上就说难受，说了一两句就安静地吃饭睡去。老黄看出事情不妙，去镇上请来医生。她先去睡了。老黄守在旁边，医生在手电筒的光亮下，小心翼翼地拆解着纱布。遇到粘黏、已经干掉的地方，医生犯难，只好用剪刀剪。老黄拿着手电筒，汗流不止。医生拿着剪刀，为达到超常的聚精会神，耳朵里塞上棉花。好容易剪开一截，难度大的远不止这，这才是刚刚开始。医生悄声说，感染得很严重，伤口一直就没处理干净。老黄紧握着手电筒，手掌与手指间出了汗。

歇息之际，老人说，不要再做这些无用功了，弄新纱布来，重新给我缠裹上。他们不知所措，老黄说，爸，等把伤口再清理下，然后把药换上。老人说，不会清理干净，更不会好起来。老黄不管，执意要医生清理换药。医生拉老黄到边上，说，老人说得对，眼睛被刺伤得很严重，感染难以控制，溃烂面积过大，即使能清理，也会被疼死。老黄说，刺伤？不是鹰嘴啄伤？医生说，是刺伤。老黄没了主意，半天不响。

老人招呼医生过去，说，听我的，重新缠上。老黄没办法，点了头。

天没亮，老人就断了气。好在前几天去医院，给顺便照了相。就是现在老黄身后柜子上摆着的照片。

有天夜里，老黄说自己到那个时候也得做相同的决定，她没同意。老黄说，没得商量。她不同意。老黄说，必须如此。她不同意，急得掉眼泪。老黄给她宽心，说，如今医疗条件好，不会像我爸那样，放心。她不同意，说，我们可以想其他办法。老黄侧过身子，给她留下脊背，说，没有其他办法，只有这样才能延续，这是我的命。她不同意，说，肯定有办法。她整夜无眠，苦思冥想代替此残忍不堪做法的办法，要达到相同的效果，甚至更好。几天后她想到了办法，老黄勉强接受，试着去练习。一练就是十几年，皇天不负有心人，有了现在炉火纯青的境界。

儿子的逃脱，她理解，但她心知肚明最终的结果，唉。

5

晓航在老黄发短信后的三天头上回来，老黄表面冷酷，心里也怜悯孩子，上辈子投胎转世没落对地方，到他这里。晓航无精打采地吃饭睡觉，对他们的安排言听计从，像是没了魂魄，只剩空壳。他们去了女孩家，订婚吃饭。结婚的日子定在了正月。晓航无非就是点头，说话仅说一两个字，嗯，好的，可以，对。老黄的心在被撕扯，又不能心软，说出那些事情。妻子在没人处抹眼泪，哀叹儿子命苦，不能像其他孩子，有自己的选择。

一切就绪，老黄说，你可以回去了。晓航木呆呆地说，回哪里？老黄说，学校啊。晓航说，我退学了。老黄惊得合不拢嘴，说，和谁商量了？晓航说，你们。老黄说，你在赌气。晓航掏出烟，从打火机里按出朵火焰，点燃，深吸一口说，没有。老黄说，你什么时候开始抽烟的？晓航说，前几天。老黄说，灭掉。晓航不听，直是吃。老黄让边上的妻子去拿掉，妻子没动弹。晓航说，我都要结婚了，吃烟怎么了？老黄说，不行。晓航掏出口袋里的小酒瓶，拧开，故意迟缓片刻，酒香弥漫，充溢在房间每个地方。老黄说，你还喝酒？晓航说，迟早的事。老黄气得直跺脚，说，你就是赌气，加之对我示威。看老黄气得不行，妻子说，晓航，好了。晓航喝下几口，说，痛快。老黄站起来，气愤得走向晓航，妻子看情况不对，上前拦挡。晓航一手拿着酒，一手夹着烟，纹丝不动地坐着。老黄抬起手，妻子要挡住，老黄却收起手，退回去。

结婚时，村里能来的都来了，无比热闹无比喜庆。老黄为的就是有这种景象，美滋滋地坐在房间里，妻子忙出忙里地招呼客人。晚上等人散尽，村里年轻人少，闹洞房草草了事，象征性地玩了下。老黄听妻子关上大门，让妻子把晓航叫来。妻子说不好，明天再说。老黄说，就今晚，这是大事。妻子只好依了老黄，把晓航叫来。晓航进来，缄默。老黄从椅子后面拿出个布袋子，里面发出些许咣当声，说，拿走。晓航不动，嗑着桌上的瓜子。老黄说，拿走，这是你们以后生活的资本，藏好。妻子悄然过来，推下儿子，说，过去拿。晓航撂下手里的瓜子，随意拍几下手，过去接住。坐下伸手进去摸，很是冰凉，长方体，直觉告诉他颜色，肯定是黄灿灿。老黄说，你这辈子只能用一条，剩下的给你儿子，一直往下传。晓航冷笑说，我凭什么听你的，我爱怎么用就怎么用。老黄拉着妻子，回了房间。

晓航婚后在县城开了个衣服店，进货得去省城。这次进货妻子想跟着去。晓航本打算不让去，转念想，自结婚以来，她没提任何过分要求，整天任劳任怨为他为这个家，去省城转转也合情合理。同意了。到了省城先把货进齐，发了车。这样能安心专心地去玩去转。

过十字路口，等红绿灯，晓航的眼睛一阵发黑，差点跌倒，好在妻子给扶住。变到红灯，人们开始通行，他和妻子走着，眼前的黑团又出现，且越发浓密，他站住，不知道东西南北，妻子拉他，问怎么不走了，他伸张着手，四处摸，黑暗不再虚幻，真实地存在了。他说，天黑了。妻子说，没有啊，你怎么了？他说，黑了，就是黑了。妻子说，你怎么了？别吓我，现在可是中午十一点多。他嘶喊，黑了，就是黑了。周边响起喧杂的鸣笛声，他被淹没在其中，他想去寻找这出口，在空中乱抓，妻子死死拽着他，哭泣着。

晓航在轰响中想起前面自己觉得那些奇怪不能理解的事情，嘴角流溢出会心的微笑，不再伸手去摸，不再乱走动，不再嘶喊，站得端直，像是被老师罚站的学生，身体不敢发出任何举动和响声。

无 形

1

老段的名气超出了吴家村，村里人都戏称“名声在外”。其实不过是方圆十里且上点年纪的人才知晓。追根究底，老段的名气来源于两个事情，一个是他穿的衣服袖子很长，像唱戏的，问会唱不，他给胡乱扬几下袖子，一看就是门外汉。重点在后面这个，众所周知他家里有一尊价值连城的石狮子，没有人见过。按理说，吴家村有石狮子不是稀罕事，因为基本上家家户户都有，用来拴娃娃。这是陕北好多地方的风俗习惯。石狮子的功能很多，就家里炕上放着的，一乍来高，宽窄不过半个手。娃娃小时，挽根红裤带，另一头挽在娃娃腰上。防止娃娃从炕上掉下去。再者就是消灾消难，保佑娃娃茁壮成长。老段家里的这尊不一样，据说二十几年前，老段正年轻，村上来了个外国人，一眼就看上了老段家炕上的这个石狮子。只要老段开价，不管多少，都不是问题。老段却死活不卖，说这是父亲给传下来的。这个不假，像这些东西，在陕北，确是辈辈传。老段父亲会刻石狮子，是有名气的匠人，手艺那个好啊，何止是炉火纯青能形容的。一辈子没刻几个，有钱人是争相定做。大概是天妒英才，老段十八岁那年，父亲去邻县找石料。听当地人说，当时是前半晌，晴空万里，被称为石头沟的沟里却发下来山水，汪满了沟道。老人们说，自他们记事起，这就是条旱沟，从来没下来过山水。山水都走了另外的沟。恰巧，老段的父亲就被冲走了。找了好几天，才在十几里外的河滩上找见，人没了模样，身上裹满泥。太阳晒干，不敢抠不敢洗，只好就连泥下葬。老段家的石狮子，听说是他爷爷留下的。这是模型，然后照着刻，自己仔细琢磨。就这样，这尊石狮子的时间长度成了谜团，也许百年、也许千年。

几年前就有直升机在村子头顶转圈圈，村长去县上问。县上领导说这是在测量，内容是机密。将来你们村有可能要迁移。最近真的开始了，全村搬迁到条件更好的镇上。那里已经给修建好了二层小楼，每家根据征占土地的多少，给予补贴与修建新居。老段家地多，父亲神乎其神的手艺没学会，倒是拿父亲留下的钱买了不少地。现在好，赚到了。就这老段还不情愿，说，这是不让绝他的活路，地里收成虽然不好，但最起码到什么时候都饿不着。这些年日子过得没有富贵流油，光光堂堂还是有。村里人说，老段，你不知足，这一下能给你好几十万，不够你吃喝？你还能活五十年？老段只说了一句话，那孩子们怎么办，吃风屙屁。村里人再无言语。说到了大家的痛处。说是这么说，理也是这么个理。该搬依然得搬，在人家限定的时间里搬离。

腾空村子那天，很多人哭了。晚上在新居里，没有喜悦的气氛，洁白的墙壁反射着白亮的灯光。从玻璃窗望进去，家家户户都静默地坐着。牛羊鸡鸭在砖铺的院子里叫唤一两声。整齐划一的街道静寂不已。没有一点人气。村长从家里出来，看了半天月亮，抚摸了半天狗。把狗蹿进用纸箱子临时搭建的狗窝，掏出串鞭炮，放在地上点燃。噼里啪啦地猛响一阵，夜反倒更静了。村长又站了一会儿，无奈地摇摇头回去了。

第二天人们烧火做饭。借柴的借柴，戳烟囱的戳烟囱，家里弥漫了浓郁的烟气。冷灶着，火放不着，烟上不去。有人来反映赵二老汉做下坏事了，村长去看。推开门看到的不是赵二老汉，是牛，哞，算是对他的欢迎。

村长站在院子里喊，赵二。

二楼栏杆上探出人头，赵二说，咋，村长。

村长说，你咋能把牛圈在家里。

赵二说，不然圈哪，院子里没牛棚，牛正感冒，受不得凉。

村长说，那也不能。

赵二说，村长，一楼不住人，就我一个人，空着也空着，不如圈牛实惠。

村长没办法，只好任赵二作为。村长到老段家，看老段过得怎么样。老段在院子里坐着，面前放一张低桌子，桌上放着酒壶酒盅，手机开着免提，正和儿子通话。你不要在外面胡混了，一天闲着不干正事，快往回走。对面含糊说，知道了，一天说八十二遍。老段说，今晚不回来，我和你妈就到县上来寻你，挨家挨户寻。对面说，今晚一定回来。妻子出来说，和娃娃好好说，父子俩像是没见面的仇人，哪有父子样。拿起手机回家里去了。村长在对面坐下一会儿了，老段让村长喝酒，咱老哥不要客气，自己倒上。村长自饮，说，你发那么大火干吗？娃娃大了。老段说，大个屁，弄乱子就是一下的事。看见家里征地给的几个钱，就不干活了，坐下吃。娃娃们不晓得，日子还长着呢，这几个钱能花多久。村长也急躁，叹气说，唉，咱给说多少都不顶事么，不如不说。呲溜，头一仰，一盅酒尽了。

到饭点，老段留村长吃饭，村长不吃，说家里的也熟了，下回吃。

2

天黑尽了，儿子还没回来，老段站在路口照，妻子跟着，劝说，回去等，外面凉。老段不听，说，再等十分钟，鬼小子不回来，咱到县城寻。寻上了就把腿给踩折，让再不着家。妻子看今儿躲不过去，老段来真的，赶紧给打电话。挂断电话后笑着说，娃娃说回来了，在路上，咱先回。老段和妻子走在街道上，感觉特别不自在。路灯隔几十米一个、隔几十米一个。往常走在村里，黑是黑，可到处是人，碰见都热情打招呼。现在冷清的，连个鬼都没有。加之儿子的事，半个多月不着家。越想越憋屈，嘟囔道，栽路灯有啥用，人不出来，照谁？妻子没搭话，知道老汉在气头上。

回去不多久，儿子回来了。老段沉着脸，不言传。妻子给端锅里温着的饭。儿子说不吃，在县城吃过了。老段抬头一看，脑袋轰响，儿子的头发像一捧地里长的草。气冲起来，在家里翻找，妻子问翻找什么，给她说。老段说，剪子。妻子到柜子里找到剪子，犹豫不决地走到老段跟前。老段骂道，放个剪子还不晓往哪里放。让坐在炕栏上吃烟的儿子过来，坐在脚地上的凳子上。儿子不知所措地看着母亲。妻子看了眼眼睛已经红钻钻的老段，示意儿子过去。儿子坐下，身后的老段说，孩子娘，剪子活你熟悉，你上手把儿子头发铰了。儿子准备站起来躲开。老段厉声道，你今敢给老子跑了，等老子撵上……打断你的腿。儿子毕竟害怕，知晓父亲是个说一不二的人，只好乖乖坐回去。妻子也不敢不剪。依靠自己做一手好针线活的手，尽量给铰得美观些。

老段站在旁边指教，谁家孩子像你一样，整天在县城里游逛，县城有谁了，有你大还是有你妈了？

儿子低声说，赵武家孩子不是一样么。

老段说，放屁，不看好的，就瞅不入眼的。赵武是什么人，吃过牢饭的。他家孩子自小就不学好，父子俩一个颜色，手脚不干净。你不和他孩子相处吧？

儿子不说话。

老段说，给老子说。

儿子说，不。

老段说，不就好。人常说，拄棍拄个长的，交朋友交个强的。跟上好人出好人，跟上巫婆会跳神。坚决不能相处，听见没？

儿子说，听见了。

妻子把头发铰完了，和美观根本不沾边，只能说不突兀，勉强能看得过去。儿子站起来一照镜子，本来还舒展的脸彻底枯皱了。老段也不是不讲理，说，明天去县城重新铰下，染成黑的，早去早回。老段的火气稍微能平复下了。坐在炕栏上，弓着腰，说，你二十七了，不要再瞎混了，正儿八经安安稳稳学个手艺。不要这个学两天那个学三天，不知多少钱都打了水漂。谁家的外甥哭妗子，记起一阵子。备细考虑好，学什么。我有的那几个钱，给你在县城买点地方，娶个媳妇。折腾下来也剩不下几个。我和你妈也得活么，地没了，总得留几个钱养老。儿子敷衍地点点头，表示认同。

十点多几个人就睡去了。老段听见儿子翻来覆去，以为是被自己晚上说骂的，就说，快睡，你好好的，我能不帮你？儿子在黑夜里点点头，强迫身子停住。老段怎么也想不到，儿子翻来覆去睡不着的原因，根本不是因为他晚上的说骂，更不是因为草一样的头发被铰了。后来老段睡去了，没管顾儿子，响亮地打起呼噜。这几天累坏了，搬家，收拾家。身体累不说，主要是心上累。心上不顺畅，又没地发泄。儿子算是撞到枪口上了。

第二天十点多，儿子还没醒来。老段让妻子去催催。年轻人，晚上不睡，早上不起，像什么样子。连他这个老格桩都不如。儿子成不了家，是老段心上的疙瘩，困扰愁烦得难受。二十七对于农村人来说，年纪就不小了。大部分人娶媳妇，一般二十一二就准备。年纪大了不好娶。首先让人家猜疑，这么大不娶或娶不到，是不是有什么问题，身体的或家里的。家里的好说，大不了穷，穷没根，以后挣了钱就能弥补。身体上的不行。儿子让人误会就不好了，证明不好证明。最直接的办法就是去体检，这样做有些拧得慌。儿子不成器不上进，念书念到五年级，死活不念了。他和妻子乖哄，不行，给个天也不念。不念就不念。老段家几辈都是一脉单传。爷爷就弟兄一个，到父亲还是一个，他这里差点连一个也保不住。没办法提，谁晓得什么时候有的毛病。和妻子结婚四五年，房事不少，老段觉得也行得认真、行得专心，妻子就是有不了。找了不知多少方子，还是没动静。把老段愁的啊，你是不晓得，年轻人，头发一块一块地白。第五年秋上，妻子终于怀上了。老段是千万般地爱护，生怕有什么闪失。孩子生下来，让老段欣喜的是，一生就生了个男孩。老天开眼。人逢喜事精神爽，老段心情好，头发上的白色逐渐恢复了黑色。没娃娃想要有个娃娃，有了愁得长不大。大了就现在这个样子，唉，你说怎么办？老段的苦衷没有人晓得。就妻子明白，可也帮不上。

儿子带着惺忪的睡眼出来，站在院子里洗漱。老段害气，不过这次控制住了。吃过饭，儿子没提到县城的事，这让老段惊讶。以往不用说，县城像块巨大的吸铁石，儿子的小身板噌就被吸走了。现在儿子不再被吸。哪里出了问题，老段想不明白。县城这块吸铁石坏了？可能性不大。儿子绝缘了？也说不通啊。从回来到现在没看出异常啊。突然，老段为自己的慌乱而羞愧。说不好是儿子故意表现出的诸葛亮的欲擒故纵，他能上当？差点。儿子不提，老段更不会提。不去正好，待在家里有保证，吃喝能吃喝多少。光吃喝的话，养一辈子没问题，米面管够。老段坐在院子里晒太阳，狗走过来，卧在脚跟前，头放在前腿上，眯着眼。老段心里还是不得劲。太阳有问题？不存在啊，天还是一样的天，太阳还是一样地发光发热。那是哪里出了问题？具体的又说不上来。儿子在家里看电视，频繁地换台，遥控板掉在地上好多次。老段强忍着。儿子不去县城，是好事，但他觉得哪里也不太对。唉，这是怎么了？老段心烦意乱，一阵比一阵盛，要着火，火要飞起来。

妻子去镇上的市场买些菜蔬，家里吃的什么都没有，就米面、洋芋。一两天甚至三五天不吃菜蔬可以，长时间不吃撑不住。多少不说，总还要有点，哪怕是个引子。抛砖引玉，那也得先抛疙瘩砖么。村里其他人不晓得在做什么，一天鸦雀无声，静悄悄的。谁也不到街道上走走，仿佛街道是张白净的纸，谁走了谁就是罪人。

老段眯起眼，让阳光渗透进骨头缝缝，融化掉身体里的一切淤积。

3

街道上有动静。停下几辆车，车门子掼得咚咚响，很多人的脚步声交杂在一起，织着高质量的布匹。这是怎么了？半夜三更的。老段推妻子，把灯按开。妻子迷糊中伸手摸到开关，灯刚亮。一阵急促的敲门声响起。妻子吓了一跳，说，手差点掉了。老段心里也一哆嗦。喊问，外面谁，半夜敲门做什么？外面直是敲门。儿子没动，依然睡着。老段感叹，还是年轻人好，天不管地不管，晓得万事有这老不死的爹顶着。下了炕，妻子开门，按开外面的灯。开了大门，和一股水一样，猛地涌进来许多人，手里握着棍子，一脚踢开闭着的那扇门。别动，别动，别动，喊了几声。儿子被两个人押出来。老段上前阻拦，问，为什么抓人？

领头的人对老段说，你儿子前几天在酒吧喝醉强奸了我妹妹。

老段问儿子，是不是这样？

儿子的衣裳被两个押解的人扯拽着，瘦巴巴的身体架在空中，哭丧着脸说，没有的事，那天我和赵翔在一起，不信问赵翔。门里门外围聚了很多人，老段喊人去赵武家把赵翔找来。赵翔刚好在，发着牢骚，搓抹着眼睛，说，做什么？老段郑重地问，他们说我儿子强奸人了，你那天和我儿子在一起，你给做个证。赵翔严肃起来，说，大叔，这个还真是。老段傻了眼，儿子也是。本以为是救命稻草，谁知是刺猬，扎手。两个人掉进了河里。领头的人说，带走。老段甩起长袖子，唱戏般地横在中间，前面一截子耷拉在空中，说，我报警。领头人说，可以，巴不得，让警察解决。强奸罪，人证物证都有，让你儿子把牢底坐穿。说话中，拿出手机，给老段看了段视频。边上的儿子在嘶吼，骂赵翔，你怎么能说谎话，哪里有这事。赵翔虚情假意地说，兄弟，关乎一个女孩子的清白，我只能实事求是，不能保护你。儿子哭叫起来，对老段喊，爹，不是这样的，你相信儿子。老段过去给儿子抹眼泪，说，好好说，到底怎么回事？儿子说，那天是去喝酒了。中途过来个女的，二十岁左右，强要喝酒，他喝了一个。他清醒得很，到房子，是那女的主动，但没有做那事。他醒来时在椅子上坐着。老段看着来的人，再看看赵翔，赵翔哆嗦几下，立即说，叔，我说的是真的。老段直逼着赵翔走过去。赵武从赵翔身后的人群中站出来，说，老段。然后嬉笑地看着老段。

老段像是被雷击了，顿时明白了一切。肯定是赵武搞的鬼，无奈的是，儿子偏偏上了人家的套，还让人家捉住了把柄。说到底，所有的怨结皆可归到老段这里。七八年前，赵武在村里聚众赌博，老段发现儿子经常去，偷了家里几千块钱去赌，可想而知，落到了赵武口袋。幸亏发现得早，不然十几年藏下的十几万都被输掉。老段把儿子抓回来，关在家里教训。没几天儿子又跑出去。这次老段把儿子揪回来，狠打了一顿。老段夜里睡下思考，要想治儿子的病，得双管齐下。几天后的一个晚上，村里警报声四起，在黑夜里忽闪忽闪。老段没出去看，可心里一清二楚发生了什么事。村里人一片叫好，念叨是哪位英雄做了这么一件好事。半年后赵武出来，不知从哪里得知了告密者。赵武没来找老段。老段无论如何都想不到，人家是在发酵，三年等了个闰腊月，在这里等着呢。老段现在就是再气愤，也得哑巴吃黄连，只能把苦涩一口一口往肚子里咽。先让众人散了，各自回家。院子里空荡后，老段招呼赵武，回房子里说。赵武让其他人把人带走，在车上等。赵翔没跟进来，一起出去了。

老段直截了当地说，赵武，你说个解决方案，我认栽。

赵武说，破财灭灾。

老段说，多少？

赵武说，四十万。

老段说，你太贪了，狮子大开口。

赵武说，好啊，四十五万。

老段受不住这样的侮辱，说，别得意，我报警，大不了让儿子坐几年。你也得不到任何好处。灶火旁站着的妻子拉老段的袖子，眼睛里充满了哀求。老段难怅，女人就是女人，不顶事害一路事。老段这样说，是试着给些硬的。说白了，赵武是想要钱，真是为了报几年前被举报的仇？如今的社会，再没有比钱好的东西了。妻子就这么一拽，一切都功亏一篑了。果然，赵武不在乎地说，好啊，去吧，我等着。妻子一口揽住说，四十五万就四十五万。老段仰头长叹，说，那就四十五万。赵武点点头又摇摇头，说，不好。

老段用袖子指着赵武的鼻子骂，你别过分，四十五万了。

赵武把老段的胳膊轻轻拨拉下去，故作亲热地说，老段，生这么大气不好，听我说么。你家不是有石狮子么，一并给我。我把手机上的视频当着你面删除，不，你觉得不保险，可以再叫一个人来做证。老段气得脸乌青，说，没有石狮子，都是胡乱传。赵武不信，说，那就等着坐牢吧。妻子说，真没有，有就给你了。赵武说，有没有你们自己看着办，后天中午十二点送到我家来，后果你们知道。

赵武出了门，坐上车扬长而去。儿子回到家里，一屁股坐在地上，掉眼泪。

4

老段上了炕，躺下，命令妻子关灯，继续睡。妻子听命，把灯关了却睡不着。儿子眼睛肯定也睁着。一家三口，老段是主心骨。妻子忍不住，说，老段，别人不知道我知道，家里真没有石狮子。但儿子也万万不能坐牢啊，几年下来就完了。老段不想听妻子哭丧，说，别哭，我还没死呢。儿子说，妈，别哭，我去承担这些，怨我没交对朋友，遭人陷害，还连累你们。老段说，我真想扇你几个耳光，可惜我……随即，几声响亮的声音响彻窑洞。儿子说，爸，怎么样？老段沉浸在黑夜里。外面的月光愈发地明亮，可就要退却，快四点半了。又是几声。儿子说，怎么样？紧接着又是几声。妻子说，别打了，何苦呢。老段，你倒是说句话呀，娃娃知错了。

唉，老段能说什么，知错能如何，一切都尘归尘土归土了。

老段说，我尽力保咱儿子。

妻子心疼起老段，说，我也糊涂了，你能怎么办，石狮子没有。你一个秃手能干啥。老段之所以把袖子留长，就是要掩饰住秃手。不让别人发现。二十几年了，只有妻子和儿子知道这个秘密。老段是心性要强的人。父亲的死，他抱憾终身。因为父亲是为他送了自己的性命。前面说过，陕北，石狮子辈辈传，手艺就更不用说。做空心挂面有做空心挂面的手艺，做锣鼓有做锣鼓的手艺，唢呐手有唢呐手的手艺。总之，老祖宗给挣下的最值钱最长久的家当，当然要辈辈传，想学不想学都要学。老段是真没得选择。独苗，他不学谁学。老段一出生，父亲就给放在叮叮当当的雕刻室里，耳濡目染。其实，老段在娘肚子里就在其环境里了。母亲常去雕刻室陪伴父亲。所以，老段是从小就接触雕刻。十八岁那年，老段的手艺已经精湛到一定程度了。父亲常对他说的话，就是还差得点。老段把自己刻好的石狮子拿出去卖。人们一眼就认出不是他父亲的，不买，说火候还欠。老段很沮丧。父亲说，你已经刻得很好了，只是还差那么一点，那一点需要你慢慢悟。老段说，什么时候才可悟得？父亲说，说不好。老段不服气，什么叫差那么一点，依他看，就是一个名头的事情。老段想出一个奇妙的办法。

在一次集市上，老段拿着自己最满意的石狮子去卖。石狮子用红布抱在怀里，静静地站在街道旁。不多久就过来两个穿着西装的人，他们说自己是北京过来的。听说这里石狮子出名。有一个工匠刻得最好，问老段知道不。老段知道他们说的那个人就是父亲。老段笑盈盈地说，你们说的人是我父亲，今天正好拿着一尊我父亲的新作品来出售。两个外地人听到此处欢喜得就差手舞足蹈了，操着一口普通话说，踏破铁鞋无觅处，得来全不费功夫呀。他们为防止上当受骗，对老段进行细问。老段说，如假包换。他们还是无法相信，说，除非有人证明。命里注定如此，上天早就安排好的。村主任在集市上闲逛，噙着烟锅。老段忙招呼，村主任过来问，怎么了？老段说了情况。村主任给他们说，他们谁都可以怀疑，就是不能怀疑老段父亲的手艺，祖上就厉害。给皇宫刻过，皇帝都赞赏过。转过头问老段，不是还赐了块牌匾么。老段说，是，牌匾上写着三个大字——逍遥游。他们和村主任又东拉西扯了一会儿，才确定老段说得没错。村主任愿意作证。说到价钱时，老段慌了手脚。多少钱合适？想来想去，选择了个他认为很大的数字——两千。1985年，可想而知，两千块钱是个什么概念。老段收了钱，捏在手里，那个欣喜，无法言表。从来没拿过这么多钱，回去说了父亲肯定会开心死。在集市上买了不少东西，提满双手。

回去给父亲一说，没想到父亲非但不开心，还特别生气，斩钉截铁地说，明天去集市上打听，把钱给人家送回去。老段为难了，说，已经花了几十块钱。父亲说，不打紧，花了的我给补上。老段庆幸父亲没动手。第二天老段在集市上转了一天，硬是没找见那两个人。许是他们已经走了。第三天又找一天，还是无果。第四天继续找，仍然无踪影。老段对父亲说，人家早走了。你想得多，我的石狮子说不准也可以蒙混过去。父亲说，你的还差那么一点。老段说，技术吗？父亲说，不是技术，是心中还无。老段不以为然，都几天过去了，人家不来找说明什么，自己刻的可以和父亲的相媲美。父亲说那些神乎其神的东西，完全是空话，大概是想督促他勤加练习。正当老段得意时，那两个人气势汹汹地出现在家门口，不容分说就要带老段走。父亲给解了围。最后达成协议，由父亲刻一尊正儿八经的石狮子，作为弥补，且用最好的石材。父亲正是因为去找最好的石材，才去的石头沟。遇上了山水，丧了命。

老段只好拿祖上传下的那尊给那两个人，事情才了结。老段悲痛欲绝，因为他的逞能，不仅送了父亲性命，还失去了祖上传下来的石狮子。他是罪人，无法原谅。不仅断送了一门手艺，而且从此再无最好的模型，没有了希望与劲头。心没了。把父亲埋葬后，老段收起匾额及父亲的刻具。两年后，老段娶了妻子。一天，在夜深人静时，随着一声痛彻心扉的嘶喊，一双手掉落在铡刀下。妻子赶到时，老段流了很多血。铡下的手坏死了。老段和妻子连夜去了县城医院，谎称是木匠，被电锯切了手。一切做得神不知鬼不觉。老段自此就穿起了长袖。这个秘密起初只有妻子知道，有了儿子，儿子后来也知道了。老段给儿子下了死命，不许说出去。

老段沉沉地睡去，打起呼噜，和没事人一样。等妻子儿子醒来时，老段不见了。家里没见少什么。桌子上放着张纸条，安心生活，后天我准时回来。妻子瞠目结舌，心想这么一手好字是谁帮老段写的。妻子转念想，老段在村里人缘好，找个写字的还不容易？肯定悄悄找谁写的。

5

老段这段时间去了哪里，无人知晓。妻子焦急，第二天九点多还不见老段人影。去问村里人，有没有谁见过老段。村里人都说不曾见过。十点多，村里有人跑来说，昨天临明时镇上的人曾看见过一个人，胳膊下夹着一块长方形的东西，出了镇子。那时天还麻糊糊的，没看清是谁。就算是老段，老段去了哪里？回已经没有人的村里？回去做什么？妻子来不及深究这些，回家里等，额头上的汗珠子不住地滚落，啪嗒啪嗒，紧密起来，像条结巴的声带。

离十二点还有二十分时，老段回来了。老段先去了放杂物的楼上，然后出现在家门口。妻子迎上去，急切地问，你去哪里了？老段前胸紧贴着炕栏，身子前倾，像是倒小鸡一样，怀里一个红布包裹的东西掉出来。妻子迫不及待地打开看，天呀，一声尖叫。儿子凑上前，一尊如地上生长出的石狮子托在母亲手掌上。眼睛、鼻子、嘴似乎都在动。老段说，走，把村长叫上，到赵武家走。妻子带上银行卡，昨天她去了县城，把四十五万打在了卡上。赵武看到狮子先是目瞪口呆，然后惊呼巧夺天工。老段说，你懂？赵武说，不懂，不过不打紧，我会请人鉴定。老段说，那你惊呼个屁。随你。那段视频呢？赵武早就找好了人，其实是买家。那人看了半天，赞不绝口，竖了无数次大拇指。老段镇定自若，一直面无表情。

当着村长面删除了视频。为保险，又找了主任，两个人做见证人，互相立了字据。回去的路上，妻子舒口气，总算解决了。儿子则蔫蔫地跟在后面。老段把两条长袖搭在一起，放在小肚子前，走着。

几个月后，妻子拾掇家，收拾楼上的杂物。在一麻袋黑豆里，无意间摸到个硬东西，翻出一看是个陈旧的布包袱，并且麻袋下面还压着用新床单包裹的匾额。这个她知道，是祖上得到皇帝赏赐的那块匾额。正好，拿出来揩擦下。解开床单，出现的匾额并不是她想象里的落满灰尘，反倒是一尘不染，金灿灿的字在太阳光下熠熠生辉。她记起，还有从那袋黑豆里无意翻搅到的布包袱，慢慢地打开，里面的东西呈现在她面前，一套明晃晃的雕刻刀具躺在里面，加之那张字条。

她想，肯定是那样，脸上登时爬满了惊诧。

妻子站在楼上看院子里的老段。老段闭着眼睛，和身边的黑狗一起静谧地享受着暖融融的阳光。

山　水

1

今天是躺在床上的第一百个日子，某种程度上说，是圆满，更是突破。从医院病房到家里卧室，像是从笼子里放出的鸟，重归了自然。虽是局部，花草依然可见。阳光从窗户进来，散落在地上床上，被照上的腿毛一根根站得端直，不多时又软沓地贴在皮肤上。他想象阳光的模样，像树，有粗有细；像人，有丑有俊；像云彩，有圆有扁。他不禁失笑，问自己这是作甚。妻子进来，把东西放在床头柜上，说，想吃什么？他说，午饭？妻子说，烩面片？他说，你看着做。他的手慢慢探过去，拿起妻子放下的东西，在手里把玩。

妻子折回来，说，刚买的，没事可以听听。刚来这里时，租住的房子简陋，摆放几件可怜兮兮的家具。下工回来，吃罢饭无事，人生地不熟，只能待在房子里。他说，听什么？妻子说，好笑的。按下开关，吱哩哇啦，一阵刺耳声，他手放在齿轮状的调频圈上，小心翼翼地转动，有唱歌的，看妻子不语，他又调，情感访谈，妻子依然不语，他再调，相声。妻子说，就这。他抱着它，躺着，美滋滋地听着。无论如何这也属于家用电器。阳光悄无声息地后退，腿毛跟着层层倒下，身体在漏气，凛冽的寒气任意穿梭，不住打冷颤。他气愤，什么破玩意，调一个杂音嗡嗡，调一个杂音嗡嗡，摔掼在床上。

儿子在客厅看电视，劲爆的音乐声钻过门缝，在空气里悠悠然，有的滑了脚不慎跌进耳畔，撞上耳膜。他兴奋，就是这个。坐在高高的吧台前，调酒师魔术般地摇晃着调酒器，灯光闪烁，红的、绿的、黄的、蓝的、紫的，眼睛应接不暇，乱了思维，乱了神经。一杯酒推到手上，那些眩晕的颜色全部落在了杯里，与清酒搅匀，就有了现在这梦幻迷离的颜色。于此说明，调酒师不是凡人，是法师、是道人、是神仙，采撷夜色、月光、五颜六色的灯光、万物的色泽，摇进酒里。他喝口，流淌过喉咙，好生欢喜，清爽后的火热，有美貌有身体涌来。他理想中的女子，活生生地站在眼前，搔首弄姿，他不敢相信自己的眼睛，搓揉几把，仍然在，那就不是虚幻，是真实。女子过来，依偎在他怀里，他称心如意，成了薄纸，随风飘逝，落在泥土里，掉进树根的嘴里，前拥后挤地来到树枝上，躺在叶子里。秋来叶落，掉进水里，成了鲜活的小鱼，摇摆着身体，任意游动。有香味在破坏这一切，越来越强劲，如粗大的木头，不断撞击城门。噗通一声，城门倒地，香味浸染了所有空气。妻子过来，扶起他的身体，垫了枕头。

温润的面片触到嘴唇上，他张开严密的嘴巴，勺子递进，舌头一拉便过来了，香浓的美味。妻子说，怎么样？他说，再来。妻子舀起两片，吹几下，递到他嘴边。他猛地吞咽。村里人都说他呆傻，劳动没力气，做生意没脑子，当官想都别想。高考落榜，无力再上大学。见天到河边、山上、沟岔里胡乱跑，看庙上的神像呆愣几个小时。父母着急，这可如何是好？书没念成，到头来竟成了傻子，就招呼亲戚朋友来劝说，不要急，高考失利的人多了，三百六十行，行行出状元。他百思不得其解，大家这是干甚，说这些没头没脑的话。他越是说没事就越引得众人猜疑及最终的确定——这娃是精神上有问题了，疯了。父母看没办法，只好任其发展。他到村里商店，买画纸，老板说没有，他看见糊窗子纸，买了。还买了毛笔，没墨汁，就把烟囱上的烟灰刮下来，和上水，当墨汁用。纸的质量太差，墨汁又稀。搁在纸上，立马印染开，没等他画完，墨汁就抱了团。第二天去了县城，晌午提着塑料袋回来。不住地画，不住地琢磨。众人说念过书就是不一样，疯子也是个有文化的疯子。唯一不相信他疯的是现今的妻子。她住在邻村，见他画画，说来奇怪，一眼就喜欢上了。无论如何要嫁给这个众人眼中彻头彻尾的疯子。家里执拗不过，只好忍痛答应。她对他好，他们生活得不错，他也干活，闲下画画。逐渐，众人改变了先前的看法。村上来了省上的画家写生，他给带路，在他家吃住，画家看了他的画，竖大拇指，说，来日经过专业老师指点，定成气候。众人惊得目瞪口呆，疯子真疯出水平了，连省上的画家都说好。他们生下孩子，孩子父母照顾，他们到省城闯生活。

他吃下四五勺子面，自己伸手端住，妻子不愿放，他使劲拽。妻子最后放开，说，你爱怎么样就怎么样吧。

2

钥匙好容易插进锁眼，向左拧拧不动，怎么回事，用力拧。嘎嘣，断在里面了。他看着手里的钥匙傻笑。咚咚下楼，坐车回家。到家门口，摸索口袋找钥匙，哪里有。攥紧拳头，咣咣敲门，不停地按门铃，妻子问谁，他说，是我。妻子说，你回来干吗？他说，快开门。妻子害怕吵到楼上的住户，不情愿地给开了门。看着家里的一切，他质问妻子，重新装修也不给他说。妻子不管他，坐在沙发上。他依次开卧室门看，嬉笑着说，藏人了？妻子白眼他，怒斥，想得谁都和你一样，不在画室待着回来干吗？

刘总坐在他对面，说，你该有个画室。他谦虚说，还不到时候。刘总说，到了，你不管，我来操作。他举办的首个画展就是刘总赞助的。刘总有钱，生意做得大，不知从哪里打听得他画不错，就约他见面。他们是一见如故，吃了饭喝了茶，成了亲密朋友。他问过刘总，要这些画做什么？刘总如实说，送领导，生意上难免有很多走动，送钱送其他的太俗，得搞得艺术文雅。他明白了。刘总买尽了他手里的画不算，还预定了两年之内的所有画作。人怕出名猪怕壮，有越来越多的商人向他买画，价钱自然居高不下，他也经常会出没些高级场所。

他说，这是我家，我回来住住怎么了？妻子冷笑，说，这是你家？意思让我走是不？他说，别胡说。

哪里胡说了，你就是要赶我走。师父看着他恨恨地说。他之所以来省城，就是听了当时来村上写生的画家的话，动了心，得去省城，开阔视野，找专业的老师去学习。到省城后，他才发现，自己把事情想得过于简单了，吃喝拉撒住不是想象里的那么容易，况且还带着妻子。花钱如流水，出来带的钱是支撑不了多久的。他找工作，没单位要，勉强到饭店当服务员。多少个夜里一筹莫展，仔细盘算，自己到这里是来干什么的？当服务员哪里不能当，何必跑省城来当。可他又没有其他办法。忽然想到村上来的画家，走时给他留了电话，他从小本本上找到。不知人家换没换号码，毕竟一年多过去了。时间能改变所有，时刻都在变化，有些细微的变化看不到罢了。他打过去，对面接起来，听声音猜的年龄，应该是那个画家。他说了情由，对面很热情，让他来，给了地址。这就是他师父，自此跟着老人家学，参加些画展及研讨会。师父是省里乃至国内知名的画家，无形中给他铺了好多路子。他说，师父，变通变通。师父对他怒目而视，说，你以为艺术就是金钱吗？能用金钱衡量？永远都不能。他说，我没这个意思。师父打断他的话，说，偶尔卖几幅可以，毕竟要生活，你现在在做什么？你还是画家吗？画的是画吗？他惭愧，但不能罢手，老总们给提来的塑料袋一次比一次大，他忍不住。过年时，他开车去看望师父，后备厢及后座全是年货。师父有一儿子，前些年因工作不幸身亡，他是农村人，做什么实诚，师父喜欢得不得了，就全心全意地教授，恨不得把自己没参悟透的都给他，让他去参悟，悟到画中的极境，画出天成之作，达到登峰造极的境界。千叮咛万嘱咐，不要心烦意乱，万物自在心间。他当即答应。平心而论，师父对他胜过亲生儿子。他不是不讲良心，自己发达了，最不能忘记的就是他老人家。进到小区上了楼，敲门久久没有回应。邻居出来，告诉他，老两口前些日子就搬走了，留了张纸条，要转交给徒弟。他知道这是给自己的。师父曾说过平生不收徒弟，为此，师父纠结很久，终是收下了他，打破了自己的誓言。他是唯一的一个，也是最后一个。他沮丧地回到车上，拆开信封，上面写着，静能了群动，空故纳万境。他开车到郊外，坐在被划到开发区的荒地里，不远处的工程停了，过年的热闹让这里好凄楚。搅拌机、钢筋、水泥、车辆扔得到处都是，杂乱无章。他的手抓身边的土玩，突然有钻心的痛，被尖物刺到。是钢钉，鲜血从指头上汩汩涌出，他看到了远处凄寒的落日，渲染了半个天空。

师父的离去和他有直接关系，主要原因大概是他做了师父不能容忍的事情，看不惯又不能改变，只好避开。太多的商人找他买画，当然也有找师父的。师父说自己画不成。他劝说过师父，师父说，那不是艺术，应景之作太多就是机器。再说，他手里的钱够过不贫不富的日子。人也是怪，得不到的偏觉得好，师父不画他们就越想要师父画，不在乎钱。师父依然雷打不动，把来人拒之门外。他们就到他跟前抱怨。他看都是大主顾，惹不起，最终找得师父几幅画，自己模仿着画成，偷出师父印章，提了名盖了章。商人们拿到手里，欣喜之极，赞不绝口。不愧为著名的老艺术家。他脸红不已，不过少时便过去了。当有人把画作拿到师父跟前，师父坚决不承认是自己所做，和来人大吵大闹。私下把他找来，痛斥一顿，他顶了嘴。现在想来，实在后悔，不该如此。

他给沙发上坐着沉着脸的妻子道歉，说自己不是人。妻子不听，说，您多厉害，哪里有错，全国全省的知名画家，有钱呀，谁敢惹您。他不想做口舌之争，去卧室睡去。

3

城郊住着画家陈老，他去过几次，前面是师父带他，后面经常自己去。近来有次规格甚高的画展，指定了几位造诣极高的画家，提供画作。他在内。开车去超市，买足差不离一月的生活用品。他要静心画一两幅满意之作。手机关机，窗帘拉住，门关死，做出无人在内的样子。按以往的步骤，先坐下煮茶喝，画板上换上新纸，颜料各方面的都备好。对着画板，边喝茶边寻思所要作的内容。想师父教过的那些精要。不成想，想不起一个，好容易想起一个也七零八落。他在画板前徘徊，强迫自己镇定。倒掉茶杯里的茶，从壶里重新倒上，看着流淌在杯里的茶，对，他要静如止水。就画幅山水吧。拿起笔，不知如何下笔，从哪里开始。山是什么山，水是什么水，山水如何布排，水流在哪里，山高低如何。折腾到天黑，房间里的灯光清澈见底。洁白的墙壁，白色的灯光，互相推挤到一个相对融洽平和的境地。看着画纸上硬是挤压出的几笔，撕扯掉。重新画。画了几个小时，愈加的生硬造作，完全没有山水的样子，更莫说气韵。揭起，无比痛恨地撕扯得粉碎，撒落空中，散落在地上。他疲倦困乏，一天没吃一口东西，在问自己，画不出来，要那么多钱做什么。回答不上来。看着缸里的墨汁，要它还有何用，端起胡乱泼洒，房间里飞溅得到处都是。他衣裳上脸上溅上许多。软在地上，在墨汁里打滚。

醒醒，你怎么了？妻子使劲摇他的胳膊。他不能接受眼前的事实。七八天头上，他终于要画成一幅了，门上传来剧烈的敲门声。他屏气凝息，会是谁呢？是不是敲错门了？敲门人说，开门啊，阿华，我知道你在里面。他在思考，要不要见她。听到敲门声时就应该想到是她，只有她来过这里。他喜欢她，不，不是喜欢，是她能给自己带来轻松。这里有她的印记，沙发上、床上、地上、墙上、洗手间，整个房间都是，包括现在被敲的门上。他需要她，开了门。两个人搂抱在一起。每次如此，恒久不变。结束后莫大的空虚涌满房间。他要她走，她说最近看上了几件衣裳和一款手机。他说，随后他会把钱转过去。门关上。就剩他，接续没画完的山水。两天后，完成了。看着还行，有几个地方不太对。一鼓作气，趁着感觉，再画幅。

陈老接过两幅画，放在桌子上细细揣摩，表情一会儿紧一会儿松，让他坐下喝茶吃水果。他忐忑不安，哪里有心思做这些，随陈老的举止甚至呼吸而动。半个多小时后，陈老到柜子取出画卷，展在桌子上，示意他过来。陈老说，看看，看看之间的区别。陈老拿出的确实好，真是境界，和他画的这两幅差别很是明显，有青山自青山、白云自白云的境界。陈老说，你这是利欲熏心了还是怎么，画得这样差劲，看来你师父说得不错。他焦急地看着桌上自己的画，越看越难受，怎么会这样？画得好拙劣，原先的感觉都去哪里了？师父说了什么？陈老说，你师父说你这样下去必将成为一个徒有其表的匠人。他听清楚了，匠人，是匠人啊，匠人也分好坏，他不好不坏或者是坏匠人。他失落地说，您这幅真不错，您画得真好，学习了。陈老说，这是你画的，不过是早些时候的作品。他哇地一声，喊叫出来，下了床直奔洗手间去，哇哇呜呜吐不停。妻子过来，问他怎么了，他摇摇头表示没大碍。妻子低沉地说，你能走了。他身体一颤，是啊，卸下石膏的腿，可以灵活自如地走动了。他开心至极，颠颠撞撞摸着墙，出了洗手间，妻子要扶，他甩开妻子的手，在客厅里大喊大叫，站在电视前，流下热滚滚的眼泪。

妻子说，你吃完烩面片就睡了，这一觉睡长了时间。他接受了妻子的扶持，坐在沙发上，看窗外明光光，他说，有太阳？妻子说，月亮。妻子看见他面对的方向，说，阳台上前几天换了灯，瓦数大，明亮。他点点头。

4

光，就是刺眼的光。他和车不见了，消失在黑夜里无边际的马路上。穿过树林花丛，飞起来，结合成萤火虫。微弱的光照亮蝌蚪的眼睛，在干枯的挤满碎石头的河道里挣扎，想瞬间变成青蛙，纵身一跃，到公路上。睁开眼时，漆黑一片，只听见刀子剪子的碰撞声，夹杂着机器滴滴答答。他捕捉着存在的蛛丝马迹，终于在空气里找到了头绪，闻到刺鼻的药水味，这是在医院，那他这是？发现手脚都被捆绑着，这是做什么？怕他跑了？又没做什么犯法的事，他跑什么？多此一举。现在唯一要做的事情就是回忆，想自己因何来到这里。

空中悬浮着声音，无尽的欢笑拥着捧着，他被围聚其中，听着祝福，一杯接一杯地喝着酒。他欣喜，终于迈向了成功。以前梦寐以求的，现在皆数得到。喝到天昏地暗，喝到烂醉如泥，美美睡一觉，迎接新鲜的阳光。夜已深，众人散去，看着满世界的杯盘狼藉，偌大的饭店登时冷清下来。服务员过来，说，先生，到房间里休息。他说，我等会儿就走。服务员没了声音，张动着嘴。他站起来，想起车里还有几幅画，张老板说好要的，钱已经收过，别弄丢了。赶紧出了饭店，服务员在他出门时扶了一把，他才站稳，继续前行。车钥匙半天找不见，急得直骂娘，最后发现手里捏着，骑上毛驴找毛驴。看画无恙地躺在车里，手机响起，是小华打来的，问他在哪里，过不过来。他当然过去，欢闹的应该还有身体。

车里好静，静得他心慌，看外面嗖嗖而过的景致，像是在梦境里。密集的车辆如大雾遇见阳光般逐渐消散去，他的车畅行无阻，一会儿慢一会儿快，一会儿这边一会儿那边。路灯不见了，黑色里不时闪烁几道亮光，过往的车辆也是疯狂。他不管那些，已然到了郊外，路宽不说车辆还少。这时不疯什么时候疯。行驶了许久，不知到了哪里，前面的路被几辆车叠加相撞地堵死了，他下车查看，没到跟前眼睛就睁不开，一道强光占满眼睛，他伸手去挡，依然看不清。车子在边上飞奔，原来他下车忘记拔钥匙下来，让周边飘荡的妖魔鬼怪盯上，趁机进去开动。他知晓难以改变此状况，呆愣地站着，强光、车祸、飞奔的车，乱成一团。强光里有了声音，他循声而去，他看到，一支笔在空中移动，白色的光芒里有了黑色，在画什么？再看会儿就会明了。笔像是从空气里生长出的手指，逍遥地游动着。有了眉目，是在画山水？这难道就是他梦寐以求的境界，师父说过的？接着看。突然，笔被无形的东西击碎，飘散在空中，画上落下血滴，他听见有人呻吟，肯定蜷缩着身体。几个碎片向眼睛飞来，他来不及思考，已被击中。绞痛传遍全身，大腿、小腿、脚踝和眼睛痛得最是厉害，难道这是在寻求一种平衡？他感觉不到还有什么东西是温暖的，白光里的山水画，犹如在血水里浸过，挂在铁丝上，滴答响着，落着血水。

金属的碰撞声终于消停下来，听得他牙齿奇痒难耐，那种感觉，就是舒服又不舒服，好又不好。听见医生和谁说话，声音上即使落了尘埃，也挡不住他对此的熟悉感。会是谁呢？他们在说什么？他看不到也听不清，被隔离到绝密的小房间。

来，你试着睁开看看。医生温和地说。妻子低语，试试。一早他们就出了门，在妻子的引导下，他们来到医院。眼睛上蒙裹的纱布终于可以退去，紧接着会涌来万道光芒。医生说，没事，这是光线温和的房间，试着去看，看周边的一切。他慢慢分开闭合许久的眼睛，看不到，依然看不到。他急躁得大喊大叫。遭到了巨大的冲击，在下落，在绝望。医生安慰说，万事有个过程，等会儿，需要缓解缓解。他等到下午，眼前的漆黑不薄不厚笼罩在眼睛里，医生和妻子不知去做什么了，他们肯定在商量怎么治好他的眼睛。不对，前面不就治了吗？都说用了目前世界上最新最有效的药，如今还是这般。身体再也无法支撑，从椅子上不断滑落，流泻在地上。他不想见任何人，反锁了房门。

妻子在外面呼喊，恸哭着，让他开门。他听着心烦，央求，不要叫喊了，让他安静会儿。妻子喊也不是，不喊也不是，左右为难。派出儿子，儿子在外面乞求他出来。他想，这是报应，对他这几年的张狂与不管不顾家庭的惩罚，按师父说的，是在亵渎艺术。他哭着说着，像是在给外面的人说，更多的是自言自语。不听妻子的劝告，不听师父的教诲，不听儿子的哀求，让他留下，维持家庭的圆满，保住艺术的纯粹。欲望吞噬了他的理智，忘却了所有。山水不再是当初的山水，山水成了金钱垒砌的，长出僵硬死板的植物，房子、车子、酒菜。这都是报应，万物看着呢，山水看着他，他看着山水，既然你不对山水存有敬意，山水为何不抛弃你？

他宁可双腿不能恢复，也要眼睛的明亮。一个画家，没有了眼睛，看不到世间万物，如何画？山水不再要他看，他的眼睛里充满了肮脏，继续看下去，只会玷污纯净的山水。充满了物欲的眼睛，如何能看到本真的山水，落在纸上的山水更是差之。他抱头痛哭，从此不再见任何人。躺在床上，坐在地上，不让任何光明侵入自己的小天地。他让妻子扔掉所有与绘画有关的东西，他不配再拥有。

5

医生听妻子说了他后来的情况，难为地说，谁都想治好，无奈就是这么不凑巧。妻子回到家，做饭洗衣服，平时就四处打听，只要有说能治好他的眼睛，她都会去追问去求得方子。一个多月后，医生给妻子打来电话，让过来一趟，有重要的事情需当面说。妻子临走时，兴奋地说，肯定是有关于你眼睛的好消息。他呆若木鸡地坐着，思想什么，没听妻子说的话。

三四个小时过去了，妻子回来，轻轻推开他的卧室门，坐在椅子上，说，有办法了。他沉默不语。妻子说，医生说，几天前，同事间闲聊，有人说，就在咱医院，有个被诊断为瘫痪，从此站不起来的病人，偶然的机会竟然看到那人在河边跑步，看见的人不相信自己的眼睛，以为幻觉，就走近看。等那人休息时，他们说了话，确定就是被确诊为瘫痪的病人。他说，那又能怎么样？妻子说，既然瘫痪都能恢复，眼睛为何不可？他叹口气，说，道听途说，异想天开。妻子说，不管你信不信，我明天就去找那人，问他如何恢复的。妻子看见窗帘上有小洞，这会儿正值晌午，有光进来。不多时就会爬到他脸上，这可千万不能，出门拿了针线，悄无声息地给补上。

第二天妻子到医生说的那个河边，边看手里的照片边寻找。河边上的人慢慢多起来，有走有跑，锻炼身体。锁定那人后，她坐在边上等。那人过来，她微笑着给递了瓶水，接受了。起初不愿意聊这个，她就恳求，说了期间的来龙去脉。那人说了三个字，神奇村。回到家，打开电脑搜索，出现好多个神奇村，到底是哪个啊。中国这么大，找个村子说难不难，说简单也不简单。只要留有电话号码手机号，她就一个一个打。有推销保健品的、卖鱼的、卖鸭子的、卖衣裳的、卖石料的、卖花卉的、卖墓碑的……神奇村，怎么会是这些？就在快放弃时，对方说，这里是神奇村，你找谁？她忙说，可以说说具体的位置吗？我们想来看看。对方说了具体位置。她说，怎么叫神奇村啊？对方说，村里住着世外高人。挂断后，她去了黑漆漆的房间，说，我问清楚了，在地图上也找了，确实有这个地方，我们明天动身，怎么样？他说，不去，江湖骗子。她说，我和你去，大不了就当旅游一次。他点点头。她说，不说话就是默认。

到地方再问，方知，神奇村不是村，是大家顺口叫叫成的，不过就是十几户人家围聚而成。他们在其中一户住下，住着老两口。三间房，院子不大，垒砌着不高的石头墙，他们住一间，老两口住一间，剩下的一间放零碎家具。晚上吃了小米粥馒头就咸菜，原汁原味，吃着香。老人说，小米是自家地里种的，面粉拿自己的麦子碾的，咸菜拿地里的胡萝卜腌制的，全是自己看着从地里长起来的。晚上他们早早就睡了，几天的车马劳顿，睡得很沉。早上她洗漱，端缸子水去外面刷牙，见老人拿张纸，铺展在支起的木板子上，拿根毛笔比量什么。他走过去，看老人比量得出神，没好意思打搅。老人说，刷牙？她说，哦，您这是做什么？老人说，画山画水啊。她惊诧，真想不到，这么偏僻的山里眼前的人竟然说出画山画水的字眼。再者，就眼前的人，叫谁看谁都不会相信能有如此的雅兴。她说，看来我们来对了，这里果真住着神人。老人把笔放下，说，神人？她草草刷完牙，说，对啊，我们这次来就是找神人来治疗我丈夫的眼睛，他是画家，需要眼睛。老人大笑，端起边上的墨汁，摇动，说，哪里有什么神人，都是骗人的，你看我像神人吗？这可为难她了，她怎么能看得出，灵机一动，说，这里肯定有，神人不都是神出鬼没，平淡地生活着么。你就是。老人放下手里的墨碗，招呼她过来看，说，里面是什么？她随口便说，墨汁啊。老人笑而不语，说，慢慢看，你说你男人会画画，找时间切磋切磋。她想说此事万万不可，但老人已经下了坡，去了河滩。

中午暖和，晒太阳再适合不过。她把丈夫安顿在椅子上，腿上搭了毛毯，头上盖了厚毛巾。老人从河滩上来，怀里抱只兔子，放在家里的炕上，喂胡萝卜吃。端着饭出来，蹲在太阳地，说，听说你会画画？害怕什么就来什么，她最害怕有人当他面说起此事，奇怪的是，他竟然接了话，说，曾经会。老人说，那就是会。然后指着他头上盖的毛巾说，你这是做什么，演新娘子出嫁？那也得盖红盖头啊。她说，他见不得光。老人咀嚼着饭，说，这真是怪。忽然，有个白色毛绒绒的东西跑出来，她看清楚直喊：兔子兔子。老人不慌不忙地站起身，说，它回去了。把剩下的饭倒在狗食盆里，顺便端了墨碗，放在他手上，说，端着看看。他端住，说，墨碗，看什么？老人嘴角上扬，点点头，说，看碗里是什么。他说，水。老人欣喜地从他手里接过墨碗，说，不错。她不明白，他说水有什么不错的。她说墨汁怎么就感觉说像是说错了一样，凑过去再看，本来就是墨汁。

老人站在撑起的木板前，对着木板上的纸发呆，一会儿，拿起毛笔，在墨里蘸了蘸。开始在白纸上游走，时轻时重，时快时慢，时高时低，手里握的似乎不是笔，是一道光一股风，随心而动。想如何便如何。她轻手轻脚地走过去，看眼画纸，真是厉害，根本不像画出的，分明就是从纸上生长出的。再看老人，她不禁叫出声，啊。脚下一滑，差点摔倒。不远处坐着的他，听到这样惊心动魄的叫声，问，怎么了？怎么了？她说，没事没事。走到他跟前，说，老人画画闭着眼睛。他说，什么？闭着眼睛画？她点点头，想起他看不见，说，画得那个好啊，没办法用语言形容。他说，真的？她说，千真万确，我亲眼看到的。现在也应该闭着。他说，不可能不可能的，看不见怎么画，看不见怎么画？由于激动，不小心摇晃了椅子，连人带椅子倒在地上，头上盖的厚毛巾跑脱，他完全暴露在阳光下。她要扶，他不让。

直至睡着，他都在自言自语，怎么可能，不可能的。几天后的夜里，山里起了风，温度突降，老人给他们送来毛毯被子，说，估计要下雪，晚上盖好，房子的墙薄，冻得厉害。她说，好的。老人看炕上围着被子坐着的他，会心一笑，出去了。她想不通，这又是什么？自那天摔倒见了光，他就不再拒挡正常的光照。她睡得早，每天要精心照顾他，身体疲惫不堪。早上醒来，用手摸身边的他，被子是空的，她慌了神，千万可别出什么事啊，赶紧下床，披了衣裳往外跑。

地上落了厚厚的雪，空中灰蒙蒙，仍然飘着细碎的雪花，他站在老人支起的木板前，拿毛笔在墨汁里边蘸边画。她从房子里拿了羽绒服，想给他披上。到了跟前，她身体僵住了，动弹不得，画纸上的山水随着天气的变化而变化，尤为那座山，落下的雪和山体形成的留白，那个自然，难以想象。山下枯草丛里的小溪结了冰，对面人家的房子，院子里有人站块木板前，凝视着木板。

他平静地对她说，其实，你说得对，墨碗里本来就是墨汁。山水自山水，眼睛自眼睛。

雪落雪融，山上是一时一个变化，木板上的画纸在频频更换，他画得自如，画得心领神会。天晴气朗后的山潮湿滋润，新意浓浓，如婴孩新嫩的皮肤。老人看他画得得心应手，走到身旁，说，看来你已经恢复了。恢复？她左思右想，哪里恢复了？眼睛还是看不见，走路前后左右乱摸，只是可以画画罢了。她忍不住说了心中的迷惑。他说，我想留在这里，远离那里的喧嚣纷杂。老人笑嘻嘻地吃着烟，吞吐出的烟萦绕在画上，有了仙境之意，说，你得回去，待在这里的人生不完整，山水有深处有远处，眼上笼罩的轻纱，只有在那里才能揭去。

几天后，他们回到家，多时不在，家里落了灰尘，她热了水揩擦收拾，他站在窗前，看着对面林立的楼群和远处的夕阳。

无　用

1.话　语

一杯白开水喝下去就能把人胀死，大概就是这种感觉。

我反复琢磨这句话，真不敢相信出于自己之口。坐在对面的李看我陷入沉思的泥潭，一时半会儿拔不出身就起身准备离开，可逼仄的房间忽略不掉他的行动，我拉住他问去哪里，他笑说去该去的地方。我意识到自己思想得太出神，忘记了李的存在，本来满是热情地叫人来喝茶闲聊，到场却冷如冰窖差点把人给冻僵。细发想着实说不过去，我就赔笑说，怠慢了，安心坐。李回到座椅上说，就那么句话有什么可想的。我端起已然有些凉的茶壶倒茶，茶汤颜色正好，清而不淡，在温温的热气里氤氲开来，我想说那个疑虑这会儿又消失了，递烟给李，开始进行正儿八经的初衷。

李走后我恍然间知晓了自己的误区，怎么能犯这样低级的错误，断章取义是作为旁观者或有目的的人做的，自身怎么也会，而且浑然不知。我寻昨夜说话的起始处，想半天找不到起始，就开始截取，但尽量保持片段的完整性，如墨滴掉在水里的模样，毛泛泛的边缘随时都可能引出另外千万种的形象，比如圆的、方的、长的、窄的，最妙的是那些难以名状的。话语最是要放在语境里理解。认真观察甚至抚摸漫溢出的丝丝缕缕，不放过任何切入点，我想要探个究竟，就算不再怀疑这句话语的出处，那也总得知晓到底是在什么境地说出的，或者说是什么内容情节引出的。思索累了，身体里的骨头害了软弱病，支撑不住臃肿的血肉，靠在简易却结实的椅子上，觉得不行，随时会有掉下去的危险，转移到更宽阔安全舒适的阵地。躺在床上的我提心吊胆地看着斑驳起皮的墙壁，害怕自己习惯这样的残破，随即到来的就是没有任何思虑的睡眠，要去想，虽然希望渺茫，但只要在想就有可能想出找到眉目。白灿灿的灯光洒满房间，一股脑清空了我所有思绪，气愤难受涌上心头，着急焦虑得想哭泣。翻来覆去的身体把劣质低矮的床摇晃得吱呀作响，散架是迟早的事，我心知肚明，却希望再坚持坚持，到来得晚些就似乎是上天对我最大的恩赐。活人大概也如此，母亲坐在隐蔽于拐角的楼梯处抹着眼泪说，谁都会走这步路，只是时间迟早不同，可是你爸这……唉！泪水延续了她的话语，颗颗硕大的泪珠汇聚一起便成了线条，可以经过脸颊的所有地方。我不想回忆这些，这些就是带着毛刺的鞭子，莫说抽打，就是轻抚也是无尽的疼痛与怅惘。

现今没有办法，我只能从这里入手，哪怕是生硬的撕裂也要做，翻来覆去的身体有所缓解，焦急缠裹在这根残酷带有无数血迹的鞭子上，我能说什么？奇怪的是我却得到了无耻的安慰与暂时的舒畅，倏然间又像发现了伟大理论般的欣喜，原来消除疼痛焦灼等任何不可耐是如此简单，只需用加倍甚至不堪忍受的这些来压迫，狂轰滥炸地覆盖就能行得通。欢喜没几分便被新的困难褪淡得苍白虚弱。从哪里入手真是个大问题，好比自己，活这么久才突然问到个平时都觉得不是问题的问题，此时哑口无言，不知怎么答复。平平如也的问题成了聚变裂变的巨型武器，瞬间摧毁了二十多年以为建设得很是牢固的墙壁宫殿。何以安身，何以保全生命？虚弱成这个样子一直还无知无觉，别人的夸赞，一切成了前所未有的真实，虚假的力量同时也显露得无比寻常，想要比拟也无从比拟。我呆住，眼睛里放出空洞虚迷的光，白色的墙壁，被灯光照射下的所有皆成了虚与无，这么说我一直都是生活在不存在具体些说是互相欺骗瞒哄导致现今自己都相信了的世界。说人哄人都是轻的飘的微的，深入准确地说是鬼哄鬼，缥缈虚妄时间久了也就成了真的，然而这样真的久了却又成了虚妄缥缈，到底何时才是个头？我想不通这样的变化到底是不是前进与发展，是螺旋式上升还是原地不动的无限循环，最终只能把滑稽幼稚、自以为是的人类转晕厥，兴高采烈地虚度完生命。想着想着思想就抛了锚，随心所欲地漂浮在汪洋的海面，好容易拉扯回来，就从母亲、隐蔽、楼梯拐角、哭泣进入，我想不管怎么乱糟糟，总会有触及这句话语的点，只是不知中间要走多少弯路，经历多少词汇概念。

2.母　亲

母亲的哭泣是因为父亲身患重病。无尽的痛楚压迫着生命，如果不能解除这些不知从哪里来的何时来的重量，生命会被压得断裂枯死。医生说来得已经有些晚了，脑里长出的多余玩意就要成精成魔，现在要做对抗没有很大的胜算，我吞吐问大概有多少。医生思量会儿说百分之五十左右。我明白面前这个穿着白色工作服的人说的话的意思。母亲说不出话，粗糙的双手紧紧攥着我的胳膊，在暗示表达什么。我说，手术下来得多少费用？医生说，五万多。我“嗯”了声，准备带着母亲出去商量。医生补充道，尽快做决定，没多少时间等待了。我当即做了文字意思的运算，起码包含着两层意思，一层是父亲没多少力量再支撑生命了；再一层便是再等待疾病就超出他们能力范围了，那样对抗的话只会一败涂地。最终的结束点就是父亲停止呼吸。我们都不愿意看到这样的事情发生。

我不住地说，别哭了妈，别哭了妈，总会有办法，总会有办法，总会有办法……对于越说越低几乎自己也难以再听见的话语，我羞愧万分，对于自己的无能，不能替眼前的人分担，说这些话有什么用，只会愈发勾起她内心隐埋着的伤心。父亲躺在病床上，由姐姐照看着，我们借着买饭的理由来这里流泪伤悲。母亲不听我说，哭泣不止。我感觉整个楼层的魔鬼都在往这里赶，皆是母亲的哭泣声引来的。我声音放大说，别哭了，办法会有的。母亲哭着说，傻孩子，你怎么就不理解妈，让妈哭一会儿，这几天怎么过来的你又不是不知道，我没有人可以诉说。我不能反驳，恶魔有了身影，在我眼前得意地晃悠，我去抓住去催赶，眼睛里聚集浓郁锋利的毒药与刀剑，瞪着他们，他们呆愣下看没有后续，就继续狂欢。各种嘴脸在空气里呈现，我拳打脚踢，他们有着特别的质地，我把他们砍断撕破不多时便能复合。我转出来，站在楼道门后，长舒口气，与泉涌样的魔鬼斗争撕磨，为母亲赢得释放心中憋屈压抑的时间。

在来之前县医院就做了结论，我们嘴上不说，心里都在祈祷式地言说，小医院，医生医术就更不用说，他们经常夸大或弄错病情。带着满腔的不服气来到省城的大医院，走进医院到见上医生，之间就花费了两天时间，我们的着急成了徒劳，父亲还不错，精神比在县医院时多了几分。经过大小机器系列的检查，拿上每个地方给出的报告单，找到医生。医生语气不好，这是我痛恨的，不客气地让父亲出去，留我们三个在里面。父亲失落绝望，敢怒又不敢言，灰溜溜地带着满脸愁容及交织干枯的头发开门出去。怜悯完父亲，我开始同情母亲、姐姐和我自己，我们与父亲没有区别，都是被这位掌握生死的人呵斥的对象，我们屈服于他，心理早已经做好了言听计从卑躬屈膝的准备。恐惧紧张布满母亲的脸颊，眼睛大睁，干巴巴的嘴巴微张着，在豁口样的缝隙里露出不洁白不整齐的牙齿，张口不知与姐姐还是她自己低语几句，医生迅疾做出回应，不要说话。母亲乖巧如孩子，恐惧中多了几分羞愧与尴尬，我无法替她解围。假若医生火气还有后续，我这做儿子的说不准也要跟着去指责母亲不懂事，这里怎么能说话，怎么能表达自己不专业的观点？我不敢再看母亲，我害怕自己心软，多出对医生的厌恶痛恨。姐姐往常心直口快，此时却也静如星空，明亮的星月与黑色不知达成了何种协议，竟然相处得那样融洽。医生问关于父亲的病情症状，母亲慌忙地说着遥远生僻的语言，即使已经意识到与这里的不同尽力做了改变，莫说缩短三五十米，就是三五百米，遥远还是遥远，生僻还是生僻。姐姐忙着翻译，咕噜咕噜说一通可还是处在城市外面，医生目瞪口呆不明所以，目光转向我。我忽然有了种低微或自欺欺人的胜利，享受这种喜悦没几秒就破碎了，医生不耐烦的情绪又来，我赶紧讨好谄媚地说出母亲要表达的意思。后来我想过在这里不自主地出现的这些东西，我何时变得这样软骨头，竟然做起了被自己深恶痛绝的人，没有想通，不了了之及暂时忘却放下。

从诊室到楼道只是一墙之隔、一门之隔，我们要把医生说的严重在门的厚度、墙的厚度里消解不算，而且要换上开心颜。我看不到自己就看姐姐、母亲，从来没有过表演的我们，这时赶鸭子上架快速调整呼吸心情，脸上努力挤出过分夸张的开心，中间我看她们实在演不下去就装作看其他，说些小孩子都能分辨出的奇怪话语。我是由衷地发笑，不是悲极生乐更不是有其他好事发生，我在笑我们自己，原来我们是这样地能演，虽然演技很不入流，尤为台词完全是掩耳盗铃式的，此地无银三百两。父亲用简单的一两个字眼就撕破了不堪一击的表演，我们先是惊诧慌乱，但马上镇定下来，将错就错地演，有了彻底要把白说成黑黑说成白的决心。对父亲也是残酷的，表达着赤裸伟大的爱，必须接受我们嘴里说出的虚假事实，要自我消化成真实，你没事，你很健康，你只是有点小问题，做个小手术就好。父亲低着头沉默，淹没样地行走在人流里，手里的烟燃烧着，所有的心情感受被吸进呼出的烟雾忽略，形状虚妄，本质呛人，我们累得提心吊胆气喘吁吁，走在偌大的城市，无尽的无助孤独汹涌而来，被熙熙攘攘的人群覆盖遮蔽，同时也得到了最完美的解救。

3.疾　病

那些天父亲抽了许多烟，先是躲出去到宾馆楼道尽头的窗口抽，夜深后就趴在房间窗台上抽。我被烟味的浓郁刺激醒来多次。外面下了雨，听着淅淅沥沥，床头两盏昏暗的灯，父亲在灯光触及不到的地方，可难逃对面宾馆招牌上闪烁着的霓虹灯的干扰。我安静地躺着，眼睛忽闪忽闪眨动。本以为这样微小动作发出的声音会惊动深夜的静寂，谁想都是多余，窗外有不远处马路上车辆的穿梭声，偶尔也传来不知源头的哐当声。我装作正常翻身，身子侧向父亲，能更仔细地看他的举动。静止中的微动被蒙眬的夜色遮掩，我看不清，可以说是几乎看不到有动作，只能闭目冥想地感受。

咚咚几下撞击声，不是现实生产的物质发出，是人的身体，我要及时想起否则会慢下去，感知到的必然不真实。让大脑飞快运转，声音一声声又来了，我告诉自己不要有其他想法，尤其是日常里感性的附加成分不可有，因为那些经常会改变东西的本质。要纯粹地去感受琢磨，就那个声音，在回想中寻求细微之处，追溯到源头，要准确到基本没有误差，是什么东西能发出这样特别的声音。沉闷中有清凛，还带有丝丝摩擦，心里有了方向，径直地走去，就是那里，就是那里，已经看到了，但就是说不出准确的名称，熟悉，特别熟悉。着急啊，焦灼啊，担心错过跟不上应有的节拍，在这件事情上落后是最可怕的，最好的当然是相得益彰的不紧不慢，超前谈不上好坏，只是种状态，相比而言要比落后好。我强迫自己平静下来，越着急动作的根须就越多，本就黏稠不堪，再这般就会更加说不清，静下来去捕捉。本在瞬间捕捉也可以，不过我没有那样的技法，只能老实地遵循基础法则，静止中捕捉感悟。深知什么样是快、什么样是慢，快有时反而慢，比如现在，慢下来去冷静地靠近眼前恍惚的真名才是正解。

翻江倒海、火急火燎的心逐渐风平浪静、温润无比，我自然很快就找到了声音的真相，是手与头发撞击摩擦造成的。病源就在头发下面的脑袋里，那个多余的肉瘤正得势，父亲越是这样焦虑痛恨，它就越得意。不多时我便听到咿咿呀呀的声音，父亲在说着头发丝样弯曲又精细的话，回应的声音质地不同，虽然不是原生态所生出的，但从坚韧度来说，占据着绝对的优势，随便具体几样：丝线、金属丝、橡皮筋。说话声在时间的流逝中渐渐正常，父亲有无数的疑问存在，就算处于下风，能问几个问几个。你什么时候到来的？疾病捂嘴笑，满是嘲讽，觉得问得水准低下。父亲再问，你是什么时候到来的？疾病看对手可怜虚弱，说，回答可以，不过你要记住，我只能回答你十个问题，总共十个。父亲执着，管不了那么多，依然问此问题。疾病真诚起来，说，我本打算去其他地方，可是你这里诱惑漏洞太多，我不来都不行，况且你也没有及时加固弥补已经裂缝满身、质地沙化的墙体，仍然当作坚实的保护伞使用，有比你这里还残破的，可是人家及时做了修补，尽管恢复不到原先的坚固厚实，但也有原来的六七成，用到生命尽头起码这块是没得问题。说完似乎觉得哪里还没有说全，就若有所思地托住下巴想，忽然眼睛一亮随即补充道，尤为离城市近的修复做得及时彻底。父亲冷笑，觉得这是瞎扯，拿修复来说哪里也比不上农村人的手艺，就拿村里的窑洞来说，几辈人都住不塌，同样面对风吹日晒等自然现象，甚至灾难。城市的楼房就不行，不到百年就破烂不堪，有的直接废弃，再说去给城市修复的大部分是农村人。就疾病说的那些不是胡扯是什么。疾病看到所依附的人这样想，不禁气愤起来，狠命地蠕动身体撞击周边的部位，父亲疼痛得龇牙咧嘴。阵痛过后，父亲大口喘息，身体瘫软在椅子上，疾病似乎对自己愤怒之下的做法有些过意不去，语气缓和地说，我拿不准你有没有懂我的意思，就算是懂了吧，我也就按你懂得我的意思的方向理解。就拿我来说，我没有那么多的感性思维，我去的地方或者说我就在防护最薄弱的地方生根发芽，你长久没有修复，我别无选择地到了你这里。准确说，不单是你，你们农村好多人都是生长的对象。父亲疾呼不公平，高抬起的拳头棉花样地落在窗台上。疾病无奈地摇头说，世间哪有那么多公平，顺其自然是理，事在人为也是理。父亲恨得咬牙切齿却不得不低声说，你以为我们不愿意修复，我们来不起这里。疾病说，你浪费了个机会，我前面说过这不是我们应该考虑的问题，我们的目标就是选择最适宜的地方安家落户。父亲说，可恶，但你们不要忘记，医生锋利的刀刃会杀掉你们的威风，甚至生命。疾病冷笑说，我们多时可是能春风吹又生、抽刀断水水更流那种，就像你有时的举杯消愁。父亲平静地说，那我就和你同归于尽。我听到这里浑身一凛，心里默说不会这样，永远不会这样。疾病没再言语，大概是觉得话已到头，再说下去没有任何意义。

这里住的几乎都是外来看病的，多是像父亲这样，拖到不能再拖，关乎生命了才来的。其中也不乏特殊高贵的。我听到母亲翻身醒来，看到窗台前抽烟的父亲，睡梦中的迷糊当即烟消云散，清醒地说，你怎么不睡觉？医生说无大碍，做个小手术就好。父亲没有说出心中及大家所有人的真相，只是淡淡地说，我抽根烟就睡，你先睡。我不知什么时间睡着的，再次醒来已是五点多，楼上楼下的人行动声密集，下楼上楼说话关门行走，时间清晰的一面出现了，静止许久的人活动开来，大概这就是生命的意义。我们也开始准备，再去医院做系列的检查。

4.经　典

不大的房间里充斥着各种各样的书籍，忧郁惆怅的我目睹着架子上整齐排列的和桌子上堆积着的书，怀疑起他们的身份，这里放着的皆是经过时间岁月洗刷后留下的经典。当然这也是我经过精心筛选，起初接触到的也是些乌七八糟的书，装帧漂亮内容空乏，但销量遥遥领先，符合当下这个徒有其表的时代。自古以来外貌就很重要，太多的人会以此为要不要接近甚至亲近的标准，他们是没有机会看到真正的内涵的。眼睛的蒙眬会带来很多弯路与伤害。转念想，我不存在这样的问题，首先这里的书籍全是经典，我看过很多。之间迷惑的是，看过这么多经典，为什么连一句话也解释不了，难道这些经典就只是经典？几天思索下来，确定经典没有问题，是自身原因导致了对经典的一知半解。

坐在电脑前，边上放着目前正在看的书，想这个想不通问题的同时，也会思想些写作上的事情。看自己写过那么多文字，却总是轻飘飘，分量与数量都不对等，更莫说什么四两拨千斤的超越。文字不应该是文字，应该有超出自身的内涵深意。我看自己的作品，再看那些经典作品，认真琢磨后差距真不是一点，包括国内已经被认为现当代的经典作品，尤为在小说这块，比较的结果真是很残酷，最残酷的是还得必须接受这样的事实。

我把自己写的文字和国内现当代的经典及世界经典放一起，我惭愧得面红耳赤，赶紧拿掉自己的文字，这不是自轻自贱，是铁打的事实，根本不在同一条线上。就拿国内经典与世界经典比较，先回想两本书的大概内容，然后引出可以比较的因素。小说里要紧的因素无非也就是那些。我在扫眼看两本书的第一段时，惊呆了。我们的思维真是太单调，并且固执，像是千年的化石。我这样的发现惹起了面前它们本身的争端。单从情感上说，没几个人愿意那么轻易地认输。我被搁置在中间，两种经典（国内的暂定为一经典，国外的暂定为二经典）在无序混乱的争吵后，恢复了理智，达成要用正儿八经的存在做较量。我处于尴尬的位置，就用接水当作借口，想走开，被它们识破。一经典直截了当地说，别想逃脱，今天的裁判非你莫属，同时我要告诉你不要有任何私情，必须做到实事求是。二经典不在意地说，随意。这样的轻视我都觉着不快，什么是随意，一就是一，二就是二，延续说下去三就是三。我本想回击，但碍于身份只说句，公平就是公平。其实这样辩论的结果众所周知，一经典心里也清楚如水，我不知他为何要这样做，许是处于冲动，许是理智的考虑。先是一经典说，来者是客，这是中华民族的礼仪。二经典不领受，说还是你们先说吧。既然这样，我就让一经典说，不然单这个东西推攘下去就没完没了。

一经典说了自己的结构、情节、节奏等方面，二经典看对手说完，不慌不忙地端正身子说，确定说完了？如果没有可以再想想，我能等待。我把目光转向一经典，意在问他的意思，一经典斩钉截铁地说，不再补充。二经典说，那好，我听这么多，我就单说一方面，其他的都不讲，你我都清楚。我也认真听取，不管怎么样，文化是不分国度种族的，我们可以学习他人的长处，来更好地发挥自身的优势，看对方能说出什么。二经典泰然自若地用舌头打扫打扫口腔，分明摆出副完全让对手颜面扫地的架势。我看一经典面无表情，平静淡然地坐着，与我别无二致地准备倾听高见。二经典准备就绪，开始言说，我就说说维度这块，所有写作人大概都知道被评论家誉为现代小说鼻祖的作品《堂吉诃德》，为什么这样说，我要说的就是这点，它打破了人与书本的二维关系。比如，就拿你的作品来说，通常你们会写到，他最喜欢谁或者李铭喜欢谁，这里读者首先会认定讲述者就是作者，书本里所有的东西都是作者在边上或空中说个不停，完全是上帝全能的俯视，同时也就是说，读者与书本只是单纯的二维关系。而我不同，打破了这种上帝全能的俯视，维度多起来，小说里的“我”，到底是作者还是单纯的小说人物“我”，难以分清，小说里还会出现我的名字，自然就打破了单纯的二维关系，会多起来。这只是一方面，紧接着会有多方面的多维度，结构、情节、节奏都可以。我知道就这些对一经典来说，已经是空白，其他的说出来绝对是摧毁性的打击。我以为二经典会越发地不可一世，趁势追击占据绝对的优势，二经典没有，反倒放缓了语气，诚挚地说，这些只是交流，中国文化博大精深，这是任何人无法否认的，其中包含的随便一个都能撑起一片天空，今天就到此为止吧。一经典说，你说的这些我明白，在小说这块中国确实有些滞后，好听些说是两种无法比较高低，但我不会这样虚假地哄骗自己，我会努力写出想要的作品。互相谦让番，和气圆满地结束了。

能有这样的结果出乎我的意料，当然也是最完美的。原先看过那么多经典，在时光的流逝中不住地忘却。自己想过这个问题很多次，一直没有结果，今天有了，看经典要找对看的方式，领会其中的精神意蕴，而不是内容、情节及小技巧。当我们的视野开阔了，思维敞开在天空面前，五彩缤纷的世界便自然而然出现，到时候创造个新的天地也不是没有可能。当我们的境界审美认识到达那个层次，随便出手都会成就上乘之作。如果没有如此这般的支撑，写出来的作品也不过是文字堆积成的冗长数量，仅此而已。

这算是突破口，可是目前我根本没有这样的高度，理解那句话还是有巨大的阻碍，不过倒是解开了好多写作上的迷惑。平时注意观察，每天多看多写，总有一天在不知不觉中会出现那个高度。期盼这天尽快到来。

5.爱　情

丹发信息问我回去没，糟透的心情充斥了眼睛，关心的字眼被看作刺骨的针扎，回复根本不可能。身体里的骨头逐渐被抽去，剩下的不过是一包残渣，也可以说是包速冻速消融的枯水。昏沉地走在落叶飘洒凄凉的道路上，来往的行人尽情诠释着美好，这里是大学校园，美好本就是柳絮样的漫天飞舞。留校是众多人梦寐以求的事情，毕业时别人忙碌着收拾行囊离开，我多少有些轻松得意地从原来的宿舍搬到新的宿舍，可是当我真的看到所有人渐渐离开，站在原地送别的自己是那样的怅然若失，微笑着挥手特别像冬日午后凄惨的红太阳，同伴们与我做相同的举动，他们的微笑里多是新阳鲜风，倏忽间我察觉到自己的懦弱无能，自己最清楚为什么要留下来，安逸，不敢踏出这里的舒适温暖。如此这样浑噩的生活到现在持续一年多，自己疲惫不堪，不知该如何应对。开门踏进宿舍的小房间，扔下沉重的包，冲向厕所呕吐一番，身体彻底瘫软下来，倒在矮小的简易床上盖着被子胡思乱想。

我在思想爱情，按理说所有东西皆不是单面的，会呈现出五颜六色的模样状态，美丽颜色的爱情众所周知，我与丹所诠释的爱情似乎走到了尽头。两个在大雾里行走的人，起初特别亲热，我愿意付出所有，欢喜丹任何优点缺点，可走着走着脚步放慢了，不是为享受沿途的迷蒙景致，而是我与雾有了感应，是它怂恿我感化我，成为像它那样，弥漫在空气里，谁也说不清谁。一阵刺耳的音乐声响起惊吓了正在的思想，雾惊慌失措地逃离，没有留下任何迹象。我没有逻辑地想，原来劲爆的音乐是阳光是火，能驱散浓雾，我暂时这样想，来不及推理论证，犹豫再三接起丹的电话，丹若无其事地说回去没？我无精打采，不想言语，应付说回来了。丹听出我没有说的话，说，你不想和我说话？我说，我有些不舒服，完了聊。丹说，那你吃点药。然后挂断了。我刻意制造出的这种冷漠，丹给出的反应与我想象中的别无二致，超出意料的是我没有痛快，反倒多了阴暗、小气、龌龊，问自己为什么不光明正大地说出来，这样转弯抹角做什么，是男人应该所为吗？我被自己的问题问得哑口无言，惭愧的心上又多了几块石头。

周六去北郊的房子，正好房租到了要交，物业催促得紧急，丹有衣服要洗。吃晚饭时我给丹说，明天要早走，我学校还有事情。丹吃着饭，不悦地说，早走是几点？我赶紧解释，十二点就可以。我之所以说早走是因为我明晰时间在昏昏欲睡中流逝的速度，醒来便是十点，然后做饭洗漱收拾房间，两个小时怎么能完成。这样顺藤摸瓜延续下去，十二点指定出不了门，然后就不能在预设时间回到学校，耽误了领导交代的任务。丹自信十足地说，十二点没问题。我想说什么告诫的话，又没有。吃过饭，丹洗碗，我去洗衣机旁把衣服拿出，撑在衣架上。我心里装着事就起得早，八点醒来去把稀饭煮上，接着去洗漱。丹还在睡，我也理解丹的不易，独自在外租房，无依无靠，小学班主任的工作可不是那么简单，尤为还是在私立学校。学校、家长、学生几方面的围攻，就没过早叫醒她。饭快熟时才叫她醒来，赶紧起来洗漱，然后吃饭，我把房间收拾好就可以走了。时间虽说已经很是紧张了，但只要按着我规划好的步骤走，依然可以赶得上。丹起来去洗漱，洗澡花费四十多分钟，我不自禁露出着急慌乱，剩下的时间不多，丹听到我极其控制的催促，满脸不开心。我心里有无数的火苗在扑闪，硬是压制着。丹吃饭也慢条斯理，昨晚晾在阳台上的衣裳还没有整理叠进箱子，时间已经是十一点十五，我不知在剩下的四十五分里能不能完成这些零碎的事情。丹慢悠悠的状态是对我最大的挑衅，我已经是心急如焚，恨不得把一秒解剖，细致数经过的那些微小分子，被压制的火苗四处扑蹿，水样无缝不入，我做不到天衣无缝地提防，趁势燃烧只会成为必然。我要做最后的努力，错过燃烧的点，熄灭在摇篮里。脑子在嗡嗡响，一声不吭地帮她把衣服整理进箱子，减少时间的消耗占用。

对于整理进箱子的衣服丹不满意，提出种种批评与不是，我仍然克制，眼看就要成功，再坚持几步就可以走出门口，到小区外面坐车。我洗了丹用过的碗筷，到卧室看丹坐在床上不动，我话语里的不耐烦、厌恶流溢出来。丹沉默地坐着，我长舒口气，尽可能平静地说，换衣服啊，时间来不及了。丹不动的身体被平缓的呼吸撩动起丝丝涟漪，窗户开着的缝隙吹进条条寒风配合着，空气凝重到极点，冻僵后的碎裂是清脆的，藕断丝连只会在绵软不堪上面出现，我忍不住说，你到底走不走。丹说，不走，要走你走。我用手使劲搓摩头发，不快地说，那你为什么不早说？时间马上就到了，我不管那么多，收拾自己的东西准备出门。丹这时气冲冲地有了行动，不情不愿地整理好一起出门。到公交站牌，已经超出了我预想时间，等公交也得浪费些时间。我排在第三个，公交来了，丹拿着手机看不走，我在别人恶毒的目光里退出来，问她想怎么样？丹不说话仍旧盯着手机看，寒冷促使的哆嗦缓解了我此刻的尴尬，不多会儿丹叫的车来了，帮着把行李放上去，我回到等待的队伍里等车。

车开动那刻，我暗暗做了决定，这样的不理解还何必在一起，即使紧赶慢赶，急昏了头，没有在市区那里坐直达学校的黑面包，价钱是贵点，我根本就没有在乎过这个钱。在我站在有些不祥预兆的公交站牌，看着已成现实的人山人海的公交车时，我绝望了，对丹的愤怒汹涌澎湃，所有一切的一切全部归咎到丹，双手捶打旁边的树，招来数百双眼睛的惊异和嘲笑，我控制不住自己。眼睁睁地看着希望在破灭，回去工作的可能在死亡，时间优雅地行进，我打电话给朋友让他帮忙过去先顶替会儿，无奈朋友也在外面，我成了孤寂的孩子，张望远处十字路口拥挤成黏稠的车流。噪音轰鸣，大脑一片嘶嘶声，周边的人成了哑巴聋子，我不属于这个世界，说不准魂灵会飘然而出，成为会随心变化的神仙精怪。要坐的公交车过来，不顾一切地跑到门口往上挤，车的地面上再无空间可安放双脚，臃笨的肉体难以腾空，好半天我没有接近车门，郁郁寡欢地退回边上，看眼时间已然不再能赶回去了。领导的责骂我自认为理所当然，因为领导都受到了领导的批评，指责办事不力。到我这里，我除了接受还是接受，再就是欲哭无泪地生闷气，让这股无名的邪火死在身体里，不给呼吸，不给食物，不给水分，再若不死，我掐死这段苦累难受的爱情。

看多了，想多了，全部落在自己的无能无力上，我想和丹讲道理，可每次都会成为冗长不堪的裹脚布。主要是自己的身份，有太多的东西不能说，说出来爱情就变成了廉价低级的交易，我不愿意，丹却不依不饶，偏执自私使得我们没有交合。我不想再思索这毫无结果更无当机立断勇气的爱情。越来越不懂爱情的内涵，爱情怎么会带来无尽的烦恼，两人一起走过的那些时光，肯定有某种东西在维护牵连，否则早就各奔东西了，如何能到今天。

躺着躺着就睡过去。

6.工　作

窗外老样子，远处的红色楼房，房顶上摆放着八九个硕大的银色铁桶，大概是供整个楼的生活用水，当然，这是我的猜想，真实情况也无须了解，听说里面有游泳馆、饭店、宾馆，住进去什么都不用管，刷卡消费就好。哦，周边最大的特色就是温泉。这是学校院墙外的景致，其实这里是偏远的郊区，进城要三倒四倒地花费差不多两个小时，院墙里的生活被划分在纯粹简单的区域内。学校为防止生乱，修建了高高的墙，加之周内封校，虽然有很大作用，但学生依然有办法突破，翻墙出去。晚上我经常环绕学校走，看着竖立着的高高的墙，就思想，一堵转墙就能把社会的纯粹浑浊划分开？我给否定的答案，听到学生们言语，看到青春的身影，我犹豫了，又给出肯定的答案；再看周末的情景，学生洪水样拥出校门，不顾一切地冲向市区，我再次难以言语。想不清楚就继续走路绕圈，重复地走，到什么时候晕厥了，也就清醒了。

尽管毕业时间不长，却学会了很多，主要是学会了控制自己、忍耐。以往遇事总是很冲动，想立刻就把自己的想法表达出来，还击过去。现在会去欣然接受，心里的所有留在心里，等夜深人静时在房间里独自凝视观看。近来遇到事情多，思想也就跟着多，走在路上想，坐在办公室想。以前在电视上看到裁员，随之一过不会有很多感受，如今不同，千真万确地处在其中，所有人人心惶惶，有时遇见熟悉的人说几句话，我几乎都能看见他们狂跳不止的心，真担心有天因为速度过快失控掉。话说得轻声细语偷偷摸摸，我不禁失笑，他们就说我在装淡定。我解释说没有，刚才的失笑是由衷地从心里流淌出来，他们不信，我也就不再多费口舌。

那天我被通知到人事处拿新合同，去了按要求填写签名，临出门时被叫住，工作人员强调性地说，这期限可是半年，我也就那么含糊言笑说好的。随后某天去市里办理银行卡，猛然想起这档子事，才有预感会有不好的事情发生，按正规流程是签满一年签三年，我这半年算怎么回事？我打电话问同时招进的朋友，他们说目前他们还没有接到签合同的通知，我大概确定了自己的命运。接下来的时间里，我还是受到了这可以说是突如其来的打击，想象自己丢失掉工作，只靠写作能不能养活自己，即使现在也有勉强的收入，可真只是养活自己吗？家里人怎么办，爱情怎么办，还有那么多日常里的人情世故……我不想再走路，找到路边的长椅坐下，满脸迷茫惆怅地看着行人的腿脚鞋子。坐会儿起身，鼓励自己，车到山前必有路，不要慌乱，说不准到时还续签，这只是个插曲。强迫自己前行，到达要去的地方，办理了事情。

回去的路上，坐在有漫长路程要走的公交车上，完全陷入了沉思。反省自己，是不是工作中有哪里做得不好，清理文物样地挨着仔细检查，没有哪里不好，就是有时弄出些失误，那也是情理之中的，不至于到这地步。那就是自己无意中说了什么不该说的话，应该不是，为保险起见我再次梳理，没有发现。转念想，就算是有哪句话说得有些不得体，又有谁会闲着没事收集起来，呈给要紧人看。难道真像王闷闷作品《日月》里写的，这个社会里处处充满着特务间谍？我不能想象这样的情景。暂且不想这条，看看再有其他可能性没。车辆忽停忽行，扰乱了凝聚专注的思绪，不能再找出其他方面其他点。我想弄清楚工作到底是什么，是生活方式还是这样提心吊胆，甚至尔虞我诈的钩心斗角，认真做事情不行吗？非要拿八竿子打不着的东西牵连起来，人整人，把别人挤对走了又能如何？莫说个小区域，就是大宇宙大世界，谁是永久不变的？都是匆匆过客。过程中应该温和相处，互帮互助吧。继续深入，发生这所有的事情，皆因人的欲望、嫉妒。

在进校门的瞬间，我所想的那些顿时变成了伤感，人生不过几十载，怎么说这里也有几年的记忆。因伤悲情感转到自己的无能怯懦，出了这里还不是正常生活。每年毕业那么多学生，留下的寥寥无几。依赖习惯导致了人的懦弱，不敢去尝试，将来真如自己想的，时间到了就得走，大大方方地离开，得失没人知道。万事万物都是相对的，长短相对，好坏参半。手机在包里响，拿出看是领导打来的，接起后陈旧的声音传来，喂，回来没？我说，刚进校门，马上就到。领导心情大好，说，直接到我办公室。我小跑到办公室，拿出办理好的手续单据，逐一介绍过。领导说太好了，看眼手腕上的手表，时间还赶得及，我现在过去。我说好的。回到自己办公室，坐下歇息回想刚才的情景言语，我发现自己怎么会有那样的谄媚奴婢之态，包括说话的语气。本是特别讨厌这样，现在不知不觉中自己也成了这样，我冷笑自己的恬不知耻。

我开始不相信自己的知觉，去查字典看“工作”的本质意思，“从事体力或脑力劳动”，也指“业务、职业”。工作就是去劳动，怎么会生长出这么多八竿子打不着的毛须。再多的疑问也仅是疑问，活得会更累，不如自己哄骗自己并无大事，只是自己想多了，就算是辞退，谁也不可能辞退自己，只是人事上使的个计谋，到时候继续续签下去。我也只能这么想，思来想去那么多的迷惑，没有谁能给解答。最后一节课的下课铃响了，广播里响起重复的已经成为耳朵一部分的校歌，听着烦，如果猛然不播放还不习惯。冬日天黑得早，起身到窗口，黑漆漆的颜色诠释着夜晚，远处方框里装的亮光，这时能清楚看到亮光里走动的人，白天它们只是整齐划一的窗口，我想有不少人应该也看到我这个站在窗口张望的人。唉，无缘由的叹气，一天就这么完了，收拾收拾东西回房间，思考犹豫要不要到餐厅买点吃的。关灯，锁门，下楼中想吧，实在不行等路过餐厅时再做打算。

7.姐　姐

正为工作上的事情烦忧，姐姐发来信息，有没有钱，先借些下周倒转开还你。顿时所有的烦恼怨气找到了出口，就要像这条信息狂奔，我对它们表示赞同，可是真的要去时我软弱下来，拉住它们的首领好言相劝，为姐姐说情。首领质问我，你不生气了？我说，不了。你不烦忧了？不了。好半天地言说，它们才消停下来，重回位置等待下次出击的时间。我先不管姐姐的信息，装作没看见。我最近真切地感觉到了自己的生活受到了监视，具体原因我还无法得知。我始终不愿相信的事情成真了。怪不得所有人都怪怪的，说话做事畏手畏脚，在路上遇见后东张西望，草草说几句就离开，若是想深谈，就说下班后找个相对私密安全的空间。这样想，这院子里的人都活成了什么，如履薄冰样地工作着，个个看起来贼眉鼠眼。我不自主地拿起镜子照，看到别人这样，大概自己也是如此了。果不其然，只是我看起来程度较轻，因为心里还有着反抗的清流，血液也是活泼的，不是凝固黏稠样。

我之所以明确学校的各个角落存在着监视者和明面上都有便衣存在，是因为我被领导找去谈话，传达了有些部门对我的不满。我对领导笑，领导严肃着严肃着也笑了，我们就一起笑。领导说，你笑什么？我说，你笑什么我就笑什么。领导说，你先笑的，也是我在问你。我说，也是，这是你做领导的特权，可以优先或压迫式的审问。领导身子一哆嗦，忙解释说，这没有，更不是什么审问，那是别人的事。我说，活得好累。领导叹气说，累说明你活着，我这大半辈子下来，起先和你一样觉得好累，后来身上长了厚厚的茧子，什么都感觉不到了。我说，学生学习，老师工作，领导做好引导，何必还有其他？领导说，生活不易，再者，人嘛，阴暗明亮交织着，就像窗外的天，变化莫测，阴着会晴，晴着也会阴，皆是瞬间引起的变化。我没再多说，说几句无关痛痒的话退出来。看来领导和我的看法差不多，他应该看出得更早，毕竟是穿越年岁的人，知晓后仍旧沉稳地过每天的生活，丝毫看不出哪里有异常。

去餐厅的路上，我留意四周的环境，已经错过了下课后学生的大潮，行人历历在目，看后面周边不好转头，就借着手机屏幕看。绕转一圈，没有发现，再绕转一圈，他们伪装隐藏得真是比狙击手还好，在路边花丛林里趴着两个。我故意把自己的脚步打乱，一会儿蹲下系鞋带，一会儿跺脚，这样跟踪的便衣脚步自然也就乱了。我要抓住这转瞬即逝的时机，看清楚是哪些人。正此时，姐姐又发来信息，问有没有。响起的那微乎其微的铃声放射出了无限气浪，便衣们当即提高警惕，逃跑混淆在行人中，我再抬头看，哪里还有迹象，全不见了。我生气地回复过去，你要钱做什么？你整天挣钱挣钱，挣的去哪里了？前面压迫劝说回去的它们找到了破绽，喷涌而出。姐姐发来，明天信用卡要还钱，我现在手里没有钱，挣的钱还没打过来。我问多少。姐姐发来，一千五。看到这些数字，对于刚毕业不久的我来说，就算写东西能挣点钱，可千疮百孔的生活开销如何能有常余，感觉挣得越多越拮据。我前段时间给家里说过，最近有两万元的奖励到，到时候给家里几千。母亲大概给姐姐说起，姐姐，唉，我不想说那么多想那么多。暂且没回复信息，去餐厅吃过饭，回房间休息，心里说不出的难受。

坐在椅子上喝水，身体虚软得没有骨头，哪怕是像鱼身上的细刺都不见，移挪到床上躺下，纠结的心打了无数结，被许多不知名的力气拉紧、拉紧，是意念在挣扎？稍有松散马上又被拉紧，疼痛数百倍。没有弹性的心思强制性地拥有的弹性，注定不会长久，抽打几下便会断掉。我还是回复了信息，说了堆每次最后都会觉得没有意义的话，你马上三十岁的人了，孩子也八岁了，你说你每天过的，成天在为钱这借那借，花钱大手大脚，稍微节省下就不会这样，花钱要有计算，再说你总是做这生意做那生意，到最后连本钱都拿不回来，真是没办法说你。她回复嗯。我接下来就是无限的悔恨，不该说这么多，没有任何意义，最后还是把钱转过去。想到如果姐姐还不上钱，或者我不给借，她一下子也找不到谁借，那可真是把人能逼疯，恨是恨，毕竟是自己的亲人，偌大的世间，亲人就那么几个，不去珍惜不去帮助又能做什么？因此，只能无条件地去帮，能帮一把是一把，可是……

她每次说是借，但从来没有还过，我更是不好意思提，也就那么不了了之。有时候不是不借，借没什么，就是看不到头，像是无底洞，何时才是完结。最主要的是想要她有个规律的生活，思想上有所转变，踏实做些事情，不要净想着挣钱。我也懂得她的苦楚，我理解着所有人，可谁能理解我啊，没有人，到我这里全部都是那样滑稽可笑的不应该。诚实说，姐姐的生活处处充满着危险，婚姻、感情、家庭时时走在钢丝上，如果稍不留神就会掉下去。她想要自由，无奈已经过早地绑缚上了很多东西，两者的冲撞无时无刻都在进行，而且多些时候是相当激烈。

8.手　术

等待的时光是漫长的，自动门的开关成为所有人注目的焦点，旁边小房间是谈判场，广播不知安在哪里，但喊出的声音清汤水利。不大的大厅里坐满站满人，有数的几条长椅早就不再有空隙。相对好的地势也被坐满，站着的只能流浪漂泊。我们站在边缘处，保持着高度集中的注意力，等待广播里传出声音。父亲半个小时前进去的，我们只送到门口，在自动门缓缓闭合的瞬间，真是有生离死别的感觉，我怀疑是不是自己多情，往日看多了的影视剧会不会影响到真实感情的流露，不得不承认里面确实有些许丁点刻意的做作。在最后闭合的瞬息，我看到了父亲眼睛里的无助，我心很是疼痛，但全是徒劳，起不到丝毫作用。

我制止了母亲的哭泣，坚决果敢地说，手术肯定做，签字我来签。我想母亲只是想要有个依靠，我们没有选择，做手术才有生的希望，不做手术回家只能默默等待死亡的来临。除非有奇迹出现，现实中有奇迹本身就是不可思议的事情，奇迹应该出现在梦境。正儿八经面临签字时，我双手麻木，手指失去了应有的灵活，钢筋样地直挺挺地杵在那里，打不了弯，每条神经也做出鬼脸模样，吓得本就紧张的手指哆嗦不止，写出的字歪歪扭扭，完全就是出自刚学会写字的小孩之手。说好听点，这是艺术，做到了绝对的返璞归真。医生笑而不言，我羞愧得红了脸，强撑着出来。

站在天桥上看不息的车流，四面八方的车辆全部汇聚于此，在这里做新的选择，本来走北方的改为南方，本来走西方的改为东方，我站在上面无动于衷地发呆充愣。医院是最真实的地方，不单把身体里隐藏的变质的东西呈现出来，更是对整个人生的透析处理。年轻的我矛盾万分，焦虑让我不能再想其他的，无能的怨愤堆满如山，到最后连爬上去再去抱怨的力气也失去，坐在山下无言地流泪。手术是场残酷的战争，一双手利用坚硬锋利无比的刀剪镊子来改变柔软细微的肉体，何况父亲的战场在关键又关键的脑部，稍有不慎就会陷于绝境。我无条件地相信有着教授头衔的主治医生，不敢有任何以往对教授专家的那种怀疑，母亲说要不要给塞个红包，我拿不定主意。塞红包这个行为简单，主要是凑齐红包的内容不易。无形中把自己放低的我们，思索起多少数字合适，难为的是多了自己拿不出，少了送不出。假如送得少会不会影响父亲手术的完成度。我这个没有多少阅历的年轻人在纠结，没有准备预热的时间，必须抓紧决定然后去做。在紧迫的时间里，我被动地完成这些平时根本不敢想的事情，医生没有要，说出了职业道德里应有的话，小伙子，我们是医生，拿着国家的钱就会尽心为任何病人治疗，这多此一举了。我无言以对，话语僵在半空，难以收回也难以吐出。我灰溜溜地出来，给母亲说过，母亲多心起来，是不是人家觉得太少。我说，我们已经尽力了，再多我们也拿不出。母亲接住我递过来的钱，不悦地装进包里。身处大城市，我们渺小得不可见，我幻想自己现在是风云人物，有钱或有势，这样起码父母、自己、姐姐不会这般的压抑沉闷，父亲更是知道家里的经济状况。真是卑微到尘埃里，再要深入下去，却找不到合适的词汇来表达。

母亲打来电话着急地说赶紧回来，你爸昏迷过去了。我来不及想原因，只有听到的事实，脑海里闪过无数不好的画面，气喘吁吁地跑进病房，医生已经来了，正在做着恢复苏醒的工作。母亲哭泣着说，就是去做了个检查，到门口就说自己不行了，还说什么钱。我不相信死亡会如此光临，如果真是这样，我会毫不犹豫地去咒骂砍杀死亡。医生在父亲身上摆弄会儿，摘下口罩说，刚才估计是走得太急，病人有些呼吸不畅，现在好了。我们千恩万谢医生，我不知说什么好，站在边上不住淌眼泪。父亲脸色很差，母亲出去取药的空隙，招呼我过去，用手吃力地指着枕头，我按着指示伸手摸去，一摞厚厚的钱。父亲说，你拿好，这是我本来借好准备过年正月赌博用的。我在母亲回来前装好，一切照旧。看着母亲跑前跑后，身穿陈旧的衣裳，用笨拙的身体、土气的方言与这里做着沟通，我可怜起母亲，憎恨起父亲。她平日里省吃俭用，你却这样大肆挥霍地借钱赌博，老人说十赌九输，借下那么多债怎么办？家里的她还信心满满劲头十足地用零碎构筑长城，谁曾想已经形成了无限大的窟窿，多么滑稽可笑。

医生来给父亲明天的手术做准备，提早就要把头发剃掉。我当时还想要去理发店，谁想医院里专门就有从事此工作的，剃光头发的父亲变换了模样，更显得虚弱，像是被拿掉坚硬外壳的战士，只剩下不堪一击薄软风化的衣裳，孤独地躺在床上。白色的床单、被子、枕头是那样的显眼，我意识到父亲已然老去，我也不再是可以随时都能拥有庇护的鸟儿，或许还差几天才能飞走，现在情况紧急，提前就提前吧。不多时医生拿来小盒子，放在床头柜，小心揭开拿起边上的棉签，在父亲头上画出做手术的区域。我能深刻体会到父亲的煎熬痛苦，他不能说出，他是男人是家里的顶梁柱，好容易露出笑容也是明显的挤压。蓝色的线条在父亲头上，图案给人带来恐怖、冰凉，甚至阴森。方块里面镶嵌着生硬的×号，那就是要击中的点，父亲的看不见比看见更难受。晚饭父亲吃了几口便不吃了，母亲要多吃点，劝慰说不要有压力，就是小手术。父亲先是说真不想吃了，后面被母亲絮叨的言语摩挲得有些不耐烦，我赶紧上去解围，大概是真不想吃了。母亲哦了声，去收拾了。

母亲看我想什么出神，以为是在思虑父亲的手术，被担心恐惧包围，就推推我说，没事的，你爸一辈子人好，好人有好报。我点点头。我仿佛听到了刀叉剪子镊子的碰撞及仪器的滴滴答答声，父亲安静地闭着眼睛，任凭它们挥拳舞脚。这样想，医生的技艺实在高超，这是有勇有谋，不，应该是刚柔并济快慢相适，很大程度上不是在用手，而是在用心来完成。

广播里传来嘶嘶啦啦而又嗡嗡嗡嗡的声音，不知动了什么东西，所有人顿时提高了警惕，静静地等待，不会放过从里面发出的任何风吹草动。正当所有人松懈，以为不过就是机器的正常运转，里面发出声音，王XX家属请到谈话室等待。我们进去，气氛凝滞，一双手先出现在面前，端着放着切下来肿瘤的盘子，给我们解释说，手术很成功，看看这瘤子已经多大了。我们不知说什么好。鸡蛋大的肉疙瘩还活泼泼地在盘子里，如果细致观察都能看见上面冒出的热气，我们出来，不知医生最后怎么处理掉肉瘤，我们以为手术就要结束了，没想到又等待了三个多小时才完结，父亲在麻药里睡眠。

总算熬过了最惊险的时刻，夜里麻药散去，父亲疼痛得龇牙咧嘴，咿咿呀呀整夜，天亮才在疲倦困意中睡去。医生说疼痛正常，那是刀口在愈合在生长，麻药散去就会深刻地感知到了。钢铁冰凉的刀叉剪镊与细肉间摩擦时留下的记忆也被唤醒了。中午还是疼得厉害，医生拿来几粒药吃过。住院二十多天，医生检查后告知可以出院了，回家后注意休养，以后基本上就干不成重活了。我们都明白其中的意思，母亲看看我，我看看母亲，姐姐提着东西先走了。

9.图　画

周末有时去山里闲走，去市区远，再者自己也不喜热闹，山里想要什么有什么，尤为攀登的过程及站在顶峰处往下看，与长久记忆的陕北完全不同，广阔的平原只在电视上看见，不过也好，这样丰富多彩，有山连着山就有一马平川。我上班的地方离终南山不远，这里处于西安南郊，周边山上分布着许多大小不等的寺庙，有的只是一隅之地，却有着上千年的历史，走进去细细体会，会有千年古韵的感觉。

我去的是多数人不去的地方，路上会遇见几个人，有背着行囊拄着拐杖的，面容被欢喜包围，疲惫粗糙也都被消融。偶尔会寒暄几句，知道他们是游大川访名士。我像往常样出门，在外面的小店里吃碗米线，暖了身体后不慌不忙地向着山路走去。许是快下雪了，天灰蒙蒙一片，多少天的干燥里终于见了湿润的身影，扑打在脸上，寒冷就不会那么粗暴凛冽，温柔相待后相信不久便会有诗情画意。走到半路上果真飘起了雪花，看走过的路及能包揽的景致，何其美妙啊。看这里开阔，就站着欣赏，忽然听见有笔在纸上沙沙的摩挲声，难道这里还有他人？我循声而去，树林后确实有人在作画，我站在边缘处看，看他专心投入，不好上前打扰。这时几只不知名的鸟叫唤着飞来，落在头顶的树枝上，抖落几片细雪下来，落在他画纸上，不多时出现湿迹，我惊讶原来画纸也有像人样的生命温度。男人停住，站起身活动筋骨，自然就看到了我，从包里掏出烟递我，我们抽着烟看着近处远处的景致，我说，来很久了？男人说，二十多天。我说，住在车里？男人点头。我经常遇见这样的作画者，来了少则两三月，多则半年不止。吃的、喝的、住的都相当简单，开着车来，备好充足的食物，蹲在这里画。树上的鸟没有急着飞走，我看边上的那只扭动着头，晶莹剔透的眼睛咕噜转动，我看到了自己在里面畅游。抽完一根又递我，我也就接住，接着像是喝酒样地对饮。

包里的什么露出来，黑色的形状我思来想去想不出，男人抽着烟微笑，说，喜欢吗？我不懂他的意思，我并没有言语什么啊，难道他这样就看出了我的心思？我说，谈不上喜欢不喜欢，就是想看见。男人说，人就是这样，不住地想去看全看完，可看过后呢？我明白他的意思，我说，矛盾是永生相伴的，出生就是个悖论，死亡更是。男人有些诧异，说，想不到你小小年纪竟然有这样的感悟，这幅画送你了。我看到了黑色形状的“庐山真面目”，不大的画纸上有女人披着床单样的布，在多条狗的簇拥下风风火火走着。左下角有若隐若现的日期。男人说，这是我路过某个县城画的，有没有感觉到纯净的快乐。我看着画上女人万里无云的笑，湛蓝的天空里有所有想到想不到的颜色。狗跟在身边的亲热忠诚，如果谁敢靠近必然会遭到气势汹汹的狂吠。我看得入神用手去摸女人披着迎风吹拂的床单，数十双眼睛便发出硬生生的光，照射过来。女人对我嘿嘿笑，我连忙退让并且表示没有侵犯的意思，狗跟着女人也善良，不是恶狗，也就温和下来。

女人穿着破棉袄棉裤，脚上踩着不知哪里捡来大许多的运动鞋，头发黏黏地扎起来，污垢下的脸颊白皙净洁，旁边有老人对男人说，这才是高贵至善的人。男人说，污浊处见清爽，难得难得，世间没几物能做到。老人说，所以稀罕，她不是普通人，是至人、神人。我跟着男人走，男人跟着老人走，老人跟着女人走，我们一同走向不知名的地方，穿越街道引来数不清的目光，包罗万象的意思全在她的身上笑容里消解，狗紧紧跟在周围从不掉队，时刻警示着周围的动静。男人追着老人听说女人的故事，我追着他们也是为听为看。老人说，她爱护生命，别人抛弃的要残害的生命，她全部抚养呵护。住在不用的看果树的房子，露风露雨，温暖的棉被衣裳晚上也分给狗们，吃喝就更不用说。男人决定画下来，跟到女人停住的地方，拿出画笔画板，坐在边上画。老人说，她来这里时间久了，多少春夏秋冬都过来了，真是满年四季不害病。我看自己，近来不知为何，牙疼、嗓子疼、鼻子堵、咳嗽，更严重的是头经常痛，想起父亲的病就后怕，多时提心吊胆地活着。我羡慕女人的生活，老人说，众人多嗤之以鼻，你羡慕？我说，羡慕，每天挂碍太多，逐渐逐渐找不到自己了，可是……男人截住我的话说，不要说了，一个可是就表露出你的羡慕是不纯粹的，再思想思想，不着急，或许活着活着就好了。女人在垃圾桶里翻搅，找寻可用的东西。群狗围绕着上蹿下跳，是欢呼是雀跃，女人给予同样的回应，把找到的可吃的食物喂给它们，然后自己也吃。我承认，我做不到这般本真，我无奈地笑着给男人说，我原来是正常人啊，她是疯子、神经病。男人放声大笑，老人笑得喘不过气来，蹲在地上直咳嗽，女人和狗群也笑得前仰后合。

我要继续往前走，雪下得不紧不慢，落在万物上，短暂的白也是白，能有这样的景象我们就不会绝望和堕入万丈深渊。其实往深想也不过是自我欺骗的一生罢了，能把自己哄骗过去也是本事，哄骗开心就更好。男人说，有缘还会相见。我说，如果下次还能相见，我把新小说发给你，你能不能按此也作幅画。男人回到画架前准备继续画，我看他沉默就走开，走出十几米，男人不高不低地说，可以也不可以。我看到鸟儿扑打几下翅膀羽毛上的雪，往山上去了。

10.孤　独

那天很多人从熟悉的地方离开，我却留在此地给他们挥手送别，回到杯盘狼藉的房间，剩下的只是些即将会被保洁阿姨清理掉的东西。四年时光照耀凝聚出的情谊也禁不住生活的挤对，该离开就离开，我不知自己为什么还留在这里，真的是这里需要我还是自己害怕外面的世界，或者说是文学创作需要安静的环境。我不敢想下去，因为再想下去必定是死胡同，承认是没有选择的选择。接踵而至的暑假我没有回家，待在学校边写东西边等待九月份的入职工作。太阳天不亮就出来，露出刺眼的光，炙烤着体温刚恢复正常的大地及万物，房间里的温度也在冉冉上升，从黏腻的睡梦中醒来，慵懒在床上，恨不得一步跨到洗手间先冲洗番。穿好简单的衣裳，洗漱后就摆弄自己的吃食，放假后学校就干毛巾样，原有的大量水分全部被外面吸走拧干，我下午出去，不是去门口超市买些零食和方便面，就是去后面的镇上买西瓜吃。确实是有钱都花不出去。吃过自己做的吃食，坐下看会儿书，在电风扇不辞辛苦的吹拂下，意志还比较清醒，能做些思想及关乎智力的事情。

午后的静寂是最难以承受的，偶尔传来几声鸟叫声，睡觉又不想，就站在窗前看熟悉到一无所有的外面，阳光充裕地泼洒，热气从窗户进来，换走里面的凉快。说不上来的烦躁，坐不是坐站不是站，怎么都不满意。在心间倏然涌上个想法，去外面晒晒太阳，房间里热不假，可毕竟不是新鲜的、直接的，多少天没有接受过阳光的照晒了，身体和植物一模样，时不时就得进行光合作用，消除抵换身体里的阴凉潮湿。我穿着拖鞋去外面，楼管无精打采地坐在椅子上，胳膊放在桌子上双手托着下巴，问这会儿出去啊？我说去晒会儿太阳。楼管一笑没再言语。我从公寓门里出来，无数热浪汹涌而来，走在路上不多时背上就出了汗，汗水会在短袖上印染开。到平时摩肩接踵的操场，空无一人，我走进去像是进了无边际的大海，也是宽阔的天空，我忽而成鱼忽而成鸟，任凭自己的意愿畅游。累了就坐在旁边的看台上，静静地看着远处的山，蓝透彻的天空倒映着群山，山上的树木黑了，绿意像是被哪个妖魔收走，失去了生机与活力。那会儿吃饭没吃饱，天天方便面吃得再也没有胃口，想去吃碗面又觉得外面的面馆不干净。这样闷热的天气，站着坐着都出汗，更何况和面、煮面、炒酱，汗液难免就会流进面里。当然，眼不见为干净，都是普通人，吃那个也吃不死人。我害怕别人说自己是穷讲究，所以就自觉不去吃。

回到房间坐着喝水，看会儿书浑身没力气，写东西更不行，瘫软地坐在椅子上，看着时间白花花地流逝。朋友打来电话聊天，问我过得如何，我说不出好也说不出不好，思想半天说，要不你来住几天。朋友说，不来，太远了，再者我家里空调不吹来你那受罪。我说自己最近看见了时间的模样。朋友笑而不语。我忙解释说是真的，五颜六色哗哗哗哗地往前流淌。朋友看我喋喋不休就忍不住回击，说，你是山里待傻了吧。我顿时明白了朋友刚才的克制，他觉得我是在异想天开，一个人待久了神经不正常。我平静地说，我最近总是看见，就在我面前周围，冰消雪融式地跑动，我想去捕捉阻挡，可惜没有力气，想伸手抓一把，展开手看，不过是空落落的手掌。朋友说，找时间赶快出来转转，再这样下去非疯不可。我沉默下来，觉得朋友说得有道理也没道理。多少个傍晚，趁着夜色笼罩下的凉爽，到操场闲走，看到稀疏的人，有不断靠近我从我身边过去，我多么想拉住他们，然后不分青红皂白地说，能不能跟我说会儿话。我没有那个勇气，不是害怕别人说自己神经病，而是觉得唐突不好意思，反而会把事情弄砸。顺其自然水到渠成的认识说几句话才能解除自己的孤独，顺其自然是最难的，所以总是无望而归。无趣堆积得越来越高，嘴巴除过吃饭再难用到，自己都觉得危机时就自言自语。朋友看我无声，以为是他说话重了，就试探着问还在吗？我回过神来，说，在的。朋友说，你多少天没有与人说话了。我说，自打毕业典礼后就再没有。朋友说，夏天马上就要结束了。我说嗯。挂断电话再回想，与朋友的聊天更像是梦。

快开学人就多起来，气流样地春回大地，暖湿气流大量涌来。我自然开心，不管有没有合适的湿润分子，起码能见到很多人就不错。外面的饭馆尽数开张，吃喜欢的炒菜，看其他桌子都是三三两两，我却一个，拿出手机翻看缓解自己的尴尬。服务员拿来菜单点菜，想吃大烩菜，一个人点太多，不点又想吃，最后还是点了，服务员看出我的为难，就替我解围说，吃不完可以打包带回去。我赶紧踩住这样的台阶，说好的。其实我们都知晓，这样的天气，打包带回去如果没有其他人吃，留着自己下顿吃，肯定会馊。菜上来，我边吃边看手机，想起毕业典礼后准备和留下考研的朋友一起吃饭，最后因为种种原因离开，他就说过，这顿饭后我们将奔向各自的前程，再见就难了。我强欢笑，夹菜大口吃，不自主哼起李叔同的《送别》，此刻我们的话语已成现实。我吃的饭菜和那天别无二致，忽然发现少了啤酒，赶紧叫服务员给上瓶啤酒，服务员问温的还是冰的，我迅速回想，因为朋友那会儿生病，不知喝的是温的还是冰的。正纠结，服务员手拿两瓶啤酒过来，放下啤酒和开瓶器，说，你爱喝哪个喝哪个。我看眼服务员说声谢谢后幡然醒悟，当时确实是这样，朋友喝的是常温的，我喝的是冰的。于是便掺兑着喝，菜好吃也吃不完，太多了，我没打包，结过账悄悄离开。

走在路上，来往的人有说有笑，我却连个熟悉的面孔都不曾见到，即使读书那会儿不认识也没说过话，可毕竟见过多次，就会有熟悉感。本想再走会儿，消化消化吃进的食物，不知不觉中走到公寓门口，也就回去。房间充斥着喜爱的书。我坐在椅子上，看着架子上的书，它们不是书，而是一个个人，内涵深厚，对社会世界有着深刻认知，时刻看着我，在质问我的烦躁与漂浮。我无力反驳但还是想言说几句，我也是人啊，欢喜热闹不说，就是想说说话，长久不说话真会憋疯的。他们有的点头，有的摇头，有的无奈叹气，我不知他们为何这样，作家是得忍受巨大的孤独不假，但也不至于连一点欢闹都不可以沾染拥有。有人说，偶尔的放纵是可以的，劳逸结合嘛。有人说，不可以，世俗的娱乐会迅疾消解腐蚀掉艺术感。有人说，你们都不对，孤独是必要的，如果哪天没有孤独，刻意制造也是需要的。我看着他们个个言说得欢快，不禁感叹，我要的热闹不是热闹，实则就是这样能聊聊的知己，真是知己难求啊。有些人可以聊，但没有意思。夜抹黑整个世界，房间里的灯光异常明亮，我坐在电脑前，看地上有灰尘及外面踩回来的碎屑，受不住明镜样地板上有这样污迹，就接好水拿拖把拖。灯光在晶亮的地板上滑冰，摔倒也欢声笑语。拖完坐下喝杯茶水，一天就这样过去了，窗外有微风进来，凉快不少，外面路上的路灯白茫茫地亮着，我回过神，丢失掉心中所有的悲伤失落。用不了多时就要投入工作了，告诉自己，生活就是要有投降屈服，更多的是要承受很多不能承受的苦痛，自然包括精神上的空寂。

我想我即将面临的是更大的孤独，看着玻璃缸里还没熄灭的烟头，就要蔓延到根部，一股塑料味将会弥漫开。也许，说也许大概是我心里还恬不知耻地抱有一线希望能留在这里，但我不会为此祈祷，更不会去找人说情。待在这里目前唯有的好处，就是有李在，两人对艺术对文学有聊的，包括生活某些方面。如果真的没有回转之地，离开又有何妨，消解表面的孤独不如去直面内心深处的孤独，李坐在床上抽着烟不说话，我坐在椅子上盯着地上一只不知名的虫子看，它灵敏机警，周围稍有风吹草动就会做出反应，迅速逃离。我能像它多好。李冷不丁地说，更多的孤独是没有办法言说的。我说，我给咱泡壶茶，喝点茶最好。李熄灭掉烟头，端正身子，我张罗着泡茶，接下来的时光喝茶，沉默。

11.梦　境

一睁开眼便在边上的桌子上翻找《空翻》这本书，翻找几遍没有，坐下盘算是哪里出了问题，明明记得李昨晚聊完没有拿走，想着找到赶紧送过去，他紧要，尽管不知要做什么，大概是想看里面当时读时受到启发的某个情节。我看眼拉严实的窗帘，现在是何时？走到窗子跟前，揭起窗帘看天已大亮，是早晨，是现实。我折回去再找，依然没有。那大概是李已经拿走了。

有人敲门，我问是谁，门外没有声音，我以为是幻觉时，又是几声，我说是谁啊，说话。门外有移动脚步的声音，我真害怕是那些不干净的邪恶东西，常听人说学校是建在坟墓最多的地方，说是有灵气。至今也没有个科学的解释，不过好多学校确实是这样。不管从现实中还是新闻上看到，在学校盖楼或修建些其他设施时，时不时就挖掘出坟墓或尸骨，这已经是屡见不鲜的事情了。门外有动静却没人说话，我心里打鼓，难道真是那种东西？真担心它会流动幻化，猛不防地出现在面前，面目可怖怪异。我说，是谁？门外说，奈保尔。我神经紧张，心想奈保尔在英国呢，这里哪有奈保尔？门外再次呼唤，保尔，奈保尔。我说，谁？门外的声音里有了笑意，说，我啊。我这才有些听出来，试探着问，李？门外说，是啊，奈保尔。我开了门，看门外站着李，穿着绿色风衣，头发刚修剪过，眼睛多了几分清澈明亮，坚毅的脸颊越发地棱角分明，大衣领子翻起，脖子嘴被遮蔽在其中，我第一直觉就是加缪，就玩笑说，加缪先生。李笑着放下手里的书，坐在椅子上，掏出烟抽。我边给倒水边问，这里哪里有奈保尔，你胡喊叫啥？李说，满房间的奈保尔，哪里是胡乱喊叫。我不懂李说的话，大早上的就说胡话，着实有些迷离，我问李是不是没有睡醒？李摆摆手，端起我倒好的水喝。

李拿起放下的书翻看，我说，加缪看大江健三郎？李深陷书中，头也不抬地说，不可以？我说，可以，只是，算了。李弹掉已经很长的烟灰说，是不是应该看奈保尔？我说，他们之间是有时间的交集，可毕竟还是有些差距。李放下书，我看到书名，觉得所发生的事情有哪里不对劲，伸手去摸倒好的水，是滚烫的，再看自己的皮肤，一如往常。趁着上完厕所到洗漱台前洗手，镜子里的自己也很真实，没有发现哪里异样。我想起刚醒来的事情，急忙抓住攥紧，然后给李说，我那会儿还在找你拿的书，准备给你送来，想起你紧要。李说，你觉得那是真的吗？我搓揉着双手，拍拍有些麻木的腿，跺跺脚，说，真真假假。李说，不要去分别，顺着生活就好。我似是而非地点头。我们又坐了会儿，李喝完杯里的水，我想再给倒，李说不要了，要去上班了。我说，加缪先生，好运。李说，奈保尔继续。

李走后我关上门，看到锁子上挂着摇摆的钥匙，有光在四处反射，我琢磨李、加缪、我、奈保尔之间的关系，李怎么会是加缪，加缪怎么会是李，我怎么会是奈保尔，奈保尔怎么会是我？再往下想，李是李吗？我是我吗？反过来看，李不是李，我不是我，又能是谁？加缪是二十世纪中期，奈保尔也是，可我和李是二十一世纪初的人啊，尤为加缪，我们之间形成了差不多三十年的空白，这个怎么讲解？李回了房间，坐下还是翻看新买的书，他不喜过于明亮，总是拉着窗帘，开着两个昏暗的灯，总说来房间也温馨许多。我就不行，我看着他那样坐着，凑在昏黄的灯下看书，为之难受，就问眼睛痛不痛，李不管我的问题，埋头往下看，一页完结又翻一页。慢慢发现，在他看来我仿佛是不存在的，我在房间里走，到洗漱台上看他养的乌龟，还有窗台上的各种花草。他浑然不知，仍旧在那里自顾自地看书，顺手抽出烟点着，往常的话看我在，他肯定会给我递根过来，现在没有。我叫他，李，李。看没反应就叫，加缪，加缪。还是没有任何反应。我放弃了，就站在他跟前看他看的书和内容，大江健三郎的书我还没有看过，不知是什么感觉。他看得津津有味，我决定完了找来看看。

晃动的钥匙静下来，可在我开门的瞬间又恢复了摇晃，我翻找加缪的书，最出名的是《鼠疫》《局外人》，看几页没有心情，不在状态再怎么强迫自己看也是没有意义的，没有进入心里，难有沉淀的波澜。我眼睛酸痛，摘下眼镜用卫生纸擦，也搓揉搓揉眼睛，还觉不明丽就到洗漱间拿起湿毛巾擦眼睛，在冰冷的刺激下，眼睛陡然清快许多。再拿起奈保尔的书读，我能写出这样的书吗？不敢想象。人家可是世界公认的作家，获得数十个世界级奖项。我才哪里到哪里，连陕西都没有走出去。我看到某页，身后忽地飘过什么，想的就有些俗套了，镇定下来想，会不会也像自己刚才在李房间看李那样呢，我身后或周围的人到底是谁，是李，还是加缪，还是奈保尔？我起身来回走动，或猛然停止，看能不能感知到身边的那个无形抑或是自己看不见的人，我弯腰蹲下蹦跳皆无用，丝毫感知不到那人的存在，我再次怀疑自己是不是神经过于绷紧，导致了现在分不清所以的状态。我想走出去，感受初升的太阳，温暖亲和大概是最真实的，没换鞋就出门去，找到有阳光的地方，站在其中，确定这是硬梆梆的现实，没有虚幻的气眼。我欣慰不已。

外面太冷，回来就钻进被窝，心想暖会儿再起来看书，闲着没事就盯着房顶白色的墙壁看，长时间没打扫，有些地方脱皮有些地方粘了蜘蛛网，看着摇摇欲坠的墙皮和蜘蛛网，脱皮的边沿是那样美丽淳朴，蜘蛛网的结构层次感特别强烈，我引申到刚才想的问题上，对那会儿外面感受到的硬梆梆的阳光又有了怀疑，会不会是这样，其实我和李都错了，我们仅是其中微小的一环，我看到李在房间看书，那谁又会看到我？加缪呢？奈保尔呢？时间的落差会不会成为环状？再者就是形成不同棱角的形状。我不想再想那么多，坐起来，先喝杯水然后去吃饭。顺便把李叫上，两个人还可以说话。我到李的门口，准备敲门又下不去拳头，不知这扇门的真假，转头看长长亮着几盏灯的楼道，这一切会是现实吗？我最终还是敲下去，几秒钟里面没有回应，我彻底不相信自己的感觉，走路会不会如太空漫步样，这是什么情况？思索怅然中，李在里面说等会儿，门开的瞬间，我看到黑暗中亮着几盏昏黄的灯和一排排书，还有头发杂乱面容憔悴的李，显然昨夜又是整夜的看书写字，我对李说，偌大的学校，唯独敬重你对艺术的执着与苦寻。李羞愧一笑，把我让进门去，我说去吃面，李疲惫地说等他洗漱下。我说不急，慢慢来。李在洗漱间洗漱，我坐在低矮的床上观察着昏暗里的所有，心里说不出的悲伤。

12.抑　郁

我们和父亲说了千言万语，父亲听着想着看着，最后觉得没有意义，劝慰的痕迹太重，程度在加深便是赤裸的哄骗，哄骗的意义是什么父亲心里明镜似的。虽然现今思维有些蓬乱，但不代表存在过的四十多年皆是如此，也估计正是如此巨大的落差才造成父亲无法拐弯回转的思想。我检讨过自己多次，最辛苦最烦劳的人便是母亲，我们其他人可以找生长过程中任何事情成为逃离掉的理所当然的理由，母亲不行，所有言语理由都是骨瘦如柴苍白无力，每天都要陪伴照顾。近来几个月，父亲出院回家恢复得都挺好，母亲昨天打电话来说，父亲不知怎么最近几天开始不吃不喝，要人强哄着才能吃口饭。千里之外的我只能若无其事地劝说母亲再观察观察，过几天还是这样就来医院。父亲的病情在加重，不吃不喝都不饿不渴，如果母亲不招呼吃饭他绝对不会知道还有吃饭这回事。母亲要去帮外婆洗衣裳，姐姐到家里帮忙照顾父亲，姐姐给吃过饭收拾完家，到院里院外叫父亲，父亲如渗入地里的一滴水，消逝得无影无踪。阳光明媚天气晴朗的日子，姐姐是那样的无助绝望，慌乱之下赶紧给母亲打电话，紧接着给我打，我说先别急，赶紧到周边找找，父亲不是折磨我们的人，肯定是一时犯病身不由己才离开躲藏到哪里去了，稍有意识便会回来，免得我们操心。母亲急匆匆地从外婆家赶回来，姐姐被这样悄无声息的丢失吓呆了，欲哭无泪地不住自责。

想父亲经常去的地方，然后去最有可能去的地方找，找了几个全没有，见人就问有没有见过父亲，都摆手说没有。难道父亲会隐身术，真会瞬间变化？继续往下找，人肯定不会走远，我们都笃定这样的判断。时间随着日光的升降在暗示着什么，正在我们要绝望要彻底推翻自己笃定的判断时，父亲奇迹般地从大门进来，笑着说，我回来了。母亲迎上去看受伤没，不敢相信眼前的事实，问这长时间去了哪里？父亲说到山上转了会儿。姐姐仍然沉浸在惊吓中，木呆呆地愣在边上，身体松垮地靠在坚硬的窗台上，远处山头坐落着今日最后的太阳，发出浓艳到虚弱的红光。母亲心一紧，看衣裳和鞋上没有丝毫灰土，就说，你到底去了哪里？父亲说，就是山上，我要去问问他为什么纠缠我陷害我，我要逃脱。莫名其妙的话语犹如凛冽的冰水，在在场的人血液里肆意穿梭。姐姐迷惑不已，镇定许多后低声说，他是谁？父亲神秘地让母亲姐姐靠近些说话，生怕谁听见，可院子里除了夕阳红艳的光照再无其他啊，她们还是配合了父亲。父亲小心翼翼地说，我给他说半天，他就是不肯放过我，你说我吃饭那是他们请我去的，听唢呐啥的就是顺带的事情，这有什么过分的。母亲说，谁？父亲说，就是咱上次吃席随礼么。母亲想起来，前段时间大姐夫他爸去世下葬办事情，在县城包饭待客，他们去吃，眼前的人根本就没吃几口，菜没上齐就说要离开，外面吹奏的唢呐从音响里传出，震天动地，麻烦得心上难受。母亲听这么说就立即带着父亲离开，这个他难道是？母亲不敢确认，惊异地看着眼前的人，父亲点头说，对，就是他。

当天夜里我们就给父亲叫魂，母亲前面叫，姐姐后面答应，老话说儿女给叫魂，十里路上都能听见了。父亲躺在炕上蒙着被子，母亲一路叫，姐姐一路答应，回到家烧纸磕头，拿装有吃食筲帚黄纸的箩子在父亲身上环绕，口里念叨着祈祷驱赶的咒语，完事后让父亲把箩子里的吃食吃掉。明天看人怎么样，有没有效果。母亲相信父亲说的话，也心生恐惧，这都算是八竿子打不着的人，只是住得有些近，就来胡乱骚扰，有病的人和没病的人不同，有病阳气少魂魄轻，就容易让这些邪东西侵扰。如果叫魂不行就请阴阳来专门禳治驱赶。我听母亲这般说，心里也没主意，接受了，高等教育按理不该相信这些非科学的门道，可我又不敢放弃，万一有用呢，有病乱投医这话说得真是实在。不过我也应该拿捏好分寸，如果两三天后不起作用就赶紧来省城的医院。

还是坐车来到了省城，父亲从坐上车那刻母亲说整个人就好了许多，我早早就来到车站等他们。接到后安排在省城医院附近住下，对于刚工作不久的我，身上尽管没多少钱，但还是和读书时不同，底气充足了不少。想吃什么喝什么尽管说，提前预约号已经没有了，我就花钱买，打电话就搞定了。第二天轻松交易，拿到号走过排着早已超出范围的队，我心里五味陈杂，不禁想起自己经常嘴上说的公平正义，可自己手里攥着的号是什么。我羞愧难当地走出医院，给姐姐打电话带父亲过来。父亲在当时做手术的主治医生的诊断下，做了几个大的检查，看片子脑部没有异变，恢复得很好。其实医生不说我们都知道父亲怎么了，医生建议去精神科看看。同样挂了号，医生说住院观察几天。

医生说这就是抑郁症，心理出了问题，药物是治标不治本，早就有话说，心病还须心药医。这个科室热闹，病人们千姿百态，我照顾父亲中拿书看，打发时间。普通病房有六个床位，起先我没有意识到其中的危险，淡定自如地阅读。父亲在吃过水果后就在迷糊中睡着，我看得入迷，惊叹作者对文字结构及整体节奏的把控，主要是思想。在翻书的间隙我感觉到身后有人，抬头看，一张沧桑布满皱纹的脸挤出半生不熟的笑，我身体惊颤得站起身，其他陪伴的人也没有过来解围的意思。我看清了不知啥时站我身后的人，五十多岁，中等个子，头发竖得端直，颓靡的精神状态下唯独眼睛里流溢出锐光，我不寒而栗，他说，读的什么书？我刚要说，他让我闭嘴等他先猜猜，我庆幸自己没有抢先说出。他说，《罪与罚》？我不知怎么回应，生怕说出“不”字后会引出千军万马的咆哮，我摇摇头。他说，《地下室笔记》？我停顿犹豫，继续摇头。他开始生出不耐烦的火焰，扑欻欻地缭绕，他说，再猜一次，《百年孤独》。我不敢回应，看眼父亲没有醒来的迹象，这样最好，不然他们之间的对峙很可能把事情闹大。我可怜巴巴地坐着，像是被拷问的生死由命的罪犯，他说，是不是给句话。我吞吐地说，是《我的名字叫红》。他用手抓住我的胳膊使劲摇晃，激动地说，就是这个就是这个，我看过的。我连忙“嗯嗯”地回应。他顿时脸色大变，说，你这样敷衍是不信我？我说，没有没有，我信我信。他语气凌厉起来，说，我也是看过众多名著的人，别以为有几个钱就可以随意侮辱践踏别人的人格，我老实告诉你，如果那样的话你就想错了，而且你立马会得到惩罚报应。我尴尬害怕至极，无法知晓接下来将会发生什么样的状况，想象中的任意一样我都承受不住。我觉得自己已经深陷沼泽地，剧烈的挣扎及可怜样只会激起岸上人更多的怒火，我无法喊叫，喉咙上卡了不明物，流泪是最有效的告别。房门开了，是他的家人，看到此种情况大步过来拉走他，给我不住道歉。他坐在床上给我嘿嘿笑。我这时连说话的力气都没有，松口气吃力地摇摇手，意思没事不必道歉。

晚饭后，我们坐着悄声说话，忽然进来个年轻女子，穿着病号服，长得眉清目秀，皮肤白皙，披着头发，浑身散发着青春的气息，甜甜地笑着，走到三床跟前，羞涩地抠手指，低着头不好意思地说，我喜欢你好久了，思来想去还是给你说了吧。三床是年轻男子，也是人中人，一表人才，对突如其来的示爱又惊又喜，坐起身说，我从小就努力，要出人头地，要考上大学，要到城市生活，我现在有好的工作，也贷款买了房，就差车。说着说着高昂的情绪低落下来，霜打了的茄子样，说，父爱母爱是残忍的，每天的爱通过看不见的信号追债样深深戳刺着我，你虚情假意，你爱我啥，我啥都没有，城市里到处是龌龊，各种容不下我们的举措，如果农村好我早回去了。停顿下，说，哦，天黑了，你来干什么？我不要牵挂。女子一脸委屈，眼泪扑簌簌地掉落，在地上摔掼出声响，抽泣着，猛地扑上去抱住男子亲吻。男子往开推，使大了力气，女子坐在地上哇哇大哭。男子说，少来这套，我们都是缺爱的人，孤独的人。女子气汹汹地站起来，顾不及拍打身上的土，嘶喊着，我想要爱，我想要纯洁无暇，我想要真挚，我想要世外桃源汩汩流水。

房间里的所有人吓得屏气凝息，能来这里看病的轻者抑郁，重者精神分裂，没有人敢上前劝说拉扯，我看到护士已经在门外，在窗口上观察寻找合适的时机。男子兴奋起来，跟着嘶喊，我们越来越无趣，成了废物，成了无所思无所想的猪狗。两个人终于找到了契合点，配合着嘶喊，痛快啊痛快啊，穿破玻璃，震碎直插云霄的水泥钢筋怪物，倒塌吧，死亡是最美丽最安逸的花朵。男子不知什么时候从床上跳下来，光着脚和女子一起舞蹈转圈，招呼观看的人一起摇摆。正欢闹，眼看就要炸裂，灯管碎裂天花板掉落，人们痛哭流涕，门开的瞬间，制止了这场即将决堤的洪流，女子被父母强硬着给拉出去，男子的家人也回来，满脸尴尬歉意，对着房间的四面八方鞠躬。房间沉入长久的静寂，不过最多坚持到明早，到时候又会熙熙攘攘地热闹起来。

几天后，父亲说自己好多了，这里的医生真是厉害，母亲照顾得疲惫劳累就不客气地说，你这都是心病。父亲坚持说，省城的医生不厉害吗？你看人家就是给我看好了，我心不慌乱，也能吃能喝。母亲想说什么被我眼睛里传递过去的信息给止住。我说，好了就好，也能早点出院，这里待时间久了，好人都病了。父亲点点头。姐姐昨晚坐车回去了，不然家里孩子没人照顾。去买饭时，我走在道路交错人群涌动的医院里，回想这几年来发生的事情，突然怀疑起经历的真实性，我不相信自己能走过来，那么艰辛，雾蒙蒙的天空有阳光的意思，多人行色匆匆，身负着不知多少重量。

要出院了，父亲丢失了前面的镇定，念叨着说，回去万一再复发怎么办，要不要开些药，不吃药肯定不行。母亲不耐烦地说，就知道吃药，世上哪有那么多治病的药，要靠你自己往开想了。父亲没反驳，仍旧小孩样地念叨，药得吃，不然控制不住心里的摇晃，还有肠胃里的堵塞，药得吃，对，药得吃，得开些药。我把父亲的状况给医生说过，医生说，开不了什么药，要开只能开些神经方面的药，但这些药不能长时间服用，会对神经系统造成破坏。我在照顾父亲时特意查看了相关资料，明白医生的意思，思索会儿说，那就开短时间的，我有办法解决。医生对我的话产生的兴趣，说，什么办法？我不好意思地说，这个……这个……有些那啥。医生说，不方便说就不说。我说，那倒没有，就是要哄骗，我会买些模样像药但可以食用的糖果，装在你给开的药的盒子里，这样父亲就不会怀疑。医生说，可以试试，主要是心理作用。我们带上这段时间的所有的行囊离开医院，在车站我给母亲说了自己的想法，回去试试看怎么样。母亲觉得特别好。父亲看我们说什么，满脸疑惑，怔在旁边的座位上，我恍惚中看到父亲迷失在雾中，无助孤独地乱走乱撞。再回头看母亲，她的眼睛里有我们所有人，唯独没有自己。与父母拥抱对很多人说是随意而为，但我没有，父母也没有，农村生长大的我们难以这样表达，觉得羞愧难为情，如果情感过于丰满就只是沉默。在他们上车时，我挨个儿抱了他们，母亲眼泪很多，父亲红了眼圈，在车开动时，我眼泪也很多。

13.亲　情

我每天都深陷无尽的自责中，朋友说是我想太多，包括爱情中的丹，直截了当地说，你想那么多有用吗？我说，有用无用的衡量标准是什么？她说，别整那套，就回答有没有用。我讨厌她这样坚硬的语气，听着有些蛮不讲理。我告诉她，每件事情的完成不是独立的，总是有着千丝万缕看见看不见的联系。她说，那你意思我好多事情都得益于你的帮助？我想用条理清楚的事实证明，话到嘴边又咽回去，说出来就没有任何意义了。她说，因为你自己想太多，好多负担是你自己添加的，你每天发个微信关心我有什么用，你总是说牵挂这牵挂那，有用吗？我每天上班工作下班回家，你离得那么远，牵挂有什么用？我心中的话语在蠢蠢欲动，火山喷发样地想要流淌出来，我极力告诫自己忍住忍住。挂断电话我想很久，她说得也不全无道理，我的牵挂是一厢情愿的，对于现实没有可感可触性，无形地环绕着自己，都冲不出逼仄的房间，用话语文字传递出去的更是单薄苍白至极。

这些暂且不说，最伤心的莫过于仅有的念想也断掉，本来认识个女孩，比自己小四五岁，一直聊天相处得挺好。要特别说明的是，人总是很贪婪很自私，对于现在的她很厌恶，可毕竟相处了那么些日子，在女孩这边也不能放手去追。还是有很多的道德在绑缚阻拦，不能脚踏两只船，这样对她不公平。因此与女孩的关系，只是聊聊天散散步，没有其他任何过分的举动。心里肯定想过很多，这个毋庸置疑。可前几天的聊天中，女孩终于爆发了在差不多半年中忍受的所有，直接发来文字，但我能看出其中的冰凉和果决，你总是说有什么事情说话，有你帮忙，要不就说你有钱，想买什么给我说，我说过你的钱是你的钱，跟我没关系。真是和你没办法聊天，我也是无语了。我彻底掉进了伤悲的深渊，觉得自己空空荡荡。失落绝望中我在想，自己这些思维方式导致的言行举止是怎么形成的，为何会活得这么老气横秋，超出本有年龄不知多少？过分的成熟会把生活过得越发地寂寞孤苦，不仅跟随不上朋友的脚步，就连相处几年的她也责备自己多此一举，胡乱牵挂。我站在窗前喝水抽烟，想起女孩不禁伤感万千，疑惑为什么对她那么好竟然会招来她的厌恶，是我给的好太多，形成了莫名的压力？我想起自己每次聊天说话的碎碎叨叨，女孩不烦才怪。其实我已经很注意了，每说一句话都会斟酌思索再三，尽量去迎合她们的年纪心思，或许这才是最大的错误。好多东西当我们想要去抓住时就已经不在了，刻意的迎合只会把该有的自然都破坏掉。这算是一个原因，但不是本质的主要的，要继续往深处挖掘。

有亮光闪烁有呜呜震响，母亲的电话，我看眼就难受，心中倏地涌上无数的烦恼憎恶。自初中到县城读书，这样的电话就从来没有断过，每天准时准点三个，我可以不接，可我又深受着孝道亲情良心的谴责，母亲也会不停地打下去，直至我接起为止。我不想伤害她，她也是担心我爱我，尽管每次接起来就那么几句话，吃过没，吃了什么，有钱没，没钱我给打点。我的回答不住精简，语气在不断变坏。我坚持一天不接，晚上看到十几个未接，心里那个难受。真是要疯掉，用手狠命砸墙，为什么就不能理解我，出门在外的不容易，上班也有个时间啊，怎么想什么时候打电话就打电话，到底有什么要紧事打不停。为什么要这样逼迫，我自言自语，亲情是无比残忍的是刻不容缓的催逼。我不接也不挂断，屏幕闪烁到自动黑掉。我难过得无法哭泣，由于场所限制更不能嘶喊，全部放在心里，挤压着逼迫着。我不能对任何人说起此事，亲情的正义，孝道的理所当然，会改变所有的情感，会对我进行无情的指责。我给母亲说起过，以后少打个电话，就那么些事情，能不要的不要，能不管的不管，你们吃好喝好就行。我瘫软在椅子上，头仰着，看着明晃晃的灯管，电流在里面来来回回地跑动，这似乎就是它们生来的使命，人也是，就是来经受世间的悲苦。半个多小时过去了，亮光响声乐此不疲地持续着，我想是不是真的有什么要紧事，不情不愿地接起来，还是那几个问题，我没有耐心地说，都好着，还有什么事没？母亲说，你忙着？我说，不忙也不能总是接电话吧。母亲语气里多了几分可怜，或许只是我的猜想，我语气舒缓些，说，是不是有什么事情？母亲说，你忙就算了。我说，有事就说。母亲说，其实也没什么事，就是你姨他们去医院看你外爷了，给了钱，唯独没有叫咱，你外爷也说咱们现在是过来了，你也挣钱，用不着他们帮忙了。唉，我真是不想听这些，多少年一直浸泡其中，真渴望能轻松闲适无忧无虑地过几日。我强忍着探头探脑的怒火，说，咱不管这些，吃你们的喝你们的，他们爱说什么说什么，爱怎么做怎么做。母亲还要说什么，看我如此短促的语气就没说，问我和你爸说话不，我说没啥事就不了，我这边还忙。挂断电话后，为发泄平复烦闷，就起身来回走动，还是不行，就跑下楼去操场快走几圈，然后拖着疲倦的身体回来继续工作。

我承认自己本身就是个悲剧，生气又不能生气，平静下来想好多事情，剩下的只是自己的不对。比如母亲这里，她承受着照顾父亲的重负，再者农村里还是那些鸡毛蒜皮的事情，在城镇化的进程中，也影响到了农村，尽管还维系着村落邻里间的关系，可那只是层无关紧要丧失掉灵魂的表皮，难以再有淳朴真诚。母亲每次给我说亲戚间鸡零狗碎的事情，我听后气就不打一处来，为什么就不能你好我好地和睦相处，非要整出些乌七八糟的事情？我理解母亲的难处，她不给我说能给谁说，姐姐要照顾自己的家庭，毕竟没有那么多时间倾听母亲的诉说，再者起始在我这里，母亲也习惯了跟我诉说，作为儿子，我没有理由拒绝。如果拒绝，那就是对母亲的伤害，说不准时间一长也会和父亲一样抑郁掉，到那时就晚了。综合种种，我除了接受所有没有其他选择。我活得太累，多时问自己是什么理由还活到现在，是这些牵挂还是那个长远艰辛而又无比快乐的梦想，黑色白色的交替，我们在时间里被洗刷得老练世故圆滑，可以为此找到很多理由，但毕竟牵强。尤为自己心底不认同。

14.勇　气

在布置收拾租赁的房子时，多时没联系的朋友发来信息，问在干吗？我放下手中的活，坐下回复信息，说没什么事。他大学毕业就去当兵，本是今年回来可不知什么原因没有回来，他在广东那边，离得远我也没机会去看，因为在部队通信都不是太方便。记得七月份有朋友结婚，我问他要不要我顺便把礼给上了，他说不用。事后朋友说他没随礼，我明白朋友的意思，礼是小事，主要是不懂这份情谊猛然间的断裂。我说，出门在外不容易，估计是他遇到什么难处了。我给他发信息委婉询问，他简短地说，一言难尽。我努力去疏引那凝结堵塞着柴草残渣的话语，几番下来仍不见效。这次能主动来信息肯定是有什么事，我得加把劲。他说，从哪里说起呢？我说，哪里都可以，咱们间没有那么多约束。他沉思会儿似乎找到了胶带的头，可以拉出嘶啦啦的声音。我说，随便说。他把刚才想的推翻，艰难地迈过那个弯曲处，说，暑假那会儿我们不是聊过，我说我回不来，你问什么原因，我当时没说。我“嗯嗯”地回应，好缓解他独语的尴尬，他在逐渐甩掉那些多余的缠裹，越来越轻手轻脚。他说，我那段时间其实抑郁了。我吃惊，尽管我深知此病在当今社会的发病率，可真是没想到真实地发生在要好的朋友身上。他在强颜欢笑，掩饰到现今依然有的无尽悲痛，说，当时我真不知道自己怎么办，回去还是留下，回去我这专业又没有好工作，说是一年后安排工作，谁知道怎么样，留在这里好歹有份工作，问家里人意思，家里说你自己看。你也晓得，我话少，家里人也是，跟我联系得更少。那段时间里我觉得自己要崩溃了，可又没有，就是在那边沿处，塑料薄膜样，没办法撕破。我就留下来，觉得回去很没面子，大学四年花那么多钱，当兵走时又花，现在连工作都没有。战友们一个个离开，我觉得世界空了，没有人可以说话，就自己闷着，吃饭喝水发呆。做得少，想得就多了，我从没有想过那么多、那么深、那么远，所有事情都能牵连在一块儿，你知道家里那次发水，我就在想是不是因为自己没回去然后才……唉，真是想疯了。我特别能明白他的感受，可没有办法劝说。他说，他去过医院找心理医生看，医生说是抑郁了，就吃药自我调理，在医院里看到很多，猛然发现健康活着最重要，其他都是浮云。我说，这么想就对了，我们人生路才刚开始，三年多不见真不知会有这么大的变化，你有什么都可以给我说，需要什么就言传。他说起给朋友随礼的事情，前段时间朋友过生日时给补了。我心好酸，身处在人生地不熟的地方，叫天天不应，叫地地不灵，沉默、沉默、沉默。我说，找时间回来趟，如果有机会能退伍就退伍，回来就都好了。他说，会的，已经给领导打过报告，领导说一旦有机会就给我。在我们静默时，他发出长长的感叹，说，人心好复杂，水太深，我们水性太差，遇到小人陷害打报告，真是一点办法都没有。我想说我又何尝不是，但没有说出，只是说，保重身体，不行就离开，躲开这些乌七八糟的人和事。他说，是的。中午的饭点结束了我们的通话，我感觉自己像是做了场梦，说的听的那些话全是在梦中。朋友帮着把书架组装好，坐在客厅喝水，我站起身穿鞋也去吃饭。

不多久，人事处的老师到底还是给我打电话了，让我到办公室来说事。我心知肚明要说的内容，不紧不慢地过去，敲门进去，开始嘘寒问暖假惺惺的关怀，我也就当作真实回应，我想看如此虚伪的关爱到底能持续多久，花颜色面具下的丑陋何时会现身，我也夸她，为我操心，真是很过意不去。她有些坐不住，就自己糊弄下直接进入主题，你也知道学校现在在缩减人员，所以你这合同就不再续签了。我微笑着说，我明白。紧接着便是一番感谢的话语。我没有她的虚情假意，发自肺腑的感激，也是对母校对这块地方的感恩。她说，你能这么想就好，我还担心。我截住她的话，说，我不会做出你担心的事情。抛开情感，剩下的就是雇佣关系，老板不雇用了，合情合理，员工离开便是。我出了办公室，走在不知走过多少遍的校园，天很蓝阳光很暖，难得有如此好的景色，我就绕着学校走了几圈，心满意足地回到办公室，继续若无其事地做事。静如止水波澜不惊是假，读书工作总共算来五年多，人是感情动物，留恋不舍会存在，需要时间淡化，相信过段时间就好。

我不自主地思想此事发生的原因，是哪个环节出了问题，本来大家包括我自己在内，都认为我是最不应该离开的，起码不会最先离开，可事情往往就是出乎意料地发生。我告诉自己不思想，没有任何意义。离开就离开，没有什么大不了，塞翁失马焉知非福，再者这里不能待一辈子，迟早要离开。我给领导说自己离开，领导很是诧异，不敢相信听到的。我说就是的。我思想几天，实在乏味枯燥，更是觉得滑稽可笑，根本就不值得这般深思。时间精力放错了地方。我开始办理离开的手续，处理手头的工作，整理自己的东西，准备在放假时雇车搬走。我想不通那些上岁数的人为什么要整人折腾人，自己也都有孩子，这样做有什么好处？我不明白。领导和我说话中再次问我，仔细想想是不是在什么地方说了与学校不合适的话，再就是工作上有哪里做得不对。我说，没有。领导说，那是哪里出了问题，都不应该啊。我说，因为那个事情。领导说，不至于。我没再说话。我想领导和我想的一样，那个不至于实则是至于。我心慌意乱得做不成事情，表面却要表现得一如往常，没有丝毫变化。失业真真实实地摆在我面前，我要鼓足勇气从这里迈出去，迎接新的生活。

我和远在南方的朋友有相同的顾虑，勇气要有而且要充足，不然根本无法抵挡那剪不断理还乱的压力，好在房子在刚毕业时就找好，省上出台安居工程，我本不打算租，觉得没用，还是我老乡对我说，租下吧，也不贵，万一以后有个用途。加之另一朋友想租，就让我过来拿上相关证件办理，事后想朋友也可以申请，为什么要我申请？租下后朋友没住，我再次有不想租的念头，同事说他给交房租他暂时住，我欣然同意。到现在自己终于用上，一切都是冥冥中早有的安排，三番五次地折腾到底还是留到了现在，我相信宿命。既然已经这样安排了，那我跟着走便是。自己失了笑，这不是自我安慰是什么。我在劝说朋友的时候更是在劝慰自己。

过渡期的生活需要去适应去习惯，我坐在租住的房子里想，觉得不全面就趴在阳台的护栏上想，临近过年，暂时找不到工作，待在这里写作看书。清早起来去路旁的河边走转，熟悉周围的环境，回来时买菜做好一天的饭，接下来的时间看书写东西，晚上把中午做好的饭一热，吃过后去外面走走转转，看世间百态，回来后继续看书写作，最后睡去。我害怕这样闲适的生活，在中国靠文学（纯文学）养活自己到底能不能成？尴尬紧迫的年纪，也可以说是提早进入了养家糊口的生活。抽出烟抽，看河边有人钓鱼有人跳舞，不远处的棚户里有卖菜的卖饭的，人们穿梭其中，这就是世俗生活，亦是我不久的生活。或许是我又想多了，没有做没有开始已经想了不知多少遍，而且把原有的宽阔削减掉好多，剩下窄窄的过道。我怨恨学校的安排，为什么不能再迟缓迟缓，想着那些平时和善满嘴仁义的人，冷酷无情，如果能到明年暑假，你就是不通知我，我也会坦然离开。转念再想，到时候真会离开吗？人都是有惰性的，依靠的时间长了就不想走开，把外面想得更复杂，自身一无是处，好像出了这里的门就会饿死在外面。那时能不能狠心离开真还说不准，更多会一天一天地拖延下去。我不敢再往宽往长想，谁也没有义务要赏识谁，所以就此打住吧。等快过年时回家，正月初六一过再来，一切从长计议，着急也没有办法。

15.生　活

李和我在生活上的观念很是不同，文学艺术上他高出我，我们的友谊很深厚，当初他留校遇到困难，差点离开，我着急心痛，好在最后峰回路转留下了。他也能吃苦能忍受，质朴踏实至极，从对待朋友这点就能看出，他做任何事情都不会差。我的离开细想来是早有预兆的，只是自己愚钝没去深思，再就是觉得掌权者不会这般冷酷无情。我想错了，当下的社会有多少人还能坚持初心，在金钱权力面前视而不见。教育是挣钱的好旗帜、好幌子，我清楚透彻地看到人心欲望的庞大和深不可测，再怎么伪装也只是商人是资本家，一本正经地摆出瞄准的姿势，喊着培养人才办世界一流大学，全是假。我把离开的消息告诉李，李和我当时听到他离开的反应一样，问我在哪里，立马回房间聊。我说等下班再说，你好好工作。当天李的情绪一直很低落。我故作坚强地说没事，说好男儿志在四方，说外面宽阔着尔尔，多少有些吹嘘的话。李抽了很多烟，我们坐在房间，各想各的，死寂在空气里弥漫开。

我和李经常说的是文学艺术，生活中的琐碎李不愿听也不愿说，我问过他，不说不听能逃避得了吗？李说，不是逃避，是没有意义。我拿基本生活需求来反驳李，我们要吃、要喝、要穿衣、要看书，这些最基本的是需要钱的，如果不屈服投降一些，当下这些初级的需求都难以为继。李说，你说的这些与那个无关。我说，书要拿钱买，没钱买不到书怎么看。李不说话，我知道这不是他的认同而是别致的更加激烈的反抗。我再说，有些钱我们不拿别人就拿走了，比如可以神不知鬼不觉地拿些钱，能帮助你的生活你拿不拿？李说，不拿。李很较真，心有原则，绝对不会去取得不是自己的东西。面对他理论上无可辩驳，我哑口无言，再难有言辞。总的说，我认同李的做法，但为了生活又不得不去做，我不能再在李面前说这些不得已却又肮脏的理由，就此为止吧。

离开有多种形式，我在等待日子的临近，只要学校放假学生们走得差不多，我就会从外面叫车来，搬走这几年来买的书及生活中的所有，这里到那里，由南到北。从心底讲我对未来是迷茫的，仿佛迷茫就是专为未来制定的，我做着在这里最后的工作。一个人时想未来想得最多，我有自己的担心焦虑，我完全可以去新的住所，每天全身心地读书写作，但这样会不会违背那句经典话语，读万卷书，行万里路？会不会隔离掉生活，缺少人生的阅历历练？我表面看着身宽体胖，实则内心脆弱，这般表达在生活中会被当作笑话一笑而过。李看出我有事，就问有什么疑虑。即使我前言不搭后语地表达，李依然清楚我的意思。李比我小几个月，但对生活的认知和态度，比我成熟太多。他把书中所看到的种种，吸收进自身最精妙的地方，然后血液样地流淌滋润在身体每处，焕发出勃勃生机。我佩服他对生活的态度，能忍耐。记得三年前冒冒失失参加的那个活动，遇到很多作家，当时与现今依然经常联系的作家相识，他在后来的交流中对我说，要踏实、要忍耐，有多大忍受就有多大成就。在时间的河流中，我越来越体会认识到这句话的重要性。李听完我说的疑虑，笑了，我说，笑什么？李说，我们看了这么多书应该有个判断，文学艺术在于思想性，人生经历阅历靠生活得到那是低级的，高级的那些需要我们从其他地方提取。我说，我们活着本身就是生活，对吧？李说，是也不是，我们现在的聊天就是生活。我能懂李的意思。我感叹这几月来对生活的困乏，形容得低端恶劣些就是糨糊样的生活。李说，不够准确，应该是屎样的生活。我想说没好意思说，李倒是坦诚直接说出。接着说，虽然生活这样，但我们还是要努力地在上面生根发芽，争取开出艳丽的花朵。我知道我们说这么多，最大的益处也不过是互相鼓励安慰罢了。在铁骨铮铮的现实面前，心中想得再浪漫再甜美，也会被冰冷坚硬的生活刺戳得鲜血淋漓，疼痛得龇牙咧嘴，到那时多数人是说不出美好的。李说，我们生活何其一样，也何其不一样，一样的是相同时间、地点、环境，不一样的是面对这些相同时的心思。就拿打指纹来说，早上去，手指按在指纹机上，几声谢谢，下午去，按在指纹机上，几声谢谢，明天后天及以后的日子只是重复。如果单从低级处见变化就是哪天手指破了无法再按，那也会出现新的重复。我们无法改变现实的许多，但我们可以在今天和明天的“谢谢”中发现奇特奥妙。我领悟到些。

后来我们聊了很多，李给我的总结便是，你在不停地肯定否定，说句话都是。我说，或许比这更复杂，你这样看还是太简单。我们喝水，一同大笑。

明天我会把女人和狗的图画挂在北郊房子的墙上，归置搬过去的书及生活用品，过起陈旧又有零碎新鲜的生活。

高　人

1

秋风一抖身子，就凛冽不已。喧嚣的城市，道路旁铺满黄叶。行人裹紧衣裳，生怕狡猾的冷风钻入咬啄，到时浑身惊颤。小寨是西城的繁华之地，四座天桥环绕，盘旋于上空。上下台阶光滑不算，铁棱被使了好大劲才从雾霾深处逃离出的阳光照得好冰好凉。我跳下公交车，就随着人流涌向台阶。耸耸肩膀，提提背上的书包，重新与背贴到出门时的甜蜜得体。看对面的什么跑了神，脚尖碰到台阶的滑棱，咯噔，差点摔个狗吃屎。危险啊，惊魂未定，门牙几乎不保。

在天桥上绕了个圈，来到那会儿思索得出神，差点付出惨重代价的目的地。此次出来，不为别的，专门为后天的工作踩点。此地人流量大是不假，可要想做到任务圆满完成却着实不容易。省文化厅要举办一个级别甚高的音乐会，到时候肯定不乏省内外的名家出席。我所在的学校踊跃承办，几轮竞争后，如愿以偿。为做到积极宣传，省上做了功课，下了力气。在学校召集数十名学生，发高额工资，用最笨拙的方式宣传——发传单。我不懂音乐，在学校闲着也是闲着，不如出来挣几个做零花钱。今儿出来做预备工作，也是有报酬，不多罢了。负责人说，不可图完成任务胡乱发，随时会有人转悠监督。如果发现乱发，将扣除所有工资。我被分到这里，人流不息，好运气。别人看着只能流口水。

绕转几圈，疲倦不堪，依靠在身后的废弃铁箱上。咔啦，铁箱上出现凹陷。不多会儿，觉察到有力气在抵触，一阵比一阵足。就是凹陷上涌，也不至于有如此劲道。我移开身子，铁箱的门子呼啦敞开。我震惊，盯着里面看。走出个白发老人，瘦脸，长眉，下巴留有白胡须，头发扎起，大概七十出头。别说，倒是有几分仙风道骨的意思。可惜衣着不搭。不是长袍布鞋。上身着陈旧的黑灰色布衫，袖口有棉袄的毛口子突出。黑裤下接，一双过了气的运动鞋。整体而言，无论如何看鞋或头发都有些突兀。

他看见两三步外正发愣怔的我，忙说，刚才开门把你磕碰到没？我反而慌了神，结巴地说，没……没……没有的。

他打量了番我，确定没伤到，说，那就好。转身从铁箱里提溜出个有些脏的黑红色旅行箱，轻放地上。又去提一米多长圆滚滚的黑色袋子。我站在边上。看他这般准备，接下来会有什么惊喜。箱子拉链“喔”地滑过，箱子被摊开。我凑近，像是见到了百宝箱。有红色收音机样式的音响、方正古旧的纸盒子、几个药瓶、笔和本等。用同样手法打开黑色袋子，小心翼翼地取里面的物什，轻托出来。原来是把二胡。接通电线后盘腿席地而坐。

没赶上演奏，我就离开了。从公交车窗看去，他吃块冷馍，喝几口矿泉水。车子转过弯，发了力，他就不见了。也好。寒风中，看多了，让人难受。口袋里的手机响声连片。几条短信过来。我打开看，是后天工作的有关事项。不知谁开了玻璃窗，风可劲往进灌，腿上凉森森的。有人受不住，搓手，说，谁把窗户关下。不多时，车里就暖和多了。

2

领到宣传单，掏出一张看，做得好精美。远远超出宣传单的标准，分明是册子，由五页组成。纸质光滑厚实，遇到亮的东西能反光。第二天八点半，我提着宣传单来到指定地点。第一眼看的就是废弃铁箱。与上次不同的是，上面贴了两张售房广告。九点半，我开始工作。看那两扇铁门依然静默，他大概是离开了。我庆幸，眼不见，心不烦。正想着，铁门哗啦推开。和昨天的程序一般。他更没变化。

行人逐渐多起来，我没想到，本以为轻而易举就能发完，谁想却异常吃力。发不出去，给行人，不是摆手不要，就是绕行。我郁闷，为何这么精美的宣传单没人要。众人像是见了瘟疫，急而避开。到下午，不过才发出去一打，还有三打等着发。肚子早就叫唤了，不管如何，先填饱肚子再做打算。前面忙，没顾得上看他。他此刻也在休息，边看书边啃冷馍，旁边放多半瓶矿泉水。

我到路边的夹馍摊吃了夹馍，喝了几口热水锅里温着的牛奶。付钱时，我给了双份的。风吹着，看他几根没挽起的头发，直往脸上眼上粘。他不再吃馍，双手捧着书看着。我回到天桥楼梯口，坐在石桩上，喝完牛奶。坐了好一会儿，下定决心，既然买了，就送过去。走到他跟前。他感觉有影子压过来，抬头看我。我蹲下，从包里拿出夹馍和热牛奶，递给他。他吃惊地看着我，双眼晶亮，没接。我的手伸着，眼睛给他示意，拿着。他反应不过来。

我说，拿着吧。

他又看了十几秒，放下手中的书，双手接住。看会儿手里的食物，看会儿我。

我说，趁热吃。

他手里的牛奶和夹馍像是抔水，扑在脸上，久久不放脱。我蹲得腿麻，不得不站起来活动。还有三打，任务艰巨，忙碌前不忘对他说，快吃了，趁热，不够我再买。晌午暖和了不少，正是人流量大时，我加入了介绍，一场高端品质的音乐享受，先生，您看看。这位女士您看看。穿着甚好及较好的路人把我的话当作了耳边风，一闪而过。接住传单的，不过是些穿着一般甚至刚从工地下来的人。再就是一个老太太。起初，她站我跟前，不走。我问，要吗？她点点头。我给了一份。一会儿又出现在我面前，我看不过，问，还要？她说，嗯。无奈，再给一份。后来，我好为难。给吧，违背了负责人发的工作事项；不给吧，她站在那里，七十多岁。唉。第六次，我只好严厉地说，最后一次了哦。她笑嘻嘻地说，嗯。谁想，更难堪的事情出现了。我发完当天的传单。看眼手表，整五点。还好，比预定时间提前了半小时。舒展下身子，往远处看，吓了一跳，她抱着多半沓子的宣传单，像是我一次性拿给她的。这让负责人看见肯定误会，到时候百口莫辩。

这天，我好运气，负责人过来时，她已经走了。不过我还是张望了多次。冬天天黑得早，五点多天就麻糊糊的，走转了一天，脚板针刺般生烈烈地疼。路灯照亮街道，大楼四周的霓虹灯忽闪不止。肚子咕咕叫唤几声，想起不远处坐着的老人，他收摊了吗？思索中，在车辆嘈杂喧闹的轰鸣声中听到了细若游丝的琴声，时有时无，时隐时现，一阵紧一阵弛。脚步随琴声而动，来到老人的所在。我不敢相信自己的眼睛，用手搓揉多次，依旧如此。昏暗的路灯光边缘将好圈住老人。盘腿坐着，几绺白头耷拉于脸颊，琴筒搁在膝盖上，右手按琴弦，左手拉琴弓，双眼闭合，如痴如醉。顿时，琴声突起，徐徐走高。眼看就要到顶，却刷地落下，缠缠绵绵，浸润着无数哀思。微风起，人潮涌动，叫卖声四起，反而让人觉得无限凄凉。皮箱里散落着几张褶皱的钱，两张被风怂恿得不安分，直往外蹿。到了沿上，再要是无动于衷，可就要飞散到车水马龙的道路上去了，不觉有些可惜。我看他没有丝毫察觉，就上前去，把冰冷的水瓶压在上面。路过的人向我投来奇怪的目光，不看老人，更不听二胡发出的琴声。匆匆过去，沉溺于夜色下。

十几分钟后，他长舒口气，睁开眼睛。准备收拾东西，看我站着。抬起头，对我笑。我被他的笑感动。黑红的脸颊舒展着，粗糙的双手精细地安放每件东西，挨个轻放进铁箱里，生怕劲使过头。等他收拾毕，天色完全暗了下来。看我还不离开，他嘴唇蠕动几下，没张开。我知晓他要说什么，轻声说，去吃饭？他顿了顿，转身打开铁箱的门，取了什么装在口袋。

在一家面馆坐定，问他，吃什么面？他认真地看着桌子玻璃下面印着面的图片，手指停在油泼面上。我点了西红柿鸡蛋面，起身倒了两碗热面汤。明净灯光下的他是那样的可亲，我几次想抱住他。等他走路时，我才看清他穿着多么的单薄，身体多么枯瘦。来时路过衣服店，甚至想拉他进去，给他买几件厚衣裳。面上来，他没吃，直至我的上来才动筷子。我们紧锣密鼓地吃着，他剥几瓣蒜放进碗里。吃到一半，他站起来，去柜台了一趟。吃完我去结账，老板告诉我，已经结过了。我懊悔不已，早知这样就不带他来吃饭了。他用手揩抹下嘴巴，出了面馆，独自走在已然冷清的街道上。我跟在后面。到了公交站牌，他停住脚，转过头看我，等我走近后，说，回去吧。

我点点头。看着他单薄的背影，忽然，刮起好一阵子的风。

3

拉开窗帘，顿觉兴奋。世界白了，大自然的精妙之作，那般地悄无声息。负责人打来电话，问起床没。我说，刚起，正洗漱。负责人说，今天正常工作。我说，好。说到工作，我想起传单，想到昨天捡拾传单的女人，不知怎么拐到了他那里。雪下了足有五六厘米，空枯的树被装饰得丰满肥硕，单色的世界原来是这样。虽然不会保存很久，毕竟看见过，知足。下了雪，又是星期天，就担心卖早餐的不出来，顺路到学校食堂吃了。想给他拿，转念想，到那里早就凉了。不拿心里又过意不去。对着蒸笼上热腾腾的包子发呆，学校这家包子好吃是出了名的。皮薄馅多，咬一口，那个鲜啊！我返回宿舍，背了书包，装件棉衣。买到包子后，把包子裹在了棉衣里，热气就散发得慢些。

路上有积雪，公交车开得很慢。我心里着急，手伸进书包，摸包子是否热乎。好容易到了地方，跳下车。铁箱被雪覆盖，宽大的顶子戴上盏雪白的帽子。铁门紧闭着，里面指定冰冷。没有办法取暖。我犹豫许久，决定上去敲门。没有反应，静寂一片。又敲了几下。想，再不见动静就直接去拉。此时，门吱呀有了缝隙。他看着我，通红的脸颊、鼻子，抖动几下。我赶紧从书包里掏出还热乎的包子和豆浆给他。几片从天桥上吹下的雪花，端端落进门的窄缝隙里，打湿他的嘴唇。双手筒在袖子里，看我几眼，接住包子豆浆。路上没几个人，我不急着发传单。

他要把铁门敞开，我给挡住了。

吃完，他一如往常，摆好那一套，身子依靠在铁门上，坐下。我看他屁股下就垫几个塑料袋，反正传单多，何不给他铺几份。这样要比发出去没走几步就被扔到垃圾桶里有意义得多。这次我不经他同意，由着自己性子去做。果然，他来不及拒绝，看几眼后只好坐下，拿出箱子里的书看。我凑近看书名，着实吓我一跳。他看的是本破旧不堪的《老子》，我扫眼盒子里的书，还有石涛的《画语录》。我想不通，拉二胡，不看琴谱看这些，有何关系，是何道理。

整天我都在想这个问题。晌午，路上的雪消融得湿汲汲，车辆过来过去发出刺啦啦的声响。整整一个上午，他没挣得分文。本就行人不多，加之寒风刺骨，每个人恨不得赶紧到达目的地。谁有心思看周边，听老头子拉悲伤的二胡曲。我发了差不多有一半，说是发，不如说是硬塞。没得好脸色，碰了许多壁。可不发怎么办？也可以扔垃圾箱或给清洁工，但这岂不是太浪费了。簇新的宣传单，还没宣传就被扼杀？责任在谁？毋庸置疑指定是我。所以我剩了至少有一半。

下午，我走他跟前，说，去吃饭。

他没言语，只顾收拾东西。路灯光打在雪地上，格外耀眼。人们怎么会错过这般景致，纷争向前，好生热闹。堆雪球，拍照，打雪仗。他收拾毕，我们缓缓行进。还是昨天的面馆，他要了烩面片，我要炒拉条。他叫住服务员，说，炒拉条改成烩麻食。服务员看我，我说，好。他拿了瓣蒜，把玩着，说，天冷，吃热热滚滚的，身子暖和。我那会儿想说那么多的话，此刻反倒消失殆尽，不是点头就是嗯啊几声。脑袋里急速转动，试图寻得一两个可行的问题。

我说，您来这里是……

他说，要不要喝一口？

我惊诧之余点点头，对，怎么把这茬忘了。家乡人冬天常喝烧酒，暖身体，能在体内燃起无数股火焰。

他叫服务员，拿瓶二锅头来。看此架势，喝酒怎么能没有菜，我让服务员再上个凉菜。大部分他喝了，我就一盅，慢慢抿。

喝着喝着他话就多起来。他说，我来这里为寻人，看看这里到底有什么好，家乡人一个个被吸走，听说都到这里来了。我懂得他说的意思。现在的农村成了空壳，里面的人皆被推走。端起酒盅，一仰头，呲溜喝个尽光。酒香弥漫在空气里，闻着就很是享受。看他吃饭的样子，真是心疼，我不自觉地说，您尽快回家吧。这里住的吃的，受罪，家里就算艰难，住得暖和吃得热乎。

说完又觉得哪里不适，补充道，等开春再来。他笑眯眯地看着我，说，我能熬过这个冬。

回到宿舍躺下，空调的热风吹拂着，暖气热腾腾地烘烤着，像是在春天里。不自禁地想到他，回来时天上又飘起了雪花，让我走，他自个儿能回去。为他安全，我悄悄跟在他后面，看他到了铁箱处，身子蜷缩进去，关上门。归于平静，雪花落在铁箱上脚印上，不多久就会被完全遮盖住。所有的踪迹将不复存在。就像他吃饭时说的，人生在世，不过就是看了几场雪，终有消散的那天。路灯静静地亮着，车辆在结了冰的路面上踽踽前行，霓虹灯在寒风中寂寞地闪烁着。不知他此刻是什么情况，冷不冷？几次想看铁箱里面的布局，没得机会。说是铁箱，实则是个废弃的变电箱，旁边修建了更新更大的，旧的自然就没了用处。一个可怕的念头闪过，铁箱是废弃了，里面那千丝万缕剪不清理还乱的电线都就没用了吗？万一……唉，有心想而无力做。只能祈祷上天保佑，让他顺利度过每个夜晚。

玻璃窗上凝结了厚厚的冰，模糊了外面。舍友说，睡吧。嘎嘣，开关按下，灯光尽失。沉浮在黑色里。外面偶尔有脚步经过，那是保安在做夜间巡逻。不知雪还有没有下，别淹没了铁箱就好。

4

我们渐渐熟络起来，发传单时，他会拉不同的曲子。这天我来得早，看他坐的地方湿淋淋的，就跑了几个角落，抱来几块砖再在上面铺上厚厚的传单。然后在不远处的早点车买了早点。敲几下铁门，不知怎么，只要能看到他就开心不已。再敲几下，好半天没动静。起初还兴致勃勃，此时却紧张起来。难道？不由我往坏处想。昨夜的雪下得实在，积了厚厚一层。忽然听到里面有咳嗽声，我一把拉开铁门，不错，他还活着。我激动不已，竟然落了泪。

天还是阴沉沉灰蒙蒙，晌午，就在我俩要去吃饭时，负责人过来检查。总体是满意的。正当她要离开时，看到站起的他坐垫下露出的宣传单。不由分说走过去，猛地揭开，几十张光鲜亮丽甚至还散发着油墨味的宣传单，映入眼帘。他登时也明白了是什么情况，赶忙说，这是从地上捡的。负责人说，轮不着你解释。转身问我，怎么回事，最好老实说。我知道隐瞒不过，那会儿铺时，是想到过这样的情况，不过存了侥幸，心想，只要盖上坐垫就能瞒天过海。谁想，唉，只好认栽。再者，我铺时，也没顾及往开搓，七八张粘连着，分明是新的，还没来得及散发。我说，对不起。负责人勃然大怒，呵斥道，我是让你来散发，不是给老乞丐做床褥，还能不能做，不能做赶紧走人。感觉不解气，又指着边上站着已然傻眼的他说，他懂个啥，给他铺垫，屁用没有。他蹲下，把宣传单一张张压平，递过来，说，大部分好着，还可以发。负责人失去了理智，哪里像是学校工作的人，分明就是怨妇、泼妇一个。狠地甩手，打掉他递过来的传单。我胸中的怒火在燃烧，定要用锋利的话语刺痛她。但我看到他摇摇头，去捡掉落的传单，我只好把气压下去。负责人看我蔫了，再者大概也觉得有些过头，就含糊说了几句，走开。

他把捡起的传单给我，我接过来，反倒拿出更多，重新铺垫在砖上面。他茫然得不知所措，呆站在那里。害怕他顾虑负担，我说，不打紧，莫说给你几张传单，就是数百张都值得。看看宣传单上的那些人，放着自以为最漂亮最惹人的照片，冠冕堂皇，其实是最滑稽的。太多沽名钓誉之辈，依靠某些方面的便利，谋得此职，在灯光四溢的舞台上耀武扬威。他面无表情，坐下，拉起曲子。

对面大楼是这里人气最旺盛的地方，里面有各种消费区。只要有钱，没有买不到的。七八层像是吃饭的地方，玻璃窗上雾气朦胧。隐约看到几个移动的身影。进出的绝大多数是年轻人，挽着对方的胳膊，有说有笑，好快乐。

当天晚饭后，我们走出面馆，依旧各走各的。我没忍住，叫住他，那个音乐会你也可以来观看。他没回头，手摇摆几下，走开了。

回去时，看时间早，就没有坐车。走着回去。虽说今儿没见太阳，雪最终还是融化了些，这会儿就结了冰。灯火璀璨的夜晚，我像是一叶浮萍，飘荡在漫漫无边的城市。迎着风，穿梭于大大小小的巷道，哪里才是我的家？路边的饭店餐厅，热气滚滚，如何才能感觉到玻璃后面的温暖。突然，一滴灼热的液体落在脸颊上，抬头看到底出自哪里？天空一片漆黑，迷迷蒙蒙。眼睛酸涩得紧，大概是注视天空太久，忍不住掉了泪。

按说这天应该特别累，从工作地点走到学校，睡过头都是理所当然。我却没有，反倒四点多就醒来，睁着眼睛思索什么，盯着黑色看不停。六点，宿舍楼通了电，我轻手轻脚地下床，在洗漱间洗漱。舍友在迷糊中，听到我洗漱，惊讶不已，问我不瞌睡吗？每天如打了鸡血一样，哪里来的劲头？我笑而不语。老套路，去食堂吃早餐，顺便给他带些。精神抖擞地坐上车，向着那个地方前进。谁想，心急之下竟然来得太早。偌大的地方，只有零星几个人经过。冻得站不住，环视一圈，找到家肯德基店，不管怎么进去暖暖。理论上不点吃的也可以坐，为不显得尴尬，我还是点了杯牛奶。八点多，人渐渐多起来，天气转晴，东方溢出道道亮光。难得有这样的好天气。只是加倍的寒冷也要开始了，初中学过物理，消融冰雪需要大量的热量。我轻车熟路地走到铁箱前，敲门。没人应，我想许是他睡得沉。再敲，还是没人应。我就叫，老爷子，我给您送早餐来了。等待许久，里面仍没响动。不远处的清洁大姐向我走来，说，小伙子，里面的人是你什么人？这可把我难住了，什么人，我说不清楚。说是路人？太疏远。说是亲人，那是什么亲人？爷爷、外爷、叔伯？大姐看我难为，也就不再追问，说，昨晚十一点多，这边有座大厦突然停电，就找来电力局的人抢修。找寻线路时，在这个箱子里发现了人。维修人员那个生气啊，说，快出来，憨老汉，知晓这里面有多么危险不，满是老旧的高压电线，你压在上面万一哪根漏电出了乱子怎么办？我焦急地说，后来呢？大姐说，后来老人忙致歉，收拾起东西走了。这么冷的天，他能去哪里？我不甘心，说，阿姨，那您知道他去了哪里不？大姐摇摇头，只是说，当时向西北方向走了。我顿时浑身无力，没心思做任何事情，对着紧闭的铁门发愣怔。比起前面，不知什么时间，有人在上面又贴上了数十张售房单子，白纸黑字格外显眼，不少人会停住脚步，瞅上几眼。他的座位还在，估计是走得急，连坐垫都没来得及收。说是坐垫，其实就是件被人扔掉的破棉袄。下面有我铺的传单和砖块。

我在大楼前的台阶上坐下，享受着寒风与阳光争斗下的温暖，说不出其中的滋味。感觉整个世界都空了，回想这几天，好虚幻。仿佛他不是真的，从初次给他吃的，到我们一起吃饭，像是演了场电影。温暖被不时吹来的寒风分割撕裂，落下碎片，人们直打冷颤。我倒是希望这几天的所有都是假的，那样他就不用受那份罪。可这一切明明是真的，冷就是冷，暖就是暖，容不得半分质疑。

5

负责人说，最后一天了，认真干，工资会直接打在卡上。越快结束越好，我实在没心情在那里待。自他走后，我发传单发得很快，管你是谁，统统发。只要接，我就发。雪消融得残迹斑斑，只有拐角阴凉的地方还有存留。铁箱里有动静，我激动不已，是不是他回来了？在期待中，有人出来，不过是新来的住户。疯女人，爬出来对着太阳伸懒腰。大概用不了多久，也会被赶走。

对面楼宽大的屏幕上正播放着一段视频——再造优美村庄。世外桃源式的农村，山清水秀，山脚下卧着的村庄，每户几间茅房，烟囱上升起袅袅炊烟。田地里的老黄牛哞哞地欢叫。农人持着鞭子在空中甩打。一群小孩围聚在村头弹玻璃球。太阳西落，女人站在家门口，亲热地喊孩子回来吃饭。疯女人对着屏幕手舞足蹈，大喊大叫着说弄错了弄错了。没人搭理她。唉，他可能已经离开这里了，去了更远的地方，寻找他所要寻找的。

我草草发完宣传单。看眼手表，不到三点，去哪里坐会儿？

选择了几百米外的咖啡馆。起初我不适应这样的地方，觉得太假，且价格昂贵。就那么小杯咖啡，几十块钱。和同学相处的过程中，逐渐发现，不得不去融入其中。喝这个不能用多少大小贵贱来衡量，如果按吃面喝米汤的方式计算，那亏得不是一两点。按舍友的说法，这喝的是情怀、高雅。音乐会后天开幕。负责人发来短信说还缺个会务，问我如何。我说，做什么？负责人说端茶递水。我答应下来。明天好好休息，养足精神，继续去工作。

音乐会在学校最高端的音乐厅举行。去年才修建起，所有的设施都是新的。这是首次承接大型的音乐会。学校领导很重视。不知到过会场多少次，千安万顿，不能出岔子。所有负责人都谨小慎微地做着，不放过每个细节。我被安排到门口，引导来宾签到。

音乐厅的富丽堂皇超出了我的想象，自修建好我也是第一次进来，从前都是经过。空中的吊灯，水晶点缀，通上电真可谓是星光璀璨、流光溢彩。投射在光亮簇新的木质地板上，如一池流动的水，清澈见底。绵软的椅子已然摆好，有几十排。舞台背景是偌大的电子屏，已经闪烁起耀眼的大字，与艳丽夺人的画面配合着。指挥台，音乐席，就差每位音乐家来就座。半个多小时的进场。看没人再来了，负责人让我进到里面，做些零碎的事情。主持人让所有人安静，音乐会开幕式马上开始。先是市上领导讲话，然后分别介绍到场嘉宾。省内外重量级的音乐家悉数到场。让我印象深刻的一位，走路颤颤巍巍，还是我和另一工作人员给扶进去的。出来后，负责人和我们说，这位是全国顶尖的音乐家，绝对是大师级别。先是一通轰轰烈烈的交响乐。不知为什么，我怎么都听不进去，两耳嗡嗡嗡嗡响个不停。于是，我慢慢向门口移动，准备到外面透透气。拿起桌子上的水，咕噜咕噜喝不停。渴倒是不渴，就是口干得要命。

果然，耳朵里的嗡嗡声在逐渐散去。听到了忧伤悲痛的琴声，我笑自己，竟然出现这样的幻觉，是不是走火入魔了？可琴声却声声入耳，我想，即使就是真有人在拉二胡，那世间也不只有他会拉，说不准是其他人在拉呢？我也多次问过自己，他就是个路人，何必如此挂念？社会上这样的人多了，就算这辈子什么事不干，专门帮扶也帮扶不过来。这时同伴站在门口喊我，说，在想什么呢？我喊你那么多声，一点反应都没有。我不想解释，直接说，怎么了？同伴说，那个重量级人物要出来，我们得去扶持。我赶紧跟着进去，小心翼翼地扶起老人家，问去哪里？秘书也跟着。他蠕动着嘴，音乐声太大，干扰得听不清楚，只好扶着出了门再听。

出了门，我又听到了那熟悉的琴声。老头立住，推开我们，依靠在护栏上，闭上眼睛，头仰向天空，像是在享受着什么东西的浸润，沉醉不已。我们迷惑不解，站在边上反复思索眼前人的意思。老头说，听到没？秘书说，什么？胡老。同伴跟着发出相同的疑问。我猜测地说，琴声？老头得意地点点头，示意我们扶持他到琴声的发源处。我心里嘀咕，难道不是幻觉？琴声是真切的？那就是说他回来了？我满心期望。琴声离我们越来越清晰，我似乎已经看到了，盘腿而坐，胡筒搁在膝盖上，眼睛闭着，忘乎所以地拉着曲子。就在墙后面。我们往前走，试图从前面的出口出去。忽然琴声消失了，我们几个立在出口，四处张望。老头说，肯定在，就在不远处，仔细找。我前后左右仔细搜寻，并没有发现我所想见的那个人。左边是排门面店，前面是马路，边上坐着些斗鸟下棋玩牌的老人，我挨个看过去，没有。后面是工地，右边是修车洗车的地方。许是我们出现了幻觉，但对于一个大师级的音乐家来说，应该分得出什么是幻觉。

秘书看久久没有琴声响起，只有无数的嘈杂声，就说，胡老，我们回去吧。老头严肃地说，用心听，这是真正的高手。同伴对我笑，我明白其中的意思，是对胡老执着无奈。我听到了，胡老抬起手指着前面，说，就在前面的某个角落。我们往前走，在二百多米的个巷道里，有个避风的拐角，阳光将好照上。是他。他坐在石头上，腿撑着地，胡筒搁在膝盖上，身子绷直，眼睛闭着，入情地拉着。秘书想上前问候，老头快速拦挡住，差点摔倒。边摇着头，边示意千万不可，坐在边上废弃的水桶上认真地倾听。这才多长时间没见，他却憔悴了不少。几簇头发飘荡在眼前，干枯的双手灵活地使着，身子随琴声而动。琴声如山涧的清流，从高处悄声流下，和花草的嫩芽亲吻，和树根盘绕缠绵，和光润的石头交心。慢中有快，快中有慢，琴在手中又似手在琴中。太阳从林间照下，投下斑斑点点的光芒。鸟儿叫、虫儿鸣、兔儿跑、猴儿蹿。琴声止，胡老起，上去恭敬地鞠躬，口中言语着，好一派自然景象。琴即是人，人即是琴，人琴合一，如老子所言，大音希声，大象无形。这才是真正的音乐，绝也绝也，高人也高人也。他睁开眼睛，看到胡老给自己鞠着躬，立即起身去扶，连说不敢不敢。

胡老说，大可使得。

他看到我，笑着说，那天走得急，没顾上告别。

我说，不要紧不要紧。从他的话语及笑容里，我看到了天上的云彩，不再郁结不再沉重。他拾掇东西，准备离开。

胡老说，老师，能否邀请您到里面演奏一曲。

他背上二胡，拉起皮箱，真诚地说，我该回去了。

我说，去哪里？

他说，去该去的地方。

胡老没强留，望着远去的背影，走到他坐过的地方坐下，闭目不言。恍然想到什么，惊得合不拢嘴，口里念叨着，原来他那只按弦的手是坏死的。后来从音乐厅出来好多人，胡老忘却了所有，静静地享受着那个声音。

零度风景

1

把那段时间放在纸上，褶皱过程清晰可见，他感受颇深。如果不是那个浸润满墨色梦幻般电闪雷鸣的黑夜，他难以体会到时间别致的质感，如今言说感激也好，谢意也罢，皆无所意义。坐在南行的火车上，窗外的景色嗖嗖飘过，像是学厌学烦，头发蓬奓，满脸胡楂，已记不得多久没有洗漱过的男子，疯狂翻动着书本，耐心是轮胎里不住膨胀的内胎，在无数莫名其妙的难受憋闷下终究会绽放出咣当声。车上的人个个行尸走肉一般，对一切麻木不仁。时不时因变速变轨导致摇晃扭动的车身，让他更加不敢相信眼前的真实。满眼跌宕起伏的电波还是声波，他在哪里？浑身的疼痛难以言语，谁在给他用刑逼迫他说出不知是什么内容的秘密。他强力拉回自己，压在大腿下的手狠劲掐扭自己几把，稍微能清醒几分。耳畔响起激昂又伤悲的命运交响曲，艾略特不是也写过著名的诗歌《四个四重奏》？他不想听，如海浪样地猛涨猛落，风变化得丧心病狂，内心大脑强制地控制就要崩溃坍塌，裂缝重重并响着咯嘣冰裂样的脆响。他深知这不是优美瓷器花纹样式形成的过程，但还是祈祷想象这就是，失去理智下篡改成就的一厢情愿会让很多人认可明白他是神经病患者。他不能，对面坐着看电子书的女子似乎已然觉察到什么，用异样担心犹疑的眼神装作活动筋骨扫视几眼。他的双手就要颤抖，大腿发抖，脚趾脚掌麻木，丝丝缕缕的碎裂，完美的白描手笔，能画出几十米却丝毫不失方寸。强行镇定下的手僵硬如钢铁，艰难地从口袋里掏出那团硌痛大腿却又有着出其不意的爽快的东西，在没映照在眼睛里时，他不敢让任何猜想尘埃落地，包括搜寻出的两三小时前的回忆。小心翼翼地从手里展露头角，眼睛里平静的水面起了波澜，无数情景汹涌澎湃，一通乱扑，他完全不能招架，更否说还手之力。喝过几口水后，他试图再次触碰，甚至展现纸团。

褶皱丛生的纸团在激烈的碰撞晃荡中模糊不堪地展开，大大小小宽宽窄窄，凹凸不平意味深长，他无法再做解释。回家这几天到底经历了什么，他无从说起，奇怪的正是这里，千真万确经过的事情会突然变得这样虚假，不是他制造了谎言，是这个宇宙、这个世界本就如此，他不过是谎言的承受者。看似很是有规律可循的世界，时间精确成几分几秒，空间精确到毫米微米，这是巨大无比的骗局。制造如此巨大谎言的不知是谁，悠哉悠哉翻搅着，期间的人类没有感知。有个别感觉到的就去苦思冥想，去尽可能地深入到极限处展开研究。混乱昏迷是常有的事情，如果经历得频繁，麻木虚幻会就此成为新的深信不疑的印象。

火车在某个车站停住，上下乘客是此处时间的价值，他如何利用这段时间？可以做任何事情，纵然他不在这里下车，也可以跟着乘客走个来回。对面坐着的女子露出浅浅轻轻的微笑，他顺势推移，干巴巴的嘴唇被舌头润泽，礼貌地问她能否看出桌上纸张的奥妙。女子不屑地冷笑，说，臭显摆什么？没意思。他委屈啊，反问她从哪里看出显摆之意，他可以为刚才问话的纯粹性真诚发誓。女子没有被干扰，利用翻动电子书页的空隙说，你是这方面的专家，别问我。他是专家？他怎么不知道。假如正如她所说的那样，回想他的发问就顺理成章地成为她说的臭显摆，这样用词她已经手下留情了。不管怎么说，无风不起浪，既然她这么说肯定有她的道理，他拿起纸张对着窗户上的光亮，看褶皱间的精雕细琢。经过多次推翻建立，黑色浸润的世界湿淋淋地出现了。窑洞深处有亮光，炕上趴着的人手里握着手机正不知翻找什么。多日的炙烤熬煎，天空这口大锅终于干枯了，声声炸裂破碎的雷声就是证明。闪电要杀死浓稠得已然难以化开的黑夜，短暂的胜利并不能迎来真实的喜悦与欢呼，狂妄的风声分不清在为谁摇旗呐喊，不管不顾地刮着。凡是阻挡的皆被清除，实在坚韧清除不掉的也要低下高贵的头颅忍受暂时的践踏凌辱。南下早去搬救兵的使者指挥着充足丰沛的云雨，此时正敲锣打鼓往回赶。知道生了变故，但不知已经到了难以挽救的地步，到达后来不及喘息，挥舞手臂排云布阵好做及时的拯救。雨水倾泻下来，在大地上惨叫嘶鸣。炕上的光亮灭了，男孩舒展身体，欠起身子不安地看几眼窗外的动荡。

2

在褶皱的痕迹间他似乎看到了泥黄色，无法言说形状，时刻变化着，扰乱着。黑色褪淡后成为什么颜色，他比谁都清楚，不会是常见的那么几种。微乎其微的区别人类难以看到，但并不代表不存在，灰蒙蒙的天空发出湿漉漉的声音。湿透的大地如长时间泡了水的皮肤，肿胀发白是再正常不过。黑黝黝平展展的公路不见了，取而代之的是稠沌的泥糊，无所顾忌地占领着，人们成了待宰羔羊，可怜兮兮地往高处跑，被困在其中还没有被淹没的处所里的人们眼巴巴地看着近在咫尺的安全，无能为力成了所有人最好的言辞，死亡看似很远，此刻却面对面站着，不平等不合理地怒视，人们屈服，虚软无力。他思索，寻找水不流动的原因，如果不把水排出去，就会越涨越高，生存的希望只会化为泡影。

人们拼命往高处跑，高处站满了人，哀叹声里不纯粹是悲伤，那些杂质听着刺耳。他拉住也要往那里去的人问，那人着急忙慌反手把他一拉，边跑边说那里有壮丽景观，百年不遇，错过就没有了。他疑惑不解，这个时候还顾得上看景致，真是豁达潇洒。他让拉着的人跑慢点，因为所有的机关在雨水冲洗涤荡后全部灵醒过来，稍不注意就有可能触发，随便哪个都是肉身所难以承受的。万物会以这个为由头，爆发出深久以来的忍辱负重。拉他的人心里只有壮丽的景观，他的话哪里比得上震撼眼球的景观。他也就不再徒劳，做无意义的事情只会浪费掉剩余不多的体能。高处挤满人头，低处的阻挡全可以翻越，一眼望到大河上，河槽早就不见了，庄稼地及很多居住地被临时征用，汪满洪水。人们迫切地想留住这一刻，无奈手机不是没电就是没信号，难以向朋友们展现，错失这炫耀的好机会。他问拉他上来的人好看吗？那人不假思索地说，好看，水太大了。洪水里开了大型超市，猪狗牛羊、冰箱洗衣机电视、大小不等的车辆无所不有，漂洇其中，跟着水轰轰烈烈前行。多人详细清点着，不自主地计算起来，第十个猪了，呦呦呦呦，又一个，十一个。他想悄然离开，看着只会心痛不已，不明白其他人哪里来的兴奋与欢喜，最可恨的是拿着虚情假意的怜悯惋惜遮掩。他没走出几步就被拦挡住，不让走。他怒火中烧，对眼前的所有厌恶至极，用手砍劈，想要撕开口子突围出去，无奈对方人多势众，除他之外所有人都是这个态度。他服软，说，你们看你们的，我走我的，有冲突吗？领头的中年男人说，你要保证不泄密。这话从何说起，他一头雾水，思想不清楚到底有什么秘密可泄露。他说，根本就没有秘密，保证什么？男人说，冲下来的东西都停在那个地方。他顺着男人手指的方向看，当即后悔不已，真不该看，看了就意味着知晓了。男人说，为保险起见，说个你很重要的秘密给我。他想不出自己有什么秘密可言，急得直抓头，说，没有，真的没有。男人帮助他，提示着说，谁都年轻过，你就没有性幻想对象？在某个晚上依靠她那个。男人淫色的笑比没说出的话更恶心，竟然无耻到如此地步，他说，我不会对任何人说河里的东西停在那里，放我走。男人变了脸色，换上与天空相应的黑沉，将要压近地面，说，识相的话，快点说。围聚着的人眼睛里皆飞射出指责痛恨的利剑，人圈紧缩一大截，他被逼迫得没办法，只好胡乱说一个。男人不傻，要他说个大家熟悉的，不然接下来将发生什么事情他也无从得知。浓云紧张得出了汗，落在他身上，冰凉无比。众人双手成半圆状，向他袭来，厉声言说着，说出村里最好看的女人。男人得意，看来她的美丽是公认的。仿佛得到了最后的验证，从此她的美就是公理。

他走在路上回想刚才的事情，总觉得哪里不对，走到半路才思想过来，其他人不是傻子，万一人家也想到在那里会停住东西，然后去捞，那他那个接近毁灭声誉的保证有何用，转头往回走要把这个给说清楚。男人还在那里，在招呼人准备捞东西的工具，等待水退下去些就行动。他说了路上思索到的，男人不以为然地说那我管不了。他跟这样胡搅蛮缠不讲道理的人哪里能说得通，憋着闷气，气冲气冲往回走。

他躺下，看着揉皱的纸张，这不是一次所成，肯定揉了几次，应该先是折叠，然后才搓揉或是无意识地把玩。越往南走越是晴空万里，家乡的泥泞洪灾像是他无聊随意的幻想，不过是想找寻几分刺激罢了。眼睛猛地被什么粘连住，脱离不开，强行扯拽只会把眼睛弄伤。他不知所措地躺着，动弹不得。几分钟后几辆铲车过来，他赶忙摆手示意，用不着这般大动干戈，这等不讲究的措施，就算眼睛能摆脱粘连，也会成为脸上两个残破摆设的黑洞。

3

男孩坐在大门口的板凳上，看着坡下泥沼泽的公路，车辆被神秘力量紧紧吸附，车里坐的人下来，艰难行走。摩托车一个接一个，后座载着大包小包，尝试着冲过去。不多时就听见发动机在泥沼里的挣扎，轮胎肯定转动得飞快，稀泥被带起，飞溅在高空，落在想落到的任何地方。泥鞋绑缚在后架上或挂在车把上，推着像是被泥堵塞了喉咙窒息许久的摩托车回来。车辆越来越多，人们焦急，坐立不安，在泥沼里无头苍蝇样找寻通行之道。男孩显了神通，给众人指出道路，不过那条路太窄，只能人通过，后来有人胆子大，开始骑摩托车过去。男孩说的是已然快要荒废，绕走高处人家院外的逼仄小路，村里住的人越来越少，高处住的人可以掰着指头数见。尽是些老弱病残。有来就有往，从另一边过来的人抱怨太浪费时间。男孩说，要有耐心。来人说，高处住的老人，在路上设了关卡。男孩说，收钱？来人叹气说，那倒没有，需要坐下来闲聊八九分钟才能过，没人可以逃脱得了。男孩知道那条小路，多个地方可以设置“一夫当关，万夫莫开”的关卡。来人说他问老人从哪里找来这么多话。男孩说，不该问这样的问题。来人长舒口气走了。

静寂狭窄的小路焕发出勃勃生机，高处住的老人们守着关卡，要到十点多才依依不舍地回去。天擦黑时开始落雨，人们惆怅，这样下去路什么时候才能通畅。这里过不去，没电、没信号、没网络，这可如何是好？亲人在外面杳无音信，听说县城也涌满了洪水，心焦得厉害。男孩端着揪面片吃，公路上车辆少了很多，但依然有不少不愿放弃，等着天降奇迹派出移除太行王屋二山样的神仙，清除路上淤积深厚的黄泥。这时，五六个人抬着一块鲜黄色顺着小路下去，到公路边找到稍微干燥的地方放下，与停着的车辆及摩托三轮车车主说着什么。他们交流的时间长，只听见，就当是帮帮忙，也是可怜人，实在是没有。车主犹豫。

有人说，要拉就拉，不拉算了，磨磨唧唧算什么。车主摇头做了回应。黄灿灿的蛇皮包被谁使了魔法似的，在浓郁的黑夜里特别显眼。男孩吃着面片，家里做饭的母亲问再要不要，男孩说够了。接着，他们也端着饭出来，坐在大门口和男孩一起看公路上的车辆行人。父亲问男孩路边横着的黄蛇皮包里装的是什么。男孩摇头说不知。母亲猜想着说是不是死猪死羊。父亲说和人的大小差不多。男孩的心一凛，端直身子加紧吃面。过来的车辆亮着明晃晃的灯，灯光扫过黄蛇皮包，男孩似乎看到了里面，躺着的是女人，浑身鲜血淋漓，跟鬼片里的女鬼别无二致。有女人在它旁边徘徊，试着眺望前面的道路情况。男人大概是好奇，到黄蛇皮包跟前站住，瞅了几眼退回来。有人低声告诉男人那是死人，男人就叫女人过来，女人还想多看看，男人着急又不能说出缘由就压着嗓子喊叫。女人这才过去，跟着男人走了。

抬扶蛇皮包的人泄了气，雇不到合适车辆，黄色在亮起的路灯下，生出无数寒冷。这会儿的雨是春里才有的蒙蒙细雨，光在湿亮亮的蛇皮包上滑倒站起。有人过来，男孩父亲委婉地问那是什么。来人悄声说，六十多岁的男人，与老伴在县城租房子，洪水来时没来得及跑，在后晌铲路中，从泥土里挖出来，老伴估计是找不着了。看到母亲起身回去做什么，男孩趁此机会跟着回去放下碗筷，感觉空气里游动着无数面目可怖的鬼魂。男孩和母亲闲聊几句，然后一起到大门口。黄蛇皮包不见了，母亲问拉走了？父亲说那几个人不知从哪里找了板车刚拉走了。明亮的路灯光依然照耀着那块泥地，男孩看到灯光里飞动的雨丝，争先恐后地往灯罩里扑，细密的雨丝伤痕累累，伤口已经结了痂，一小块一小块，转眼再看，下起纷纷扰扰的大雪。窑里的烛光摇曳不止，这样的虚晃躲闪似乎在规避什么，或者正在和哪个激烈斗争。黄色完全倾倒在了湿沓沓黏腻腻的黑夜里，吞噬交融是在所难逃的厄运。

老远就传来震天动地的轰隆声，夹杂着直挺挺的亮光，两个大家伙气势汹汹地来到路上堆积的泥沼跟前，边上尴尬狼狈的轿车里走出几个人，耀武扬威地指点，铲车发几声威便狠冲上去。等待的人们欢欣鼓舞，期待着更强势的轰鸣摧毁软弱不堪的泥沼，可没多久铲车和耀武扬威的人就退回来，上车一溜烟便不见了，临走时撂下话，别再等待了，再三五天都通畅不了。众人议论纷纷，话语里尽是愤慨，不过最终也就那么不了了之，唉声叹气地离开。公路上静了，从没有过的寂然，万物停止呼吸，时间不再清醒，就那么稀里糊涂没有原则地胡乱走动。往常回落于院子窗棂上的鸟儿杳无踪影，电线空孤孤地横在雨中，内里的电流在横冲直撞地流动，幸亏有塑料外壳包裹，不然指不定会制造出多大的动静。惊吓依附着毛骨悚然的无声，诱发出多少莫名其妙的妖魔鬼怪。男孩要回去了，母亲从家里找出红布条挽在大门上，说，别让不干净的东西进来。再往那里看，空无一物，说，走时也不放几串鞭炮，唉，不过刚才铲车的动静早把那些邪恶东西蹿走了。就要关门时，后路上来人，踩踏出吧唧吧唧声，男人手里抱着塑料袋，里面不晓得装着什么。看到他们就站住问，这边能过去不？男孩说，可以，不过路不好走，这黑灯瞎火的你又路生。父亲站起说，家里也没电没个手电，不然给你照照。男人说，手机没电没信号，妻子陪孩子在县城补课，不晓得他们母子怎么样，心焦得厉害。母亲给宽心，说，肯定好着了，你等明天天亮了再去。男人说，家里待着心绪缭乱。男孩给指了路，男人即刻便消失在黑色里。母亲自言语，大人们为了孩子，唉。父亲抽烟，他们便又坐了会儿。男人不多时就回来，兴冲冲地说，路找到了，上到高处遇到个玩手机的人帮衬，现在去取摩托，那人说会给帮着抬到公路上。父亲迟疑，村里住的人没几个他不知道，无论如何想不出住着这样好的人，问男人那人靠不靠谱。男人说，那人要一百块钱。父亲给男人递根烟，点着。男孩在打火机打出火苗的瞬间看到了男人汗津津的脸和脖子，憨厚老实的受苦人。等男人骑摩托过去他们才回去。

那晚男孩失眠了，独自睡一孔窑洞，黑漆漆的夜里长满胡须，绵软又刺挠，一下一下抚弄着他的胳膊脸颊，不敢睁眼抬头去看，消灭不掉黄蛇皮包的初始印象。总想着里面装着的是年轻的女人，惨白惨白的脸颊，黑晶晶的眼睛瞪着眼白，微张的嘴里半露着洁白的牙齿，鬼魅笑着，又似乎挂得满墙都是，比蒙娜丽莎的微笑都多姿多彩。被子紧裹，冷热混杂难舍难分，神经紧绷得失去弹性，最终软沓沓地瘫痪下来，在不知不觉中睡了过去。半夜醒来几次，就这样似醒非醒地躺着，清早浑身不舒服，疼痛困乏得像干裂的树枝或日晒过的雨后河床，滑润上的紧绷，洗脸后忘记擦抹擦脸油就出门，遇风后干巴巴得直起皮。强行坐起下炕，拖拉着鞋去了外面。

4

皱巴巴的纸张着了风飞动起来，他赶忙去捕捉，成了蝴蝶，在逼仄的车厢里翩翩起舞，顽皮飞舞的天性如何能让他轻而易举地擒获，绕转一圈又回到原处，落在沉醉在电子书里的女子身上，他表示出不好意思和歉意，女子慢悠悠，拿起皱纸看几眼说，这张脸你见过没？她说的话用深奥还是奇形怪状来形容呢？这张脸，他接过来细致入微地看，近处远处比对着看，看能不能看出这是谁的脸。纸上有谁的声音在萦绕，招呼着他们去看疯癫的老张。老张有本事，多少人在做油饼，他做出了独特味道，赢得县城内外甚至省城里的无数好评。

跟着来到老张的门市上，老张和妻子厮打着，妻子拉扯着不让搬家里东西出去，老张非搬不可，指着家里的东西厉声训斥，这些是魔鬼，是祸乱，是愁闷！妻子的话也尖锐明晃，直刺老张心脏和身体其他要害。你自己遭了祸害，现在这里胡乱出毒气，算什么本事！老张气恼，直是把家里的东西往外搬，不清空觉得不心甘。东西搬尽吆喝妻子来做油饼，就家里的食材能做多少做多少，像是对谁宣誓，全部白送想要什么自己拿。来来去去的人抿着嘴偷笑，低声言语这老杂毛压根就没能耐，屁大的事情就吓傻了。老张拉住过路人祈求，强要拿上油饼，如果有谁不拿他就小孩样坐在地上脚蹬手抓地哭。妻子又心疼又痛恨，日子怎么过，就这么祸祸吧，两天不过，先前辛苦建立的生活就轰然倒塌，满目疮痍的废墟在所难免。老张劝说妻子不要在乎这仨瓜俩枣，熬过这段时间重新挣钱置办。妻子看管不住，就愣怔在门道，身体依靠在门框上。雨没有停的意思，车辆在稀泥糊糊的公路上行走，频繁地飞溅起无数泥点，怂恿着，去玷污空气。老张拿出大盆和半袋多面，先是边倒水边搅拌面粉，里面有了面穗，搓衣服样地揉搓，揉得差不多，还有些许欠缺就把双手握成拳头在上面重走几十步做最后的完善工作。命令妻子把炉子点着，马上下锅。妻子没有理由不听，点着炉子帮衬着做。老张和完家里的面又去买，摩托三轮车陷在泥沼里，发动机轰到最大，轮胎在泥里打旋，泥点飞溅，摔掼在四周及老张的身上。摩托车出不来，老张下车用肩扛，五六袋面扛回来，天已经黑了。妻子给做了饭，老张不停下，把面粉倒在盆里边倒水边揉，低声说有人在监视，如果他稍微慢下来就会被抓住把柄带走。妻子知道他说的是什么意思，就解释说人家早走了。老张说不能掉以轻心，要是被抓住会被带去批评教育，打得你遍体鳞伤。妻子端着饭摇头，慨叹眼前人是真的疯癫了，哪里会打得遍体鳞伤。老张持两只面手急了眼，挥舞着说，言语的力气很大，你不知道，那些人嘴里长了手、长了脚、长了屁股、长了胸脯，都是经过锻炼的，肌肉硕大坚硬，从嘴里鼻里发射出连珠炮，毫不留情地打在脸上、眼睛上、身体上，脸红了肿了、眼睛瞎了、身体烂了，内脏被震裂，随时都有可能散架，没有谁看得见只有我自己、我自己。这天马行空的话语只会让妻子头晕目眩，不知所云，找机会带去看医生。此路行不通换别的，妻子说做下得够多了，明天再做。老张说，不多的，那么多人做多少都不够。前天那么多油饼在众人欢呼簇拥争先恐后地哄抢下，你也看见了，依然有很多人没拿到。妻子想起那天可怕的情景，都怪老张没眼色，大家处在水深火热中你抬升价钱，当然得不到好结果。有人立即举起讨伐大旗，遭灾的人一呼百应揭竿而起，不管三七二十一地跟着围攻，被围得水泄不通，执法人员来问缘由，在众人千呼万唤下老张戴着铁手环凄惨地走出了人群。尽管这样，她当时大气不敢出，数百双眼睛虎视眈眈盯着，假若她有不老实，实施二次讨伐简单得和画零一样。当晚老张没回来，第二天天没亮就有人敲门，老张被完好无缺地送回来。蔫头耷脑的老张沾着冰凉露水，一言不发进来，躺在床上睡过去。正午醒来，雨仍然淅淅沥沥，路上干得瓷实些的泥土再次受了滋润，一踩一个稀泥坑，一踩一个稀泥坑。老张起来坐在门道，双眼呆滞无光，傻痴地看着来往的车辆行人，妻子看着心里担忧，问怎么了，还是哪里不舒服？全被沉默无言回应。良久的静悄摇身一变成了惊雷，劈断树枝，咔嚓一声爆发出脆响响的笑，一阵比一阵激烈。老张换了个人似的，滚烫的热情散发得淋漓尽致，呐喊着让大家过来拿油饼，灾中免费赠送。昨天还讨伐的人有了笑脸，不少还给老张竖起大拇指，老张边摆手边说不足挂齿、不足挂齿。店里的油饼几分钟就被拿空了，有人到家里找，问再有没有。不远处传来，有物资来了，想要的赶紧这边来。妻子不知是谁这样大公无私，以伤害自己的代价为他们解围，换得安全清净，因为她深知这些人是洪水猛兽的同伙，跪下朝着那个方向磕了三个响头。

有人说老张患上了抑郁症，老张否认并咒骂对方。油饼在增多，堆成山，来往的人吃腻了吃烦了，问老张可不可以炒菜，就着吃。老张听后欢喜不已，立刻让妻子去买菜炒菜。油饼没人来吃，会被监视者告密，又有执法者带他去没有光的小黑屋，漆黑中你是没有办法看清拳打脚踢，挨打后只能服帖乖巧地答应下所有要求。夜深时，妻子搂抱小孩样地搂抱着老张，温柔抚慰，自言自语好好的人怎么就成了这样，不就免费发放几个油饼么？老张就着迷糊说，太阳不会因为灾难而没落，隐匿的黯淡是暂时的，晴空万里阳光普照大地时，我们会感到无限的伤悲与绝望。妻子不懂老张这些话的意思，就说，又说梦话胡话了。老张接续着说，钟表上的指针转圈表示时间，没有人可以打破规矩，怜悯之心应该普及，放在这样的规矩里一分一秒地走，时间成了钟表。妻子说，命重要，其他皆是身外之物。老张唉声叹气，流泪，妻子感到了一条条热滚滚的毛毛虫在手上胳膊上肆意爬行，悲凉凛冽的空气里交杂着老张的话语，命保住了，所谓的身外之物成了身外之物。命也被孤立架空了。这是个无休止的话题，妻子想再说什么被老张的呼噜声按住了嘴，跟随着此时正下得响下得紧的雨睡去，没有谁可以代表时间空间发落太阳的升降藏露，钟表这个烂玩意迟早会被太阳、月亮、星的空融化炸裂成粉末。

男孩这几天真是无所事事，村委会取得县上批的发电机，全村人及被困的外来人蜂拥去充电，十几个插板插满充电器，电线织了网，粘贴着好多人的手脚思维，混沌和停滞是现实。男孩不去凑这个热闹，去了也不一定充得上，就算充了也没信号。有人路过招呼男孩去，男孩说了自己的想法，那人说山顶上有信号，可以去那里。男孩笑笑，说，不去了。那晚路灯下的黄色不知是被雨水还是阴沉的天气浸润得褪了颜色，渐渐从脑海中淡去，晚上再不会去想，可以睡踏实稳觉了。猛然间一朵红得过于浓艳却又水灵灵的花朵映入眼帘，漂浮在涌动的黑色上，一行人慌里慌张地过来，吹奏着喜庆欢快的曲子。男孩清楚这是要去迎娶新娘，吹手吹出的曲子像团团火焰，可惜被雨水浇得七零八落、残残破破。光亮的皮鞋满是泥泞，裤腿上也点画着，这样的手艺真是不敢恭维，差得不是一丁半点。他们也要绕转高处过去，到路口还有一段淹没大腿的泥沼。不敢想象新娘家人面对这样一行人有何感想，能缓解安慰的话语，是这也算是翻越千山万水，难忘的经历。可对大部分人来说更容易接受的是普通而美丽的经过，不希望这样的独特与别致。这也大概就是南方细腻温婉的美要比北方坚硬刚正的美接受面更宽阔的原因。男孩想起家里还有西瓜，切一个吃，又甜又水灵，真是享受。不知怎么，男孩突然担心起秋冬的到来，那时就吃不上这样香甜可口的西瓜了。明年还有，可到底能不能等到明年还是两回事。要被母亲知道，母亲会指责他胡思乱想。到了最高处，欢快的唢呐曲咿咿呀呀几声后彻底销声匿迹了。雨越来越大，还是先顾好脚下的路。顺利到达才是真理。

5

狗叫了一晚，嗓子都嘶哑了，循声找去就在大路边上的草林里。湿淋淋的草林中卧着毛茸茸的狗，虽说是夏天，但几日雨下来，便有了秋日的凉意。男孩心有不忍，探头去看，白中有黑的颜色在坡上拖拉着腿向前，过来过去的行人看上几眼，冷然离去。男孩被家里的事情分了神，没再去注意，再出来坐下已然忘却了路上凄楚可怜的狗儿。夜里，男孩还是想到了可怖的女鬼，黑夜似乎是恐惧完美高尚的制造者，谁都别想逃离，即使极力想抛开，那也不过是白费力气。长如枯井的深夜干寂空旷，柔柔软软的雨声让人好生寒冷，被子裹紧身体，哆嗦不断。火车发动机阵阵巨响，悠长的频率不亚于刀砍斧劈的折磨。好容易熬到天麻麻亮，看眼手机离大亮还得一个多小时，肚子不舒服想去厕所，心中的恐惧胜过腿脚，只好忍着。

不知不觉中睡着，再醒来，天已大亮，肚子叽里咕噜叫唤着，实在忍受不住，扯了截纸开门出去。舒畅后，记忆里又泛起黄色蛇皮包的波澜，硬着头皮出去，熟悉的狗叫声，就在不远处，这次的声音平行过来，没有高低起伏的波浪线。顺着泥泞的路望过去，越过停放的车辆，白中有黑的颜色顽强移动，后半个身子拖拉着，头高扬，试图寻找一方安全与庇护。院墙里有人出来，是年轻但生意已经做得风生水起的曹飞，看到这个可怜生命，动了恻隐之心，跑回去找了吃食给喂。他看吃得欢畅就准备悄悄走开，没曾想当即被发现，它不再顾吃，以更快的速度跟上这个有着慈悲心肠的救命恩人，看到了灿烂的希望。曹飞看跑不脱，猛地站住又猛地跑，回到院子拿铁锨出来，引着这个已经把他当做救命恩人的残缺生命往前走，到边畔上停住，四目相对，他被单纯又可爱歪着头看他及眼睛里的那种期待希冀而吸引，犹豫许久还是闭上眼睛推残缺的生命到沟底。没有摔坏，生命咿咿呀呀地在下面叫唤，纵然是这样的对待，依然希望上面的人能恍然改变想法，慈悲心生根，枝叶漫散在它的身上，甚至开花结果。再怎么叫唤也没用，谁让你瘫痪了身子。不管从前得到过多少呵护关爱，至此一切都结束了，改变了，如果能活着那也只能是萧索悲哀地活着。男孩忘却了前面所有的顾虑，呆愣在那里，直至母亲出来才回过神来。

中午吃饭时心里起起伏伏地思想掉落在乱草林里的生命，鼓足勇气说出自己的想法，想要抚养这个到处被人冷落的生命。父母不同意。父亲说他去专门看过，模样很好，个头不大，精致玲珑，黑黝黝的眼睛咕噜噜转动，脖子上系着铃铛，不像是车辆给撞成这样，应该是有人故意放在这里，也舍不得直接结束这个已然不堪的生命，想要有人看到能好心收留。现在没办法判断是不是害了什么病，如果这样那将是很可怕的。兽医现在稀罕难见，村人饲养的牲畜少，多的是些养殖大户。有谁会为条不知哪里来的病狗高价请兽医来。男孩似乎有几分理解，吃几口饭后还是心心念念地放不下，说，我们去给喂些吃的吧？得到了同意，男孩跟着父亲端着小碗饭找到它所在的具体位置，找了塑料盒倒下碗里的饭，它不吃，仰着头看，全是凄楚的哀求。男孩想抱走，被父亲拦下拉着走开。它使尽力气追上来，可惜还是太慢。男孩回到大门口坐下流了眼泪。公路上此时有了百花齐放的热闹，嘈嘈杂杂的说话声散漫在上空，多人等待着公路通畅，这几天来过好几次的车辆又来，信心满满地等待着前方前后挖掘的铲车相遇。残缺的它却叫唤出如此完整真挚的声音，男孩没有办法，祈求它别叫唤了，歇会儿吧，没有人会带它走，留住力气尽可能地活下去。眼泪花了脸颊，红肿了眼睛，转念想，不叫又能怎么样，过往行人不止，每个都是希望，它不会放过，就算保留住力气活着，经受无数的失望和风吹日晒还不如痛快结束，不用再受这些难以阻挡和免去的罪。忘却吧，命运注定如此，偌大的世界本就没有那么面面俱全的怜悯与呵护，罪承受够了，自然就解脱了。

火车离要去的城市越来越近，他看不透彻褶皱裂痕里的奥秘，是什么造就了现在的模样。隔绝的世界被打破，车厢里嘈杂起来。对面的女子不知什么时候放下电子书，盖着被子睡着了。她很瘦，那会儿吃了苹果和面包，喝了几口水，双脚露出来，白嫩的皮肤，动人的脚趾，他不知怎么形容修饰。就那样放着吧，她的任何动作都是浑然天成。睡着的人真是无忧无虑，去寻找最舒适最享受的姿势，忘却了拘束与面具。窗外是平原，片片绿油油的庄稼正低调沉默地生长，苹果树上套着的红色袋子点缀着枝叶，好惹人爱。火车行驶得时快时慢，擦肩而过的火车嗖嗖穿行，分不清到底是谁的速度。皱着的纸张起初肯定平平展展，窗户钻进最后一抹阳光，照在褶皱的痕迹上，如神灵散发出的金灿光芒，普照万物生灵。

阴云逐渐退去，阳光沉着自然地照射下来，天空清澈的蓝，湿润地面的水分在被蒸发，剩下干馊的泥土恢复往日的踏实与素淡，还没到秋天，树叶在飘落。男孩去看那被抛弃的生命，找寻许久，没有找见，这给了男孩莫大的安慰，往好处想，或许被好心人发现抱走了。阳光在草地里躺卧，叶片上的露水殷勤献好，也没能换得存留的机会。男孩走出好远，忽然听到奄奄一息的叫唤，死神大概也看不下去那生命受的苦罪，赋予它最好的礼物，世间再没有这样温柔甜美的抚慰了。过往的行人不会在乎落下的黄的半黄的树叶，重复踩踏。男孩捡起已被踩踏多遍的树叶，轻轻扑打掉上面的泥土，叶身有残破的孔，对着阳光看，纹路清晰可见，一条条从中间那根线上延伸出来，纵横交错。圆孔大的阳光不再圆润，边角的沟壑坎坷，谁能说得清楚。一阵风吹来，叶片飞到半空中不见了。到站了，热烫的空气里行走着从四面八方来的人，走出车站，夜空有好多星，家乡终究也会这样，星月缀满天空。生活会在夜里睡去，从早晨醒来。

境园·意念主义下的神秘诊所

1.父亲天马行空式的转行

夜深人静，月光水样在地上荡漾，屋里的黑色浓淡适宜，本应是万籁俱寂，我却听见索索啦啦声，睡梦中的意识逐渐变得清澈，难道是老鼠？真是的话离自己这么近，会不会无故受到攻击？恐惧挣脱梦魇的拥抱，眼睛睁开，准确找到声源。只见父亲端坐，身体依靠着炕围，冰冷地说，等你很久了。我浑身一凛，打几个寒颤，欠起身子伸手摸灯开关。父亲说，别白费力气了，你不会找见，它已经被我掩埋进墙体。我按开手机，借着屏幕散发出的光亮，撕扯开黑夜的外衣，真如父亲所说墙上本有开关的地方现今平滑白皙，可要把开关镶嵌在墙里，必须在墙上掏洞，他是何时所为，我们怎么什么都不知道。父亲就着黑色，质问道，你是不是后悔花钱给我看病了？我搓揉几把眼睛，彻底看清父亲的模样，眼睛里充溢着五颜六色的光芒，我开始心有余悸，想推摇睡在一旁的母亲，因为两个总比一个胆子大，可每次我的手都扑空，眼睛的余光明明看见母亲睡在那里，就是触摸不到。父亲轻蔑地说，别耍你那点小机灵，老子几十年前就玩过，你妈这会儿是感知不到的。对父亲不管不顾父子情深地咄咄逼问，我内心惨淡，终于爆发出那条猛虎，说，你是我爸，怎么能说出这样冷酷无情的话，再者，至于这样严刑逼问吗？你的现状不就是最好的答案吗？父亲安静会儿，猛地甩手，说，别用这些没用的父子情套近乎，你认为我会掉进你挖掘的陷阱吗？尽早打消这样的念头。长这么大第一次感受到无法形容的疼痛，至亲至爱的人平白无故反目成仇，身边无人可求助，本有的那些血脉情意不起作用，孤独绝望一拥而上。父亲见我虚软下来，愈发狠毒，声色俱厉地说，为什么说真心话，是什么让你这样虚伪，是血缘关系，是伦理孝道，还是什么？我说，没有，压根就不存在你说的这些，哪里有儿子不愿给老子看病的，更不会看了还后悔的，若是这样我还配做人、配接受这么些年的教育吗？父亲不屑，双手谢幕样摇摆，嘴角露出诡异的笑。

在我不知所措时，母亲翻动身体，睡眼蒙眬中见我木头样僵坐着，说，大半夜不睡，坐着干啥？委屈憋闷在胸中号啕大哭，我想给母亲诉说刚才所遭受的不公，转头看父亲已躺下，还原了睡眠状，到嘴边的话语与激动的心情一同退回到深渊谷底，转变话锋，说，睡不着，坐会儿。母亲心疼地说，早点睡，明天你回城里去，家里有我呢。我躺下，不敢面朝父亲那边，生怕有意想不到的变异。耳边回响着刚才被训斥的话语，父亲怎么会是这样，丝毫不讲父子情意，到底是怎么回事？天亮醒来，父亲与往常并无二致，有说有笑有吃有喝。我想问昨晚的事情，觉得太唐突，就没问。

父亲一向健康强壮，我没参加工作前家里开支全靠他赚取，地里活不能干，就半路学起木匠，泥瓦匠，酿酒，心灵手巧的他学什么都快，一学就会。我大学毕业找到工作，母亲长舒口气说，这下好了，你爸也能松口气。这些年确实不易，供我上学不算，还盖起现在住的房子，原先住的窑洞由于时间久，下雨就掉碎末。天晴后请村里最有学问的智尚先生看过，给出建议，尽早搬离，遇上过大的风雨雷电，窑洞就会支撑不住。智尚先生原先在地质局做过，不知什么原因有天回到村里就再没出去。父母至此就规划砌盖新房，搬离不久果真遇上坏天气，入夜后雷电交加风雨大作，中间听见轰隆巨响。清早起来看，窑洞塌陷成大堆泥石交杂的废墟。修建房子借下钱，父亲性子强，不愿长借人家的，见了面都觉得别扭理亏，就拼命干活争取早日把钱还上。去年年底，父亲从外面回来，进门就说头痛，鞋也没脱躺在炕上身体蜷缩成一团，我们都没在意，以为是受凉着风感冒了。饭做好让起来吃，怎么也不起来，说疼痛得受不住了。我们这才意识到事情的严重性，跟着星月坐车到县医院。检查结果让我们惊诧不已，医生说，脑袋里长了巨大的瘤子，正在挤压神经，挤压视网膜，转身问父亲，平时有没有感到视线模糊。父亲认真地点头。我们回去做了简单的拾掇，连夜到省城医院，几番周折挂上专家号，几天后的检查结果与县医院给出的一致。手术前医生讲清楚所有，我们在协议上签了字，父亲的生命就这样掌控在了我们手里，与医生私密的谈话，更像是不可告人的密谋。

手术很成功，切下鸡蛋大的肉瘤，至于是否为良性要等化验结果出来。我们在父亲面前做起虚假的表演，等待那个动人心魄的结果。当医生告知我们肉瘤为恶性，我们除了心墙剧烈的分崩离析，还有就是无尽伤悲，在父亲面前的表演变成纯粹彻底的真实。我与母亲不是好搭档，总是出现裂缝，每天都经历着大小不等的惊险刺激。没有谁能改变肿瘤恶性的事实，出院回到家，母亲专心照顾起父亲，父亲知晓的是与真相恰恰相反的美好。我也开始常回家看看。母亲端着洗好的菜走来，我转换方式，用中国人自古就擅长的迂回战术，装作很是随意，说，妈，昨晚半夜有没有听到什么？如此神秘的问话引起了母亲的注意，说，你听到什么了？我摇头说，没有，就问问你，有没有听到谁和谁说话？说完后我就后悔，这样还不如直接问，深知此地无银三百两的愚蠢为何还要做出。母亲谨慎起来，在围裙上擦干洗菜弄湿的手说，你听见谁和谁说话了？不行这几天挑选个日子给你叫叫魂，平时工作上也要注意。在母亲心里，半夜听到莫名空乏的对话多数是已经没有肉体存在的鬼魂的对话，能听到的人魂魄轻，所以要把丢失的叫回来。担心事情扩张，我说，没有的，就是随便说说。母亲不相信，说，这可不敢大意，叫叫没坏处。我没办法让母亲相信，就缄默不语，用其他事情转移注意，消散此事。

天黑尽还不见父亲回来，我们着急，母亲依靠柜子站着说，复，最近有没有觉得你爸怪怪的？我说，哦，要不我们去找找？我们关好门，顺着小路走，能把半个村庄转遍，小路走完到大路上，能把另外半个村庄转遍。这般说来，你会明白观村就是个高低起伏的圆，静下心来仔细想想，很有感觉。之所以先走小路，因为小路上有通往更多地方的岔路，走了少半路程，看见有黑影和红点过来，我喊声，爸，是你吗？黑影里的红点上下移动，不紧不慢地说，嗯。路上我在想父亲去了哪里，那段路是没有人家的，岔路最多都是通往山上，加之那晚我们冰冷的对话，我猜想……回到家，我专门注意了父亲的鞋，沾着很多泥土，母亲看给刚扫干净的地上踩下许多泥，就说，你这是去了哪里？这么晚不回来，非要我们去找？父亲吃着锅里温热的饭，说，告诉你们要保密，我去找寻高人修炼了，过几天我会在树上盖间房，开诊所。母亲说，农，我看你真是神经病了，一辈子受苦，突然你就能行了？会行医治病了？我没有说话，等待父亲接下来的言语，其中必有天上繁星样的蹊跷。父亲吃过饭，从口袋里掏出烟抽，慢悠悠地说，我开的诊所是总部在观村设立的分店，师父能授权给我，这是对我的信任与赞赏，我求之不得，不管你们同不同意我都会开。母亲气得发抖，说，你就胡折腾吧，我们娘俩迟早被你毁掉，被众人耻笑死。我看时机合适，就试探着说，要在树上修建房子？这个话题勾起了父亲的兴趣，津津有味地给我解释，说，与地面要不远不近，如果村里找不到合适的自然生长的树就人为竖立几棵。母亲坚决地说，想都不要想，我不同意，除非我死了。父亲脸上折叠出密集的笑，说，你会同意的，师父会派使者来通知你。话语越说越邪乎，我们陷入虚迷的境地。

2.使者意的外在形态

春气冲冲地来家里，门被猛地推开，现在还有轻微的摇晃震颤。母亲与春年纪相差得多，关系却很好，忙着给让座倒水，春不坐也不喝水，浑身冒着香喷化妆品味的热气，柳枝样站着喘息，平缓些后说，兰嫂，快去管管农叔，我家孩子意都被他带坏了。母亲皱起眉头，自言自语，就知道这几天安稳不得，他会到处丢人现眼惹乱子。跟着春出门到前村人常聚集的树下，父亲正抱着五岁的意转圈说话，众人起着哄。父亲说，意啊意啊，没想到你就是师父派来的使者。意觉得好玩，在手臂延伸制造的空中欢笑。有人觉得气氛不够就说，农，使者来观村做什么？与你接头还是传送什么秘密任务？父亲说，高级机密岂能让你们知道。母亲看父亲抱着意疯狂转圈蹦跳，心提到了嗓子眼，焦急地喊叫，农，快把人家孩子放下，小心摔倒。当时出院医生千安万顿回去不能做剧烈运动。父亲不听，忘记了周围所有人，完全沉浸陶醉在与意相见相知的欣喜中。春在边上干着急，不敢上前制止。

终于停止旋转，父亲抱着意走过来，站住和意四目相对半天不说话。母亲说，快把人家孩子放下，你把春吓坏了。父亲放下意，喜不自禁地说，宣布吧！意整理衣裳端正身子，用稚嫩的声音有模有样地说，境园通知，现授权农在观村开设境园·意念主义下的神秘诊所，并任命农为主治医生兼负责人，所有人必须全力配合，尤为妻子兰嫂。境园总部发。在座的人先是满脸严肃，不知谁扑哧笑出声，笑声就这样铺天盖地前仰后合地蔓延开。母亲羞愧得站不是站，坐不是坐，春强行拉扯意走，说，真是跟上好人出好人，跟上疯子会跳神。意哭喊着不走，身子紧贴着地面，说，农，记住师父的话，万不可放弃，去理清这个丑恶的世界。父亲赶忙跑过去，抱起意，站直身子然后送上尊敬的目光，说，转告师父，农不管遇到什么艰难险阻都会坚持下去。意被春拉走了，父亲站在那里直至看不见意的身影听不见意的声响，身体才松软下来，母亲不愿再管，撂下话，你爱走不走，我先走了。

诊所没有修建在自然树上，全村找了个遍也没找到理想高度的树，最终买下几棵来人工制作。我回到家，母亲就跟我哭诉，有几个钱全部花在了医院，现在你连个家都没成，你爸又这样胡折腾，唉！我劝慰母亲，没事，只要父亲生活得快乐就行，算下来也花不了几个钱。材料置办齐全，父亲没急着动工，说，得好好规划，要修建出总部境园的风格，最重要的是那种由内而外的气韵。近来他天天和院里的鸡说话，也怪，鸡像是真能听懂，围在他身边凝神倾听。两三天过去了，仍旧没动静，母亲忍不住问，多大的工程啊，还酝酿规划这么久，想修万里长城啊？父亲说，只要总部一回话，立马动工。我忍不住说，是境园吗？父亲点点头，双手托着下巴陷入沉思。墙外传来几声鸡叫，父亲顿时欢喜不已，去门口迎接。鸡趾高气扬地进来，站在父亲跟前，父亲迅速整理衣裳站立端正，两者对视许久。鸡要走了，父亲毕恭毕敬给送出去。回来后当即打电话联系事先说好的工匠，现在就来家里开工。工匠来后，父亲用白灰先画出要修建的大致区域，然后左走右走地转圈，品酌各个细节。工匠们像征战的士兵，手里拿着武器，等待将领发话。

父亲行走转圈的脚步停住，转身正面对工匠，一手抱于胸前，一手辅助言语地表达，边说边行走于工匠们周围，我们所要修建的不是简单凝固干巴的房间，是要有生命，能与季节气候互动，这样才有灵气，便于我用中外古今的知识剖析、结构钻研深奥混沌的意念，让众人活得有意思。工匠们大眼瞪小眼，稀里糊涂地应和，反正为挣钱，听指挥就行。父亲补充道，这也是总部境园的意思，刚送来不久，意真是厉害，时空形状已不能限制约束他，可以随心转化，或人、或动物、或植物、或空气、或光芒、或知识，先不说意，你们接下来要做的我具体说说，在白灰画好的区域里栽种树木样地挖五个坑出来，浇上水使其渗透湿润，然后到选定的树木处把树挖掘起，带回来，栽在坑里。有工匠说，这样会不会不牢固，房间摇摆怎么办？父亲胸有成竹地说，不会摇摆，如果摇摆也是暂时，它们会越来越牢固。有工匠聪明，一语道破，说，农是厉害人，原来的树木只是换了位置，到这里仍然能生长起来，上面修建的房屋更是会自然上升。父亲对说此话的人很是赞赏，便邀请他加入境园·意念主义下的神秘诊所协会，以他的认知做一方代表没问题。听说靠近县城的几个村子，总部派人选择分店负责人选，翻来覆去研究琢磨，没有合适人选。若是他愿意，父亲会全力推荐。那人笑说，这种与灵魂深交的事情太难，我还是做好我的本职工作。父亲不好强求，连说可惜。

房间修建得很快，四五天下来树上的房间竣工，至于内里摆设布局没几个人见过，父亲把上下的梯子牢牢控制住，做到了“一夫当关，万夫莫开”。我能做的就是不住地从城里购买需要的东西，放在家里，父亲趁我们不注意或放松警惕失去兴趣时拿走。树木的移栽没有影响到生长，位置的变化像场美梦，枝叶愈发繁茂。诊所牌子是大事，上面写什么内容，什么时候挂牌，都是重中之重的事情。村里人经常来围聚观看修建好的房屋，多人不住赞叹漂亮，住上面肯定有意思。自房间修建好，父亲就没在家里睡过，抱了被褥到树上睡。吃饭母亲会喊叫提醒，忙碌时，就会有一只竹篮吊下，母亲把饭放进去，竹篮徐徐拉上去。诊所牌子找了县城最好的木刻家雕刻，内容、字体皆是总部给出的。意深夜来过几次，我听见外面有人悄声说话，就起来光着脚到门上听看。树上的房间亮着灯，意从里面出来，在我眨眼的瞬间，意完成了上下梯子的动作。挂牌当天，意站在下面，心满意足地看着微笑着，父亲请意来揭牌，红布揭开，“境园·意念主义下的神秘诊所”，深浅有致地躺在木板上，涂染了金色，看起来十分出彩。

母亲等待验证自己的推测，从前是农民工匠，突然说自己学到了本领，开起名字奇怪的诊所，不知会有哪个来看病。平日随便的感冒咳嗽，就能把老头子难住。看病用药可不是儿戏，关系到生命。父亲不愿理睬母亲，解释也无意义，就自顾自地进行着。半个多月过去，没见买回来一片药，尽是些日用品，摆放在房间。这就是对母亲猜疑最好的回应，治病就得吃药打针吗？难道没有药品就不治病了？两个无声却有力的反问，母亲无法争辩，撂下笼统的话，我看谁来找你看病？父亲站在门口，观望能见之处，得意地说，都会来，包括你自己。母亲置气说，做你的白日梦，围上围裙去厨房洗菜做饭。

3.观看交叉忘我的艺术演出

诊所挂牌成立后父亲过着悠然的日子，每天早起先去村里闲转，等太阳出来，人们丢开黑夜营造的良好氛围的沉睡，换上清醒与活力，父亲就挨家挨户地走访。有人不耐烦甚至厌恶，不好意思发火催赶，顶多做出爱理不理的状态。父亲不管这些，用热情去对待所有，铸成了以不变应万变的妙招。走访完村里其他人，本以为自家会跳过，没想到父亲并无遗漏。这天后晌，母亲没心思做饭，过来和我说话，复，你有没有收到晚上看艺术表演的通知？我说，你也收到了？母亲瞪大眼睛，觉得不可思议，说，你是怎么收到的？我如实说，没有具体的媒介，脑海里就是有，从中午那会儿就记得。从母亲的脸上我看出了所以然。从此，观村的人会不会不再依附有形的媒介？我在想，既然我和母亲不约而同地收到通知，其他人是不是也相同？母亲觉得没有说透，就再说，是头脑中自然产生的念想？我轻声说，嗯。母亲不再纠结这个问题。

按着通知来到艺术表演剧场，周围没见坐其他人，难道仅是为他俩安排的吗？幕布慢慢拉开，父亲随着灯光来到舞台中央，说，本来是念来主持，可他临时有事，所以我来代替，你们要记住，我是观众不是主持人，我们一同在观看。艺术表演开始，父亲下台找座位坐，我招呼他到旁边的空位坐，他说那里有人，我找个没人的。我和母亲对父亲说的话迷惑不解，明明是空的，为何要说有人？难道那些看起来空荡的座位上都坐着人，只是我们互相看不到对方？就像我和母亲这样，三两一团一簇或单独存在着？父亲不知坐在哪里，艺术演出开始，空气里氤氲着片片寂静。

男人穿着病号服坐在病床上，脸色苍白虚无地望着窗外。灰蒙蒙的天空并不能带给视线延伸出去的力量，这算是侧面，忽地一张准确的脸进入众人的眼睛，不知是通过摄像机还是直接面对，悲戚的哭泣，眼泪流下擦干、流下擦干，委屈地说，他们就是不想让我活，虽然给予治疗，但他们内心充满着后悔。有声音闯入画面，说，可不敢这样说，我看你妻子孩子都很是尽心尽力地伺候你，他们是你的亲人，盼望着你早日恢复。男人难受不堪，脸上现出道道扭结的纹路，纹路被放大被细化，要说话时脸面得到迅速复原，说，他们碍于血缘、碍于亲情、碍于道德才这样，你也知道，像我们这样花钱再多也无济于事，只能得到三五年的苟延残喘，我听见过他们说的残酷无情的话。闯入的声音逐渐有了形状，在说话中由小到大、由抽象到具体地现出，说，这话倒是不假，我们花钱无用，他们本就不宽裕，肯定想过干脆让我们死去，节省下这笔巨大的钱过幸福生活。男人叹息说，这才是真实，他们身体的隐蔽处、灵魂的深渊里咬牙切齿地痛恨着我们，恨不得把我们撕扯得粉碎，扬撒于风中，无踪无影。闯入的声音与男人显现出来，满是白色的病房安放着两张床，床上坐着这样两个虚弱紧张愤怒的人，他们表情复杂扭曲夸张，镜头开始在两人之间移动。男人说，我们要反抗要起义，争得我们应有的权利，要舒畅自然地活着，而不是他们为难勉强地给予。临床的男人说，反抗、起义、活着、自然、舒畅、权利。两人的面容随着声音的加速闪烁不已，后来在人们的眼睛里已经合为一人或不见人面，剩下抽象的线条，靠着脑海中存在的印象记忆思想。

马路上车流不止，两旁开着大大小小的门店，人声乐声嘈杂不止，天桥上站立着面容各异的人，拖着沉重的步伐游荡于此，双手扶着栏杆，望着拥堵的道路及插入云霄的高楼，仰头片刻，孤独落下，惆怅溢出身体。我真是为这些人捏了把汗，生怕他们从这里一跃而下。女人的声音弯弯曲曲地进入画面，说，我太累了，伺候不动，孩子来的次数少，基本全靠我一人，我厌倦这样的生活，黏腻烦躁，他还时不时生气，这时我就要爆发，身体里有无数本真的深意在蹿撞，试图冲破皮肤、冲破可以流通的部位。路上遭遇了堵塞，鸣笛声四起，一个比一个高，一个比一个急，大有再不让开就要冲撞过去同归于尽的架势。女人声音继续，他本是死掉的人，我们救活他照顾他，他还经常发脾气，谁愿意忍受这样的无理取闹，谁欠谁的还是前世注定如此，纯粹的胡扯，我们都有自己应有的人格，让那些虚假的东西滚蛋吧。有人触摸到她，饭香停在她身旁，画面里多出几种饭菜，说，不去吃饭？胡思乱想什么？天桥上的人们身体死板僵硬，不过倒是与这里融洽神合，暮气沉沉。女人声音萎靡不振，强支撑着生命，说，去啊，那位大爷还等着吃饭呢，我不饿，我特别想死掉，一了百了。女人穿着许久没洗的朴素衣裳，花白头发粗略梳过，用皮筋绑扎了个辫子，矮小笨拙地下着楼梯台阶，饭香随着另一女人向着医院大楼走去。

水流落于脸盆，年轻人呆滞地看着清水里渲染开的黄色。这是父亲随身穿的衣裳，因为着急没来得及上厕所，就拉在裤子里。母亲近来手疼得厉害，所以作为儿子的他义不容辞。水一直在流淌，脸盆装不下就溢出来，衣裳漂浮起来，黄色蔓延开。饭盒伸来，有了另一股水，哗啦啦的流水声里夹杂了声“真恶心”。脸盆里正漫溢的水跟着附和，就是，太恶心。两股水流在阳光里晶莹剔透，道道光束切割开的横截面薄而平滑，时而互换内容，交叉成形。你是给谁洗？年轻人毫不避讳地说，我年迈的父亲。那你还说恶心？年轻人思索下，说，那是大便，父亲的大便难道就不恶心吗？也是，大便本就是脏脏的臭的，不管是谁的，但问题是，我们小时候也像现在的他们这样，他们好像没说过脏啊。年轻人说，那时我无法说清楚，就当下面对的，我没办法违心言说美好，如果这样浸泡着就能清洗干净最好，或者给你挣钱你愿意洗吗？我不挣这个钱。盆里的衣裳浸泡着，黄色逐渐固结下来，难以再有消解，年轻人等待不住，再者两边的水流也多起来，端起脸盆向垃圾桶走去，他会简单地编造个理由应付过去，重买身新的给父亲。

舞台上出现男人、女人、年轻人，分别站在三个不同的时空里，没有任何亲情牵连存在，陌生人样地做着各自的事情，言说着心里话。台下的我们看得脸红耳热，空荡的座位上也渐渐有了动静，挪动身子、伸展胳膊、打起哈欠……父亲不知在哪里，幕布徐徐落下，剧场寂然，几道光泼墨样撒开，与黑色相互照应，之间氤氲的那股气息浑然真实，正当所有人疏解了些心中的不适时，水墨画闪电般消失，换上明亮，父亲站于中间，说，艺术表演到此结束，至于各人心里怎么思想，你们自己清楚，无须言语，我已感知到。不知过了多久，剧场里才响起人们散去的声响，回去的路上，我们仨与空气融为一体，静默走着，几次我想说什么却没有说出。

4.村人悄然行踪下的辩解

树上房间随着时间不住生长，父亲说，有人见时刻，有人见终果，有人见瞬间。我说，那您是那种？父亲说，正在思想，有选择或无选择。父亲真是变了，每天行踪诡秘，除过在树上房间里再就是去所谓的总部，有回我好容易跟踪上，不想刚进到山路，看眼树上叫唤的鸟就不见了人影，后来又有几次跟踪，一次不如一次，皆是被某个瞬间打断跟丢。如今想来，那是有人在帮助父亲，可以确定的是定是他的同行，一起守护着这个不为人知的秘密，比如，意、念。观村是可为之村，“观”这样的字眼很有意思，说明创造建立观村的人思想高深知识渊博。父亲当初去修炼并且与境园总部争取负责这里大概就是为此。

观村最近流行起随处照镜子，闲暇时就找寻能照之物，越是新奇独特越好。家里的镜子一家人争先恐后地照，许多人照着照着就号啕大哭，问，为什么？回答说，没想到自己原来是这般丑陋。问，哪里丑陋，与此对比的参照物是什么？回答说自从看了艺术表演，就开始怀疑起自己，鼓起勇气到另一个世界里寻觅，本来对找寻到的肉体灵魂有心理准备，可真看到后，还是超出了预想，奇丑无比，天下绝无仅有。参照物就是美啊，那些美的肉体、美的灵魂。问，你认为世间有肉体灵魂皆完美的人吗？回答说，特别理想的难有，勉强次之的应该有。多人不认同镜子里寻觅到的自己，就去找寻其他可照物。有人去河边，清澈见底的河水流动着，难以照见，但在隐约中却找到了难有的慰藉，推翻镜子里的羞耻。有人清早去山上，在枝叶上寻找最自然最亮的露珠，露珠里照出的自己最真实，照过的人瘫软下来，双腿跪地，仰天长啸，响彻山谷，村人听得不寒而栗毛骨悚然。能照的都照了，没有任何改观，村里人心惶惶，恍惚地过着生活。

这时人们想到父亲的境园·意念主义下的神秘诊所。父亲怪异，早已想到村人会来找寻他治疗，当日夜里就贴出告示，每天只接见有缘人，何为有缘，自在心间。夜里来排队等候的人，没有看到此告示，只是盲目地抢占先机，天亮后看到告示，悻悻而归。我似乎懂得父亲说的有缘，有缘是在迷惑众人，真实内涵在深处萦绕，就像那次看艺术演出的通知，没有言语相告，大家不约而同准时准点来到。父亲灵活多变，有时他去见有缘人，有时有缘人来见他，中间部分自有中间的见面方式。

那夜天黑得浓郁，阴云密布，说不准何时就会有雨水飘洒。支撑父亲房间的几棵树，已经在新土地里扎根，接下来就是不住变得粗壮和根网密布，网织起零散摇晃的可能，成为根深蒂固。半夜起了风，我从睡梦中醒来，想起院里狗窝漏水，就起来拿了塑料布去遮盖。风大，我逆着风前行，到院子角落把狗窝盖好，一双眼睛滴溜溜地转动，来到我身边卧下。我刚要离开，听见父亲房间里有动静，悬空的梯子放到地面，熟悉的声音，就是你，上来吧。我这才意识到，原来那里早就站着人，那我出来及刚才所做的一切都被看到了？我拿不准，看狗安静地卧着，我想等它睡着再悄然离开，不管被那人看到没看到，已经这样了，正好听听他们在说些什么。那人上去，梯子重新悬在空中，房间窗户上的人影由高变矮，指定是坐下了。父亲说，你现在承认通过可照之物映照出来的自己吗？那人不敢轻易言说，呼吸中充满着唯唯诺诺。父亲说，如实说来即可。那人调整嗓音，说，我不是那样的，对待父母我孝顺，对待妻子我忠诚，对待孩子我关爱，对待朋友我真诚。父亲说，然后呢，对待世界、对待生死、对待万物、对待各种欲望呢？那人思想片刻说，总之我是符合伦理道德的，不是坏人。父亲说，你看到的就是真实的，你觉得那些虚假，那真实的是什么？是你所谓的符合道德、符合众人眼里的规矩？简单说来，你对待父母时，有没有心狠如铁石地想过他们死去甚至更恶劣；对待妻子时，有没有想过其他女人，对她心动甚至表达爱意交往；对待孩子你真能付出所有真能不顾一切吗？对待朋友就更不用说。你是你自己的中心，万事原初都会围绕着你转。那人停顿十几秒后说，没有。父亲说，停顿说明你对此些说法犹豫，犹豫说明你想过，好些东西只要想过就存在，并不一定要做出来。人的复杂不能用简单、粗鲁、虚伪的道德来分理，有太多幽微的东西无法捕捉，就在你我心间。所谓的道德伦理在此些上面是被剥离掉的，真情实感里不容有这些人为制作的坚硬的物体存在。那人说，想过但我终究不会做出啊。父亲说，不用做出，符合于道德伦理的人并不一定就是好人。过会儿那人灰心丧气地出来，顺着悬梯下来，走出大门。

我深思父亲说的那些话，人是复杂的矛盾的，我们时刻做着内外的对抗，我仿佛领悟到些什么，在身体里游动聚集。蹲得时间长了脚就麻，身边卧着的狗睡着了，我想是时候离开了，刚起身脸颊上感到几滴冰凉，下雨了。树上房间的门并没有关掉，像是等待着谁，我走到门上，听到父亲说，不用上来了，你是明白人。大门外有人说，你是如何得知？父亲说，我就是知道，你专挑黑色映照。那人笑几声离去。我躺在炕上，想起前段时间深夜里父亲与我的对话，仔细想来还真有些意思，父亲何时变得这般有思想，奇异夸张地改行难道是准备已久，是我们没有察觉到？院里只剩下雨声，我努力去忘记已有的思想，随夜睡去。

5.多彩而又黯淡的交谈

境园·意念主义下的神秘诊所的名声在方圆几十里传播开，

来的人很是谨慎，但又随心所欲。入秋后，父亲下来的次数增多，母亲和我担心他着凉就去送铺盖吃喝。天儿也怪，身子一转就寒冷起来，看天气预报说是有冷空气入境，想去说要不要下来住，又不敢冒昧去说，只好在门窗上探望，观察树屋内外的动静，如果稍有机会，我就会去抓住。母亲做好饭，让我先吃，她等会儿吃，嘴里念叨着，不知你父亲这会儿做什么，要不要下来趁着热乎吃上碗，毕竟人是铁饭是钢。我端起饭碗又放下，决定大着胆子去说，不管怎么说都是父子，这层关系已经存在了二十几年，就算是其间有说不清的复杂，也难以改变抹除。到树下，父亲从房间里出来，说，你们上来，自从修建好你们还没上来过，治疗这么多人，现在轮到我们自己了。

我们端着饭上去，房间里的布置摆设与想象的差不多，简单摆放几件必要的家具，冷风从门窗缝隙里不断钻入，搅和消除着本有的温暖。我们坐下，就着昏暗又明亮的灯光边吃饭边聊，父亲端坐着吃饭，说，复，那晚我们聊的内容你没有忘记吧？我停住咀嚼，点点头。父亲说，我今天对那晚说的内容做些补充扩张，再一个就是做个自我的剖析，这段时间在帮助别人的同时思考了很多，其实也不能说帮助别人，只是让能觉醒的部分人得到应有的自由，或者说认识到真实的自己。你们痛恨我、厌恶我，很正常。母亲抢到话茬，说，没有的事，是你想多了，农。父亲抬起手往下压压，说，不着急，等我把话说完，我也痛恨过你们。病重时，你们的犹豫和虚无的关心，我当时看着听着很恼火，觉得说这些有什么用，赶紧带我去医院啊，我甚至极端地认为你们这样做是故意所为，不想花手里的钱，拖延时间，让我自生自灭。我害怕死亡，不想死去，虽然手术后也最多能活三五年，但我还是特别渴望得到这些时间，你们说我怯懦也好，软弱也罢，我全部承认。母亲再次插话说，你那是为我们母子不受人欺负，家里有个男人很不一样，你是主心骨，为了能照顾我们一年是一年地活着。父亲说，这是原因，但不是主要，我想活下来最大的原因就是活着，毫不隐晦地说，照顾你们属于捎带，如果活下来能照顾你们当然好。简单的生死之间到底是什么？我不想死去，活下来的这短暂的三五年里到底想要什么？我说不清楚。当时我也做选择，清楚家里没钱，如果给我看了病，所有钱花掉不算还得再借一部分，这样复成家就更是艰难，家里帮不上还要拖累。我得到的这三五年活头，要花掉许多钱，还会延伸生长出许多难处，到底划不划算，我们无事时不是经常说，活的就是为孩子，如果没有孩子肯定不会苟活。反驳我现状最准确合适的话语是，为了孩子们幸福，我们做父母的受再多苦，哪怕少活几年都心甘情愿，可在真正面对、真正有最佳机会去实现此话语时，我退缩不算还与此话语唱了反调，做了完全不顾孩子的自私自利的事情。我想了很多原先没想过或压根就不会去想的东西。我陷入沉思的泥沼，觉得这些话语满身蒺藜，可拥抱起来却舒适无比。母亲不管这些，一个劲地说，胡言乱语、胡言乱语，你真是疯了，疯了。父亲看我沉默，说，复，你以为呢？我像垂垂老矣的人，气若游丝地说，不知道。父亲说，当我们真的面对许多事情时，一切附加的皮肉甚至精神灵魂的东西皆会轰然倒塌，会毫不犹豫地脱掉扔掉。母亲从部分否定到全面否定，不承认父亲说的任何话语。我起身收拾碗筷，问他们还吃不吃，吃的话我去锅里加热下。不大的房间里没有回应，话语凝结在凛冽的寒气里，我想再说几句却无法说出，说出去就那样搁置在空中。

第二年落雪时，父亲修建的树上房间住进了几只麻雀。母亲每回呼喊我去送饭，我都偷偷把饭放下，在米缸里抓上一把米，爬到挂着境园·意念主义下的神秘诊所招牌的房间，把米撒在地上，然后坐在父亲经常坐的地方，看鸟儿啄食，看鸟儿抖擞翅膀，看鸟儿飞走，在蔚蓝的天空和雪白的大地上划出若即若离的弧线。